EL MAESTRO

EL MAESTRO

Una novela

MARIO ESCOBAR

HarperCollins *Español*

EL MAESTRO. Copyright © 2021 de Mario Escobar. Todos los derechos reservados. Impreso en los Estados Unidos de América. Ninguna sección de este libro podrá ser utilizada ni reproducida bajo ningún concepto sin autorización previa y por escrito, salvo citas breves para artículos y reseñas en revistas. Para más información, póngase en contacto con HarperCollins Publishers, 195 Broadway, New York, NY 10007.

Los libros de HarperCollins Español pueden ser adquiridos para propósitos educativos, empresariales o promocionales. Para más información, envíe un correo electrónico a SPsales@harpercollins.com.

PRIMERA EDICIÓN

Este libro ha sido debidamente catalogado en la Biblioteca del Congreso de los Estados Unidos.

ISBN 978-0-06-309886-2

23 24 25 26 27 LBC 6 5 4 3 2

A todos los maestros, a los buenos y los malos, ellos contribuyeron a formar las personas que somos hoy. A Janusz Korczak, que supo siempre que la dignidad es el único tesoro sagrado que jamás nos puede robar nadie.

No estoy aquí para que me quieran y me admiren, sino para obrar yo y querer yo. No es obligación de la sociedad ayudarme a mí, soy yo el que tengo la obligación de cuidar al mundo, al ser humano.

—JANUSZ KORCZAK, *DE VEJEZ, DE MUNDO*

Sólo aquello que yo quiero conservar tiene derecho a ser conservado para los demás. Así que ¡hablad, recuerdos, elegid vosotros en lugar de mí y dad al menos un reflejo de mi vida antes de que se sumerja en la oscuridad.

—STEFAN ZWEING, *EL MUNDO DE AYER:
MEMORIAS DE UN EUROPEO*

Queríamos ser libres y no deber esa libertad a nadie.

—JAN STANISLAW JANKOWSKI, LÍDER DE LA
RESISTENCIA POLACA

CONTENIDO

INTRODUCCIÓN

EN JULIO DE 2018, ANTES DE QUE el mundo se convirtiera en un lugar más peligroso, viajé a Lima, Perú, para participar en la feria del libro más importante del país. Era mi primera vez en la ciudad, realicé varias firmas y charlas en la feria, pero lo que desconocía era que el equipo de HarperCollins Español me tenía preparada una sorpresa. Una de las mañanas nos acercamos a una de las sinagogas más importantes de la ciudad. Después de una breve visita por el edificio, llegó un hombre anciano, me lo presentaron, era pausado y cortés, hablaba un correcto español, pero con acento polaco. Se llamaba Hirsz Litmanowicz, era un superviviente del Holocausto, primero en Auschwitz y después en Sachsenhausen. Hirsz, junto a un pequeño grupo de niños, había sufrido todo tipo de experimentos por los despiadados médicos de la SS, aunque a última hora había logrado sobrevivir y llegar a Perú, tras un terrible periplo por Alemania y Francia. Parte de su vida fue plasmada en la famosa película de Spielberg *La lista de Schindler*. Después de escuchar su impactante testimonio vimos una exposición que había en la sinagoga. Se titulaba: *Janusz Korczak: una vida dedicada a los niños*. Tomé una de las tarjetas y me la guardé en el bolsillo.

Un año más tarde, mientras me encontraba en mi estudio, observé la tarjeta de Janusz Korczak, que había colocado en una estantería. Aquel rostro afilado y delgado, de mirada triste y barba grisácea, me recordó a la de Don Quijote de la Mancha, el inmortal personaje de Miguel de Cervantes. Korczak se había definido a sí mismo muchas veces como «el hijo de un loco». Siempre temió heredar la enfermedad mental de su padre, pero en lugar de eso se convirtió en el defensor de los niños. En ese momento, decidí escribir su bella y triste historia.

Aquel pedagogo y médico, cuyo nombre real era Henryk Goldszmidt, revolucionó la pedagogía de la primera mitad del siglo XX, era un excelente escritor, columnista y locutor de radio, aunque su mayor logro fue crear un hogar para niños huérfanos judíos en Varsovia. Se reconoció tanto su labor que sus ideas inspiraron la Declaración de los Derechos del Niño de 1959.

Dos años después de mi estancia en Lima, tuve que emprender un nuevo y emocionante viaje. Esta vez era a Varsovia, estaba nominado al premio Empik de novela, un galardón concedido a los libros más vendidos del año. La mañana antes de la Gala Empik, mi familia y yo visitamos el edificio en el que se encontraba el orfanato de Korczak. Aquella fachada blanca, de formas sencillas y rectas, había albergado el sueño del pedagogo, de crear una infancia feliz, libre y sobre todo que lograra formar a hombres y mujeres capaces de mejorar su mundo.

Por la noche recibí el premio Empik de novela en una gala televisada a nivel nacional. Mientras subía emocionado las escalinatas hacia el atril, recordé cuánto había sufrido la sociedad polaca, sometida a imperios y sobre todo a la dictadura nazi y soviética. Pensé que la figura de Korczak podía iluminar con su luz la oscuridad y repasé en mi mente las palabras de Stefan Zweig describiendo sus turbulentos tiempos: «Pero toda sombra es, al fin y al cabo, hija de la luz y sólo quien ha conocido la claridad y las tinieblas, la guerra y la paz, el ascenso y la caída, sólo este ha vivido de verdad˙».

El maestro es mucho más que la vida de Janusz Korczak y el orfanato que tuvo en el gueto de Varsovia, es sobre todo el recuerdo de aquellos que en los momentos más oscuros del mundo, cuando parecía que el mal se iba a instalar para siempre en Europa, lucharon por hacer de aquel infierno del gueto de Varsovia un lugar digno y habitable. Como en la oración judía del kadish por los muertos, este libro quiere que no se echen en el olvido los nombres de tantos que sufrieron y padecieron por su amor a la libertad.

Madrid, 22 de junio de 2020

˙ Zweig, Stefan, *El mundo de ayer,* Acantilado, 2011, pag. 546.

PRÓLOGO

Varsovia, 22 de junio de 1945

DICEN QUE CUANDO PRONUNCIAS EL NOMBRE de los muertos los traes de nuevo a la vida. Mientras leo el diario oculto del Maestro me pregunto si esa es en el fondo la función que tenemos los editores, puede que nuestra misión sea devolver a la vida las historias olvidadas por el tiempo y la desdicha. Mientras observo por la ventana los edificios en ruinas de mi amada ciudad, siempre triste y asediada por la muerte, me pregunto si esta historia será capaz de sacarnos a todos de la desesperación. El verano nos anuncia la paz, pero al mismo tiempo, de nuevo los grilletes rodean las muñecas y los tobillos de nuestro pueblo. ¡Qué poco ha durado nuestra dicha! Somos un pueblo sacudido por la desgracia. Ocupado durante generaciones por zaristas y austriacos y teutones, librado hace décadas del azote soviético, que ahora de nuevo se cierne implacable sobre nosotros.

Agnieszka Ignaciuk me contó hace apenas unos días la historia de este diario. Los libros nacen mucho antes de que el editor los entregue a la imprenta y los libreros a sus ávidos lectores. Cada historia tiene un alma propia, por eso antecede siempre al papel impreso con la tinta, al lomo encuadernado con esmero y a la portada grabada con papel de oro. Agnieszka había logrado escapar del horror del gueto y esconderse durante el resto de la guerra en una casa a las afueras de Cracovia. Su hija y ella eran de los pocos testigos mudos que habían sobrevivido a un mundo que ha desaparecido por completo, como si varias galaxias hubieran dejado de brillar en el firmamento, permitiendo que la luz de sus estrellas se confundiera con la terrible oscuridad que ha asolado al mundo en los últimos cinco años. Ahora, en medio de la noche del terrible invierno de la humanidad, aquella mujer pequeña, bella y con una mirada sagaz dejó en mis manos el manuscrito mecanografiado del doctor Janusz Korczak. Parecía que me estuviera entregando una fruta prohibida que me sacaría definitivamente del pequeño paraíso en el que se había convertido mi vida en aquellos días. Tras sobrevivir a los nazis, escapar de ser fusilado y lograr no sucumbir a la masacre que supuso el alzamiento de 1944, ahora regresaba a mi profesión, aunque aún no era consciente de que todo había cambiado por completo.

Desaté la cuerda de esparto que parecía aprisionar el manuscrito; aparté con avidez el papel basto que lo rodeaba, repleto de manchas de humedad, café y ceniza; acaricié las primera páginas amarillentas, con las esquinas carcomidas y algo arrugadas; pero antes de sumergirme en su lectura, recordé al Maestro. Todos lo conocían como el viejo profesor, se había hecho muy popular por sus programas de radio, sus novelas y cuentos infantiles, pero para mí era el Maestro, a quien había conocido en un campamento de verano mucho antes de la guerra, cuando todavía era un soñador y creía que la vida era una larga escalada hacia la gloria.

Comencé a leer las primeras líneas y sentí un nudo en la garganta. Las letras desaparecieron para escuchar su voz fuerte y segura, dulce y sabia. Todo a mi alrededor dejó de existir. El verano que traía malos presagios, los edificios enflaquecidos de la ciudad, de los que apenas quedaban las hermosas fachadas, los socavones de los obuses que convertían las calles en peligrosas, los niños harapientos y las mujeres enflaquecidas por el hambre y el acoso de los soldados soviéticos. Únicamente estábamos él y yo, en medio de un mundo en ruinas.

Primera parte

EL ÚLTIMO VERANO

CAPÍTULO 1

PÁJAROS SOBRE VARSOVIA

A las afueras de Varsovia, 1 de septiembre de 1939

MIS ALUMNOS SE RESISTÍAN A QUE terminase el verano como un náufrago se aferra a su salvavidas en medio de la tormenta. A la edad en la que la existencia parece eterna, nada sacia las juveniles mentes dispuestas a disfrutar hasta el último segundo, a exprimir el tiempo hasta sacarle todo su juego, como el de las hermosas naranjas que trajo aquella tarde Stefania. En cuanto llegó junto al río los niños y los profesores nos giramos para observarla, ya había superado el momento en el que la belleza únicamente se ve en el exterior, aunque yo siempre la había visto hermosa. Nos habíamos conocido tres décadas antes y sin ella mi vida no habría servido para nada. Su pelo negro comenzaba a ponerse gris y su rostro reflejaba el esfuerzo continuo que había empleado en los niños. Un año antes había estado residiendo en Palestina. Ambos planeábamos quedarnos a vivir allí, aunque no dejaba de ser irónico que dos judíos polacos, acostumbrados al frío viento del norte, regresando a la cálida tierra de nuestros antepasados. Una vez más los niños nos habían vuelto a unir y ahora, mientras el verano comenzaba a declinar perezosamente y los rumores de guerra se habían convertido en clamor, Stefa parecía tan llena de paz y amor como siempre.

—Hola muchachos y muchachas, he traído más de estas —dijo arrojando las naranjas al pequeño corrillo de alumnos mayores.

Todos fueron atrapándolas al vuelo y comenzaron a pelarlas con avidez. Stefa se me acercó y me levanté con dificultad de la piedra donde estaba sentado. Tardé unos segundos en afirmarme en mis cansadas piernas y caminamos a lo largo del río, intentando que la humedad nos refrescara un poco.

—En Varsovia las cosas se están poniendo feas. Las noticias que se escuchan son terribles.

—Querida Stefa, no tienes de que preocuparte. En los últimos cuarenta años hemos vivido una guerra terrible, la formación de una nación libre, la batalla de Varsovia contra los soviéticos y hemos sobrevivido a todas esos desdichados acontecimientos. El pueblo polaco está acostumbrado a sufrir. Cada generación repite su propio ciclo, nosotros dos nos encontramos al final del nuestro, muy pronto otros ocuparán nuestro puesto en el mundo.

Stefa frunció el ceño, no le gustaba aquella pasmosa tranquilidad que mis palabras parecían anunciarle. Pensaba que yo siempre lo analizaba todo, como si el corazón humano fuera capaz de predecirse. Después levantó la vista. El cielo tenía un resplandor tan brillante que parecía que nada malo podía robarnos de aquella paz.

—Cada generación es como una de las estaciones de la naturaleza y esto se repite en un interminable ciclo. Un eterno renacimiento, que comienza en la primavera, cuando todo parece sólido e inamovible y la gente cree que las cosas serán siempre así, después llega el verano, el despertar de otra generación que pone todo patas arriba, creativa y provocadora, que cuestiona lo establecido, para dejar paso al otoño, en el que una nueva generación redescubre el individualismo y la capacidad del ser humano para conseguir logros personales, pero se descuida la cohesión social, hasta que llega la más destructiva y peligrosa de todas las generaciones, la del invierno, una crisis social sin precedentes, la destrucción de lo que parece sólido y la confusión. Es inútil enfrentarse a lo inevitable.

Mi amiga se paró y observó los destellos plateados sobre las aguas pacíficas, pero en eterno movimiento.

—Con eso quieres decir que lo que va a pasar es imparable, que no podemos hacer nada para detenerlo.

Noté el reflejo del agua sobre mis gafas redondas, me toqué la perilla no muy poblada y me observé por unos momentos en el reflejo del río. Me sorprendí al verme tan decrépito, como si el paso del tiempo hubiera arado mi rostro reseco sin piedad y apagado las mejillas sonrosadas de mi juventud.

—Ya tengo seis décadas, he sido seis veces niño y no sé si lo llegaré a ser de nuevo. Tarde o temprano, todos desapareceremos, Stefa, es sólo cuestión de tiempo. Toda memoria es siempre tenebrosa, ya que anuncia el achacoso avance de la muerte. Piensa en los grandes hombres de nuestro tiempo. Los emperadores, los industriales, los grandes líderes revolucionarios, todos ellos superaron cientos de obstáculos para llegar a la cumbre, ¿y de qué les sirvió? Un decenio de gloria, en los más afortunados dos o tres, para que lo único que sobreviva al final de sus días sea la sensación de fatiga. La vejez es cansancio, acostarse agotado y levantarse sin aliento.

Stefa comenzó a reírse, siempre lo hacía cuando me ponía trascendental. Sabía que podía llegar a irritarme o sacarme de mis casillas.

—Todas las conversaciones siempre terminan en ti. Nunca he conocido a nadie que se amara y se odiara tanto a sí mismo. Puede que nosotros seamos ya viejos, pero que pasa con ellos. ¿Qué les dirás si los nazis ocupan Polonia? ¿Que es un ciclo generacional? ¿Que tu luchaste en la Gran Guerra y ahora les corresponde a ellos sufrir?

—Será mejor que regresemos con los chicos. Deja que los nazis hagan lo que tienen que hacer. Parece que es inevitable una guerra, pero ahora no hay el mismo entusiasmo que en 1914 y mucho menos que en 1920. No creo que sea muy larga y espero que se lleven de nuevo su merecido.

Caminamos despacio hasta el grupo de alumnos. Mientras los mayores hablaban de política, los pequeños se lanzaban al río despreocupados. Me dieron ganas de imitarlos. Crecer es siempre preocuparse por lo que puede pasar y lo que no te agrada del mundo, como si en el fondo no pudiéramos cambiar nada. Nos paramos enfrente de ellos, que ya se habían comido las naranjas y estaban lanzando las pieles como si fueran proyectiles.

Agnieszka se acercó con su hijo de diez años. Llevaba poco tiempo con nosotros, pero enseguida se había adaptado a las rutinas de Dom Seriot, el orfanato que tanto nos había costado construir y mantener y que algunos medios conservadores llamaban el palacio de los pobres.

—Doctor Korczak, ¿ha escuchado los rumores? Antes de que dejásemos esta mañana temprano la ciudad, por la radio estaban hablando de…

—Agnieszka, llevamos con rumores muchos meses, Adolf Hitler parece empeñado en recuperar Dánzing, pero en el fondo lo que desea es apoderarse de toda Polonia y después de Europa si

Chamberlain se lo permite. Lo mejor es simplemente dejar que las cosas sucedan, será lo que Dios quiera.

Los chicos comenzaron a alterarse, como si su sangre polaca les hirviera en las venas, aunque entre ellos había varios comunistas que deseaban que el país se convirtiera en una república soviética y algunos sionistas que defendían el regreso de todos los judíos a Tierra Prometida, coincidían en su desprecio por los nacionalsocialistas.

—¡Está bien! —exclamé levantando las manos—. Precisamente lo que quieren los fascistas es que un hermoso día como hoy, viernes y víspera de fin de semana, nos lo pasemos hablando de sus pretensiones de guerras y ocupaciones. Llevamos tres años conteniendo el aliento, lo que tenga que ser será.

Mis palabras azuzaron aún más sus ansias de discutir, puse los ojos en blanco, me quité las gafas y me senté en la piedra.

—Los únicos que pueden parar a los nazis son los soviéticos, Stalin nos defenderá —comentó uno de los alumnos mayores.

—¿Cómo ha hecho con España en la Guerra Civil? Al final los ha dejado tirados, ahora la pobre república está en el exilio y el general Franco gobierna con mano de hierro. Tenemos que esperar la ayuda de los ingleses y los franceses —comentó un segundo.

Mientras seguían en su animada charla se me acercó Lukasz, el hijo de Ágata y me enseñó una rana. La había cazado cerca del agua, me la puso en la mano y me quedé mirándola un buen rato.

—¿Crees que si la beso se convertirá en un bello príncipe? —bromeé.

—No, Maestro, es una rana.

Fruncí el ceño, el maleficio de la adultez estaba cumpliéndose de nuevo ante mis ojos.

—No, querido Lukasz, es un príncipe, se llama Igor y sí encontrase a una bella princesa recuperaría su aspecto y su reino.

El muchacho se puso muy serio, como si la fantasía fuera el peor de los crímenes y sintiera que le estaba tomando el pelo.

—No puedes perder la imaginación. El mundo jamás debería ser lo que nos impone la razón, los adultos, la sociedad. Tenemos que seguir mirando con los ojos de ellos —le dije señalando a los más pequeños, que en aquel momento luchaban en una batalla campal.

En ese momento di un salto y me acerqué a los niños. Enseguida me sonrieron, me abrazaron y me arrastraron de los brazos para que me uniese a ellos. Yo, que en mi infancia no había jugado jamás con otro niño, ahora podía disfrutar de su compañía en todo momento.

—Maestro, tú serás de los nuestros —comentó el pequeño Pawel, llevaba con nosotros unos pocos meses, un tranvía había atropellado a su padre mientras cruzaba borracho una avenida y, aunque esté mal decirlo, en ese momento pensé que era lo mejor que le había podido suceder.

—Claro, seré de los vuestros.

Kacper me tiró de la manga.

—¡No, irá con nosotros! Somos menos y más pequeños.

Kacper siempre lograba enternecerme, parecía un querubín con sus tirabuzones rubios y sus ojos negros, muy juntos, hablaba a media lengua y su viveza nos mantenía a todos siempre ocupados.

—Creo que el pequeño querubín tiene razón, debo ayudar a los más débiles.

Al final me uní a los niños y comenzamos a luchar con espadas de palo, tirándonos piñas y ocultándonos entre los arbustos. La guerra siempre ha sido el juego más divertido de la niñez.

De repente, del cielo despejado se escuchó algo parecido un trueno, pero la ausencia de nubes me hizo escrutar el horizonte. Entonces vi los pájaros plateados que en formación se dirigían hacia Varsovia.

En ese momento los niños se pararon en seco, los profesores y compañeros se pusieron en pie y se hizo un largo silencio, violentado por los motores diésel de los Junkers. Los observé con rabia, con los ojos encendidos y apretando los dientes.

Pensé en Zaratustra, el falso profeta de Nietzsche, ese lunático que murió enemistado con el mundo y medio loco. Sus profecías de los superhombres parecían cumplirse, pero no era aquello lo que le convertía en falso, era sobre todo ver como el rostro de Kacper se encogía de terror y confusión, como se aferraba a mis piernas, como si yo pudiera parar aquella maldita guerra. Fue entonces cuando tomé la determinación de vencer a aquellos monstruos que pretendían conquistar mi mundo. Después murmuré el Canto matutino de Franciszek Karpinski: «El hombre que creaste y a quien salvaste, colmado de tus dones…».

El niño levantó la mirada y al escucharme tararear comenzó a sonreír de nuevo, a pesar de que los motores seguían rugiendo amenazantes. Entonces, en la vejez, después de años de búsqueda, supe cuál era mi lugar en el mundo, apreté los puños de mis manos delgadas y retorcidas por la enfermedad y me sentí el hombre más poderoso de la tierra. Se lo debía a mis pequeños polluelos, la estrella que siempre había visto en mi rostro infantil mi abuela, esa tendría que brillar mientras el cielo se vaciaba y la oscuridad comenzaba a envolverlo todo de nuevo.

CAPÍTULO 2

LLAMAS ENCENDIDAS

EL ABURRIMIENTO ES EL HAMBRE DEL ALMA, por ello, los que jamás nos hemos aburrido tenemos un alma noble, a la que el tiempo y el destino no han logrado desanimar por completo. Mientras todos dormían yo me mantenía despierto. El sonido al unísono de las respiraciones de los niños me hacía pensar en las olas del mar, como si su inhalación fuera la ola que sube hasta terminar en su exhalación. El silencio jamás era absoluto en un orfanato, algo que amaba. En mi casa, la hermosa villa en la que nací, el silencio ocupaba casi todas las horas del día. Siempre lo comparaba con la muerte, ahora que han comenzado los primeros bombardeos sobre Varsovia, en cambio, lo asocio a la vida. El rugir de los motores, que gruñen por los cielos oscuros de Polonia, se asemejaba a los graznidos de los cuervos que en bandadas revoloteaban en invierno sobre la catedral. Después le seguían los silbidos, como prolongados interrogantes que anunciaban la muerte, hasta que la explosión que rompía los cristales y los tímpanos hacía que el corazón diera un vuelco y el miedo nos robara el aburrimiento,

10

y nos causara al mismo tiempo otro de los hambres del alma, la desesperación.

Si los bombardeos no fueran temibles serían hermosos, me recordaban a los fuegos artificiales de mi infancia. La noche se iluminaba y el sonido estridente te arrebataba del sueño, corrías hacia la ventana y te quedabas con la nariz pegada al cristal mientras tus pupilas se reflejaban en el vidrio frío y húmedo.

Stefa y yo vigilábamos por turnos durante los bombardeos. Nuestro orfanato se encontraba a las afueras de la ciudad, cerca de un barrio obrero, y aunque apenas habían caído bombas por la zona, el fuego se observaba a lo lejos, como una noche de San Juan interminable. Sin embargo, en las últimas jornadas, la guerra se había ido amplificando, como las ondas de un lago tras arrojar una piedra en su mismo centro.

Todos pensaban que Polonia volvería a operar el milagro de nuevo, como pasó con los soviéticos en 1920, cuando los ciudadanos de Varsovia salvaron a la joven nación del peligro rojo. Yo tenía mis dudas, aunque no las compartía con nadie... para que convertirme en un profeta gruñón y de mal agüero. Me decía que en aquel momento mi amada ciudad vivía el mismo sueño que el de Viena unos pocos años antes, cuando todos cantaban los versos de Anzengruber «Nada te puede pasar». Era la maldición de los viejos imperios y las ciudades que han sufrido mil desgracias, parecen siempre consolarse con que tras la tormenta siempre sigue la calma. Los nazis no eran una simple tormenta, ni siquiera un frente invernal que sacudía la vieja Europa hasta dejarla exhausta. Los alemanes de Hitler eran el invierno eterno, ya nada volvería a crecer a su paso.

Sentí como vibraba el suelo y venía un viento caliente con olor a fósforo y pólvora que arrastraba las hojas de un otoño adelantado, después escuché como el graznido de los bombarderos se aproximaban amenazante, semejante a las aves que escapan al sur para evitar el frío invierno. Entonces tomé la manta y antes de que despertara a Stefa, ella ya corría en camisón hacia mi estudio. Se pegó a mi lado y ambos observamos por la ventana redonda cómo las llamas cada vez estaban más cerca. No nos decíamos nada, sabíamos lo que estaba a punto de suceder.

El murmullo se convirtió en estruendo, los motores rujían sobre nosotros, furiosos y roncos, antes de que los silbidos comenzaran a resoplar, anunciando la suerte o la desdicha de más vidas inocentes.

Las bombas incendiarias comenzaron a bautizar de fuego los tejados de los edificios cercanos, la gente corría a las calles, no había refugios para los pobres de Varsovia, únicamente algún sótano en la vieja parroquia y la fábrica cercana.

—¿Despertamos a los niños?

La pregunta de Stefa parecía tan retórica que me limité a sonreír, como si se tratara de una broma. Todo el orfanato estaba despierto, excepto Pawel, quien podía que siguiera dormido; siempre era capaz de relajarse y dejar que el sopor le invadiera de nuevo, aunque el mundo estuviera ardiendo a su lado.

Vimos unos fogonazos que descendían como la cola de un ave fénix sobre nosotros, levantamos la vista y después la cabeza hasta contemplar como el fuego se derramaba sobre el tejado.

—¡Será mejor que los niños bajen al sótano!

Stefa dejó la manta y corrió hasta los niños que estaban en camisón y pidió a los profesores que los llevasen al sótano, mientras yo salía por la ventana y corría sobre las tejas. El fuego comenzó a prenderse a mi izquierda, lo ahogué con la manta una y otra vez, pero parecía resistir mis intentos y, al levantar la manta, me daba cuenta de que se avivaba de nuevo.

Un avión descendió sobre el edificio. Se encontraba tan cerca que pude contemplar las cruces gamadas y sentir el olor a diésel. El calor comenzaba a apoderarse de las tejas heladas por el frescor de la noche y yo me arrodillé una y otra vez para apagar el fuego. Al rato llegaron varios profesores y Stefa, que ya había puesto a buen recaudo a los niños.

—¡No se apaga! —gritó desesperada.

—¡Ya se apagará! —le contesté alterado por la angustia. Aquel edificio había sido inaugurado veintisiete años antes, se levantaba orgulloso en medio de un barrio cristiano. Yo hubiera preferido que niños judíos y cristianos hubieran podido vivir juntos, hacía tiempo que comprendí que la única forma de derribar las barreras de los prejuicios y el odio al diferente era logrando que todos convivieran juntos, se hicieran amigos y se pelearan, para reconciliarse de nuevo.

Me dolían las articulaciones, el cuerpo de una forma tiránica se hace más presente en la vida de los ancianos, como si anunciara su renuncia a la vida y su cansancio, para que su inquilino fuera consciente de lo poco que le quedaba para disfrutar de él.

Me quemé las manos, el fuego me ardía en la cara, sentía las llamas saltarinas sobre mí, se intentaban rebelar, al final los aviones se alejaron y el viento cesó, como también aquel sonido infernal a muerte. Apagamos los incendios y agotados entramos de nuevo a la casa.

—Otra noche más sin dormir —se quejó Feliks, mientras su mujer Balbina descendía hacia la cocina para prepararnos café caliente. Nos reunimos alrededor de la mesa y al principio nadie habló. Tomamos el café a sorbos, mientras se nos calentaban las manos enfriadas por el hielo y la nieve.

—¿Deberíamos enviar a los niños al campo? —se preguntó en voz alta Zalewsky, nuestro portero cristiano.

—El frente avanza rápidamente, no hay ningún lugar seguro —le contesté con desgana. Debía animar a todos y no dejar que perdieran la esperanza.

—El ejército resistirá —dijo uno de los profesores más jóvenes, como si el entusiasmo fuera lo único que le quedaba a la desesperación para convertirse en pánico.

—Lo más importantes que es permanezcamos juntos. Los aliados terminarán por actuar y entonces las cosas mejorarán.

Mis palabras sonaron más creíbles de lo que pensaba. Asintieron todos menos Stefa; ella me conocía demasiado bien. Luego se marcharon con las tazas en las manos: en diez minutos había que despertar a los niños, aunque la mayoría apenas había dormido un par de horas. Era necesario mantener los horarios y el ritmo de la vida, de otra forma todo se desmoronaría. La única forma de atrapar la normalidad era simulándola, hasta que todos nos la creyéramos.

—Los aliados no llegarán a tiempo y lo sabes —dijo mi amiga, pero su voz no tenía tono de reproche, tan solo me advertía, quería que confiara en ella. Era el padre de muchos niños y algunos adultos, pero no el suyo.

—No llegarán a tiempo —le contesté agachando la cabeza, como si la realidad me sacudiera.

—¿Qué haremos cuando los nazis nos invadan?

Esa misma pregunta me la había hecho muchas veces, pero sin conseguir hallar una respuesta.

—Lo mismo que hasta ahora. Estamos aquí para cuidar a los niños, mantenerlos a salvo. Lo llevamos haciendo toda la vida, tienen que estar protegidos hasta que sepan hacerlo por ellos mismos.

Stefa no parecía muy convencida, pero me había entendido. Aquel era el primer día que comencé a escribir el diario. No era una autobiografía, no creía que hubiera nada en mi vida reseñable, pero las manillas caminaban cada vez más rápidas en los relojes y la esfinge me observaba desafiante. Ya no quedaba mucho tiempo.

CAPÍTULO 3

EL PODER DE LAS PALABRAS

LLEVABA ALGUNOS DÍAS EN LOS QUE APENAS había salido del orfanato. Quería recordar Varsovia como era antes de la guerra, con la serena luz del mediodía, aquella ciudad resplandeciente que había comenzado a brillar en los cortos años que había durado su independencia. Siempre es mucho más fácil vivir en los recuerdos que sumergirse en la realidad, asfixiante y tóxica. Tomé el sombrero de la percha de la entrada, mi bastón y estaba a punto de cruzar el umbral cuando la dulce voz de Stefa me pidió que caminase con ella unos minutos por el jardín antes de ir al centro. Al principio lo hicimos en silencio, dejando que nuestros pasos crujiesen sobre las primeras hojas secas del otoño. Después nos sentamos en un frío banco y miramos el cielo nublado que amenazaba lluvia.

—Tal vez deberíamos marcharnos.

—Eso ya es agua pasada, querida. A mí no me concedieron el visado los británicos. Deberías haberte quedado en Palestina, los alemanes no tardarán en entrar a la ciudad y ya sabemos lo que hacen a los judíos. Muchos amigos nos han estado informando de lo que viene sucediendo en Alemania, pero ha sido aún peor la represión en Chequia y Austria.

—Puede que exageren —comentó mi amiga, pero en su mirada resplandecía la verdad, era tan consciente como yo que los nazis estaban humillando y desposeyendo a los judíos. Lo cierto era que no se trataba de nada nuevo. Durante siglos los hebreos habíamos sido perseguidos en Europa acusados de haber matado a Cristo, de haber propagado pestes o malas cosechas. La gran diferencia con los demás programos consistía en que la mayoría de los hebreos del siglo XX no entendíamos por qué se nos perseguía. Mientras que nuestros patriarcas, antepasados y padres eran conscientes de su sufrimiento. Despreciados por obedecer la ley y la fe de sus antepasados, la mayoría de los judíos contemporáneos ya no creíamos pertenecer al pueblo elegido y la mayoría no adoraban al Dios de Abraham y Jacob. Aquellos judíos vivían y morían orgullosos porque al sentirse elegidos, cualquier sufrimiento se les antojaba insignificante. Mientras apretaba la ley en sus pechos enflaquecidos, no les importaba que los arrojaran a las llamas o se les privara de una nación; en sus almas añoraban una mejor, su Jerusalén perdida.

—Sabes que no lo hacen. Nunca lo hacen. Mis amigos me contaron por carta los abusos de los alemanes y los propios austriacos contra nuestros hermanos en Viena. El 13 de marzo de 1938, una masa enfebrecida persiguió a los nuestros. Se ensañaban aún más con los que les parecían más venerables. Llevaron a los rabinos tirándoles de las barbas hasta las sinagogas para que gritasen ante la Torá «¡Heil Hitler!», mientras que otros obligaban a los hombres más sabios de Viena a limpiar las calles de rodillas o los retretes de los cuarteles de los SA. ¿Qué hizo el mundo entonces? Nada, ahora tampoco lo hará. Cuando los nazis entren en Varsovia, muchos de los que hoy nos saludan por la calle y nos sonríen serán los primeros en unirse a las masas para avergonzarnos públicamente.

—Entonces, me das la razón. Huyamos de aquí, todavía hay una vía de escape hacia el mar. Tomaremos un barco hasta Inglaterra y desde allí a Palestina, donde nos dejarán entrar como refugiados.

Miré la fachada del orfanato, estaba algo chamuscada por los bombardeos, pero aún intacta. Allí estaba toda mi vida, aún más, dentro de esas paredes había doscientas razones para quedarse.

—No podemos dejar a los niños.

—Los sacaremos poco a poco. No creo que los nazis se atrevan a tanto, son simples criaturas inocentes, pero tú eres un personaje público y ya sabes cómo se deleitan humillando y destruyendo a cualquiera que pueda cuestionarlos.

—¿Te acuerdas hace unos tres años? Las autoridades polacas impidieron que mi programa infantil saliera al aire, me acusaron de sionista y de ocultar mi identidad judía con mi nombre polaco Janusz Korczak. En nuestro país ya hay mucha gente que nos odia, sin ni siquiera conocernos. Hoy, en cambio, me han rogado que regrese, no para hacer programas como los del año pasado sobre Pasteur, si no para levantar la moral de la ciudad.

Me puse en pie, no quería llegar tarde. Stefa se paró enfrente, su mirada era triste. Me hubiera ido con ella al fin del mundo, pero huir de esa forma y dejar a los niños era pedirme demasiado. Agaché la cabeza, me puse el sombrero y caminé por el sendero de graba hasta la entrada. No quería mirar atrás, el rostro triste de mi amiga me habría destrozado y necesitaba sentirme entero antes de hablar en la radio.

Mientras atravesaba las calles del barrio obrero, mi ánimo se fue enturbiando. Los rostros de los varsovianos estaban pálidos y enflaquecidos, pero a medida que me aproximaba al centro, el horror me dejó casi paralizado. Yo que había visto la ciudad en 1920, tras el ataque soviético, apenas podía asimilar lo que mis ojos contemplaban. Llevábamos muchos días de bombardeos y, por lo que había escuchado, la mayor parte de la administración civil y militar, junto al jefe del ejército Edward Rydz-Smigly, había huido a Rumania con los equipos y las municiones necesarios para la defensa de la ciudad. El alcalde Stefan Starzynski había tomado el control, entregado las armas al pueblo y formado una guardia ciudadana. Se rumoreaba que los alemanes estaban avanzando por el sudoeste, cerca del distrito de Ochota.

Una hora más tarde, llegué fatigado a la calle en la que se encontraba la radio. El bombardeo de la noche anterior hacía que algunos edificios aún humeasen. Una docena de cuerpos estaban tendidos en fila, cubiertos con sábanas blancas que se habían teñido de sangre. Algunos de ellos eran muy pequeños, lo que hizo que me diera un vuelco el corazón. Subí con fatiga las escaleras, empuje la puerta y entré sin llamar.

—¡Llega tarde, doctor!

Me quité el sombrero y entré sin contestar al estudio, aún las imágenes de la calle me sacudían la conciencia. Había que terminar con aquella guerra cuanto antes. El locutor me miró de reojo, debía impresionarle mi expresión.

—¿Se encuentra bien?

Tomé un sorbo del vaso de agua que había en mi mesa y deseé que hubiera sido vodka.

—Sí, empecemos.

El locutor levantó la mano para que el técnico nos pusiera en el aire, carraspeé y observe la luz roja encendida.

—¡Aquí, desde Radio Varsovia II, la voz de Polonia! Hace unos días los infames nazis destruyeron en un bombardeo el transmisor de Raszyn, pero continuamos informando desde nuestros modestos estudios. Hoy tenemos con nosotros al famoso doctor y director de La Casa de los Huérfanos. Gracias por colaborar con nosotros en esta hora tan oscura.

—Gracias, amados ciudadanos de Polonia, queridos varsovianos. Durante casi una década se acuñó la frase «Paz para nuestro tiempo». Los obreros dejaron de cavar las trincheras y se paralizó la construcción de más refugios antiaéreos. La gente parecía totalmente convencida de que nuestra generación no vería una nueva guerra. Entonces, Adolf Hitler se levantaba de nuevo y pedía más territorios a cambio de esa paz precaria, pero a la que nos aferrábamos todos nosotros. En aquel momento no nos importaba la suerte de los habitantes del Sarre que fueron invadidos en 1935, tampoco la vida de los judíos y comunistas perseguidos por los nazis tras la anexión de Austria. Hasta los Sudetes checos y más tarde toda la República de Checoslovaquia sucumbieron al voraz apetito de Hitler y los hijos del Tercer Reich, mientras Europa miraba impasible y suspiraba aliviada por la paz, la paz para nuestro tiempo, a cualquier precio, mientras los sacrificios tuvieran que sufrirlos los otros. Entonces los ojos insaciables del líder nazi miraron hacia Dánzig para devorar un pedazo más de Europa y nosotros, los polacos, fuimos la próxima víctima sacrificial.

Tomé un respiró y, tras desanudarme un poco la corbata, continué mi discurso.

—Entonces, el amargo sabor de la violencia llegó hasta nuestros labios. Ahora el destino nos elegía a nosotros y ya no podíamos mirar hacia otro lado. La maquinaria de guerra alemana comenzó a apisonarnos, mientras nuestro sueño de libertad empezaba a desvanecerse. Mientras caminaba hacia aquí, me contemplaba reflejado en las vidrieras rotas de las tiendas, vacías y polvorientas. En algunas de ellas, colas interminables de mujeres se afanaban por llevar un poco de pan a casa, pensando seguramente en el invierno que se aproxima. He visto algunas columnas de soldados retroceder, cabizbajos y con los uniformes hechos girones. A las puertas de la emisora, colocados en fila, los cuerpos de las últimas víctimas del bombardeo descansaban en paz, alejados ya de las fatigas y los temores de la vida. Entonces pensé en cambiar lo que iba a decirles. Les iba a pedir que resistieran, que esperaran la llegada de franceses y británicos, que se aferraran al clavo ardiendo de los desesperados. Pensaba leerles a los poetas que nos animaron a alcanzar nuestra libertad frente a la ocupación germana, austriaca y rusa, pero ahora no lo haré. Polonia es una nación vigorosa que soportará la invasión de los alemanes y el Tercer Reich milenario. Lograremos sobrevivir de las cenizas de nuestras ciudades y juntar a un nuevo ejército patriótico, pero ahora es mejor abandonar las armas. No les pido que se rindan, no me mal interpreten, ahora viene la hora más difícil. Resistir amando la vida; resistir no dejando que las ideas ponzoñosas de los nazis se cuelen en nuestras mentes y escuelas; resistir cuando los opresores quieran que nos convirtamos en cómplices de sus abominaciones; resistid y venceréis.

El locutor me miró confuso, no sabía si aplaudir o echarme a patadas del estudio. Tenía los ojos aguados y respiraba fatigosamente, como si al escuchar la verdad, por primera vez en mucho tiempo, ya no pudiera soportar su sonido. Entonces fui yo el que temblé. El mensaje mordaz de aquel falso profeta, Hitler, ya había conseguido contaminarlo todo. Intenté no creer que la paz, al igual que la guerra, también estaba perdida.

CAPÍTULO 4

BARBARIE

EL DÍA QUE CONOCÍ A AGNIESZKA IGNACIUK no comenzamos con buen pie. A veces logro ser muy cruel, no mido las palabras ni el efecto que pueden producir en las personas. Agnieszka era una mujer guapa, de esas bellezas rurales que únicamente se producen en Polonia. Tenía los ojos tan azules y profundos como los de una gata, el rostro ovalado y el pelo recogido en una coleta, que no lograba disimular que suelto debía ser rizado. Llegó al orfanato muy temprano, su esposo había muerto en un pueblo cercano a Alemania debido a una fiebres tifoideas, la mujer había vendido la pequeña granja que no les daba para vivir a ella y su hijo Henryk y había llegado a Varsovia con la esperanza de comenzar una nueva vida. En el fondo era una ilusa, como tantas otras, que pensaba que la capital le daba las oportunidades que parecía negarle la vida. En un par de semanas se encontraba sin blanca, sola con su pequeño y desesperada. Estaba dispuesta a todo, no le hacía remilgos a trabajar fregando escaleras o cuidando a ancianos, a pesar de que había estudiado para ser profesora antes de casarse.

María Falska la encontró un día tirada en la calle mendigando con su hijo. Su hermoso vestido rosa estaba casi hecho girones y la ropa de su hijo no se encontraba en mejor estado. Se la llevó a su orfanato, dejó que se recuperara y ayudó al niño. Cuando ambos le contaron que eran judíos pensó que estarían mejor en nuestra casa. Los envió con una carta de recomendación y creo que eso fue lo que me hizo estar demasiado suspicaz con ellos.

María Falska y yo habíamos discutido unos años antes, cuando le había importado más los comentarios de algunos donantes —que se quejaban que un judío como yo llevara la dirección pedagógica del centro que ella dirigía— que una década de amistad. En lugar de enfrentarse a ese tipo de prejuicios, me invitó a marcharme y desde entonces no habíamos vuelto a hablar. La joven viuda Agnieszka desconocía todo esto cuando llegó por primera vez a nuestro orfanato.

Sabina, la profesora de costura la trajo hasta mi despacho en el último piso. En ese instante estaba muy ocupado pensando cómo iba alimentar a todos los niños, la situación en la ciudad se estaba deteriorando y lo que menos deseaba eran otras dos bocas que alimentar.

—Doctor Korczak, esta señora ha traído una carta para usted.

Levanté la vista y observé por encima de mis anteojos a la mujer; un niño se escondía detrás de sus faldas grises. Por un momento me pareció verme a mí, habiendo sido un pequeño que siempre se escondía tras las faldas de mi madre o mi abuela.

—Buenos días —les dije fríamente. Solía ser más cortés, pero la comida que almacenábamos apenas nos duraría un par de días y los donantes habituales habían escapado de la ciudad o estaban reacios a darnos dinero, temiendo por su propio provenir.

—Doctor Korczak, mi nombre es Agnieszka Ignaciuk, este pequeño es mi hijo Henryk.

Pensé que se trataba de una madre que quería que me hiciera

cargo de su hijo, pero era consciente de que no podía alimentar a una nueva boca. Además los niños ya no asistían a la escuela y mis ayudantes estaban desbordados por el trabajo.

—Encantado, pero me temo que no tenemos sitios para su pequeño Henryk, la ciudad se encuentra en estado de guerra.

La mujer dejó sobre la mesa una carta con su mano temblorosa, sus dedos eran finos, como los de los pianistas, su porte elegante a pesar de la pobreza de sus ropas, su mirada despierta, como la tiene la gente que ha tenido el privilegio de formarse.

Rasgué el sobre violeta con el abrecartas, en ese momento no recordé que era el color preferido de mi amiga María Falska.

Querido Janusz:

Espero que estés bien, sobre todo en momentos como los que nos está tocando vivir. He oído que las cosas se están poniendo difíciles en Dom Seriot, nosotros también estamos muy apurados.

La joven portadora de esta carta es la señora Ignaciuk y está acompañada por su hijo Henryk. Los encontré en un estado deplorable en las calles del centro. Llevan una semana conmigo, pero al descubrir que eran judíos, pensé que estarían más cómodos en tu casa.

Lamento nuestro enfado, espero que algún día sepas perdonarme.

Siempre tuya,
María Falska

Las heridas más profundas son siempre las que te han ocasionado las personas que más amas. María y yo habíamos sido amigos cercanos. Cuando la conocí aún era joven, de porte elegante que siempre delataba su pasado aristocrático. Había luchado activamente contra la ocupación rusa y después se había casado en el exilio con el bueno de León Falska, un médico idealista y soñador como ella. León murió de tifus en Lituania, su hija pequeña le siguió poco después y María se trasladó a Kiev. Allí fue donde la conocí. Los dos éramos jóvenes y osados, ella regentaba una pensión para adolescentes. Cuando un tiempo después regresé a Varsovia, creamos junto a María Podwysocka el Nasz Dom. Después de mi buena Stefa, era la mejor amiga que había tenido.

—Lo siento, señora Ignaciuk, pero no puedo hacerme cargo de vosotros.

Agnieszka me miró entre decepcionada y furiosa.

—¿Por qué? María me aseguró que usted…

—En otros momentos, en otras circunstancias, pero comprenda que estamos en guerra.

El niño se asomó entre las faldas, su mirada triste me enterneció, pero aún seguía ofuscado con María.

—Puedo trabajar, haré lo que haga falta. Estudie magisterio de joven, hablo alemán, pero no me importa limpiar o cocinar. ¡Por favor, doctor Korczak!

Negué con la cabeza, la mujer no insistió y salió cabizbaja del despacho. El niño se giró para mirarme y otra vez me recordó a mí, un chico que jamás encajaba en ninguna parte, siempre triste y solitario.

Me recosté sobre el asiento, hundí los hombros y cerré los ojos. En ocasiones sentía que llevaba sobre mis hombros el peso del mundo.

Me levanté con la celeridad que me permitían mis más de

sesenta años, caminé hasta la puerta, pero la mujer ya no estaba. Bajé la escalera demasiado rápido, casi pierdo el equilibrio, no había ni rastro de ella en el hall. Abrí la puerta, hacía frío y llovía ligeramente, la señora ya estaba caminando hacia la verja cuando le grité.

—¡Señora Ignaciuk, venga un momento! —exclamé casi agotando mi último aliento.

Agnieszka se detuvo y me dirigió una mirada suplicante. Cuando se es madre no hay lugar para la arrogancia, una madre es capaz de hacer casi cualquier cosa por un hijo.

—Lamento mi comportamiento, sé que no hay excusa, pero estoy sometido a una gran presión. Ahora mismo iba a salir para hablar con un donante, no tenemos apenas alimentos, la situación es desesperada.

—Lo entiendo, doctor Korczak, no queremos ser una carga, trabajaremos en lo que sea.

—De eso no se preocupe ahora. ¿Dónde está su equipaje?

La mujer negó con la cabeza.

—No importa, ya les facilitaremos más ropa, pero quiero pedirle un favor.

Caminamos hasta la entrada y nos detuvimos en el umbral. Parecía extrañada de que yo le pidiera un favor a ella.

—¿Toca el piano?

—Hace mucho tiempo que no practico.

—¿Lo toca o no?

—Mis dedos ya no son lo que eran, pero creo que podría intentarlo.

Entramos en el edificio, le di un abrigo, un sombrero de Stefa, dejé al niño al cuidado de Balbina y nos dirigimos a la calle.

—Vamos a la casa de una ricachona judía, Marta Goldstein, no vive muy lejos de aquí. Adora el piano y nadie se lo puede tocar, creo que eso enternecerá su frío corazón.

Caminamos a buen paso hasta las afueras del palacete de la señora Goldstein. Aquella vieja arpía tenía el corazón más duro que una piedra, pero era la única esperanza que teníamos para llenar la despensa aquella semana.

Al llegar a la verja pintada de negro tocamos una campana, su anciana ama de llaves salió a recibirnos.

—Doctor Korczak, la señora hoy no está de muy buen humor, le duele todo el cuerpo. Me temo que no querrá recibirlos y si lo hace, no les dará ni un céntimo.

—No importa, hoy el cielo me ha enviado un ángel, esta es Agnieszka.

—Señora, encantada.

La anciana nos abrió la reja y caminamos a su lado por el jardín arruinado por los años de decadencia y abandono.

—Aquí se hacían las fiestas más famosas de toda Varsovia hace treinta y cuarenta años. Hasta los nobles se peleaban por venir.

—¿A pesar de que su ama era judía?

—Su esposo, ya lo sabe, era el industrial que le fabricaba las ametralladoras al ejército alemán. Se hizo inmensamente rico, sobre todo tras la Gran Guerra.

—¿Qué sucedió con sus hijos? —preguntó Agnieszka intrigada.

—Una maldición siempre ha recaído sobre los Goldstein, algunos dicen que ocasionada por los muertos que sus armas han producido en todo el mundo. El primogénito murió en la Gran Guerra, luchando en el frente, justo el último día de la guerra. Y su hija, lo de ella fue más terrible, se ahogó con sus hijos pequeños en un transatlántico que iba hacia América, para reunirse con su esposo.

Subimos la escalinata desgastada y pasamos al suelo de madera, la casa había tenido tiempos mejores, pero aún rezumaba esplendor y riqueza.

—¿Quién era? —escuchamos desde la entrada.

—Es el doctor Korczak y una señora…

—No les habrás dicho que pasen, sabes que me va a estallar la cabeza.

Entré en el salón sin ser invitado. Para conseguir donativos siempre es mejor hacer el payaso que producir lástima. Las personas no quieren escuchar historias tristes, prefieren que las haga sentirse bien y sobre todo, que les prometa que sus acciones tendrán recompensa en esta vida o la venidera.

—Amada señora Goldstein, hace mucho tiempo que no vengo a visitarla, quería saber cómo se encuentra. Veo que las bombas no han caído cerca de su casa.

—Siempre tan halagador, es usted un caballero y de eso ya no queda mucho, se lo aseguro.

—Deje que le presente a la señora Ignaciuk, es una de nuestras profesoras. Pensé que sería maravilloso, que en este momento tan angustioso, pudiera escuchar un poco de música.

La anciana parpadeó, su tez blanca y su pelo gris contrastaban con el traje de riguroso negro. Por lo que tenía entendido llevaba más de veinte años sin salir de la casa.

—Por favor, ¿harían eso por una pobre anciana? —nos preguntó cortésmente, y un segundo más tarde se giró hacia la ama de llaves y le gritó—: ¡Pon una taza de té y unas pastas a las visitas!

Ya conocía las dos caras de la vieja millonaria, era una bruja con rostro de anciana venerable.

Agnieszka se acercó al piano, era un Steinway & Sons, uno de los más caros del mundo. Al ver la marca pareció ponerse aún más nerviosa, seguramente siempre había tocado en otros instrumentos más baratos. Después se sentó con cuidado y, al poner sus manos unos centímetros sobre las teclas, de repente pareció transformarse. Ya no era la viuda desvalida que había conocido un par de horas antes, parecía una ninfa a punto de tocar un instrumento celestial.

La música comenzó a llenar todo el salón, de alguna forma vivificó aquel lugar cerrado y asfixiante, me giré para ver el rostro de la vieja ricachona, parecía que se transportaba a un momento más feliz de su vida y sentí lástima por ella. Tras dos o tres canciones, cuando pensé que estaría suficientemente motivada, le acerqué el té y le dije:

—Esta desgraciada guerra está dejando muchos huérfanos en la calle, la mayoría de los donantes están escapando a la costa y nuestros niños se encuentran hambrientos.

La mujer frunció el ceño, como si mis palabras estuvieran entorpeciendo su plácida audición, pero yo insistí.

—No sé qué podría donarnos. La comida que tenemos se agotará en dos días, las autoridades de Varsovia están desbordadas y los alemanes no tardarán en entrar a la ciudad.

—Las autoridades de Varsovia nunca han sido competentes, desde que este país se independizó ha ido a peor, más nos vale que los alemanes nos conquisten, todo el mundo habla mal de ese hombre del bigote.

—Adolf Hitler —apunté.

—El cabo austriaco, lo llaman, pero hasta ahora está devolviendo a Alemania su grandeza.

Aquellas palabras se me clavaron como puñales en el corazón, aunque no mostré mi indignación.

—La ciudad se encuentra sin luz y en muchas zonas sin agua

corriente, cada día llegan más refugiados y nosotros estamos desbordados.

La vieja dama se incorporó un poco y levantó la mano derecha.

—Querida, detente un poco y tomate el té que se te va a enfriar. ¿Dónde aprendiste a tocar así? No me digas que fue en Polonia.

—No, señora, mis padres me enviaron de niña a un internado en Alemania, estuve en él hasta los catorce años. Ellos murieron y unos tíos me acogieron, me apoyaron para que estudiara magisterio y me hice profesora, allí conocí a mi marido y nos casamos. Él tenía el sueño de crear una granja modelo para que luego pudiera emplearse para dar tierras a los campesinos pobres.

La vieja arpía abrió los ojos como platos, aquello le sonaba a marxismo comunista.

—¿Tu marido era seguidor de Lenin?

—No, señora, era cristiano luterano, aunque sus padres, como los míos, habían sido antes judíos.

Aquellas palabras no parecieron tranquilizar demasiado a la mujer.

—Bueno, no me interesa ese batiburrillo de las religiones. Siempre te sacan los cuartos. Doctor Korczak, ya sabrá que el dinero no nace de los árboles y desde que murió mi marido mis ingresos únicamente están menguando, pero me dan pena sus niños. Le daré un cheque, no se preocupe, que no quede bajo mi conciencia el hambre de esos pobres niños judíos. Aunque le aseguro que cuando lleguen los alemanes las cosas irán mucho mejor.

—¿No ha oído lo que le hacen a los judíos? —preguntó Agnieszka algo confusa por la actitud de la mujer.

—Esos son rumores y propaganda de guerra, por lo que sé, todavía hay judíos en Alemania. Mi familia viene de allí.

La mujer firmó uno de los cheques y me lo entregó. No era una fortuna, pero suficiente para garantizarnos algo de comida unas semanas más.

—Puede venir siempre que quiera con su amiga, la música es lo único que da paz a mi vieja alma atormentada.

Salimos de la casa contentos. Sabíamos que las cosas estaban empeorando en la ciudad, pero con el dinero podríamos comprar provisiones a algunos agricultores y ganaderos que conocía. Mientras caminábamos de regreso al orfanato, Agnieszka me comentó:

—Me da un poco de pena esa anciana.

—¿Quién? ¿La ama de llaves?

—No, la señora Goldstein. ¿Es judía?

—Sí, pero ella no lo sabe —contesté mientras sentía como mis tripas rujían. Era casi la hora de almorzar. No comíamos demasiado. El hambre es siempre el peor de los males porque se apodera del alma y no te deja pensar en otra cosa durante el día.

—¿Qué piensa que sucederá cuando lleguen los nazis? Sea sincero conmigo, doctor Korczak.

Siempre intentaba proteger a todos de lo que estaba a punto de acontecer. Las noticias que me llegaban de Austria y Alemania no eran buenas, pero por alguna razón me sinceré con aquella mujer.

—Algo terrible está a punto de suceder, me temo lo peor. Esas bestias nazis no van a dejar títere con cabeza en Polonia. Los primeros que lo sufriremos seremos los judíos, pero tarde o temprano, el mal se extenderá por nuestro amado país. Me temo que muy pronto, querida Agnieszka, Polonia se convertirá en un gigantesco cementerio sin nombre.

CAPÍTULO 5

QUERIDA VARSOVIA

EL HIJO DE UN LOCO. DESDE NIÑO me había considerado una especie de heredero de la locura de mi padre. Mi temor a sufrir la misma enfermedad me alejó del amor y la paternidad. Siempre había tenido la extraña sensación que, si resolvía los problemas del mundo, de alguna manera solucionaría también los de mi infancia. Algunos me consideraban el escultor del alma infantil, algo que me sonaba tan pretencioso como falso. Si era algo, simplemente me consideraba un tutor que acompañaba a sus niños en una corta parte del camino de la vida.

Desde casi el principio, Henryk y yo nos hicimos grandes amigos. Aquella mañana me tocaba ir al centro de la ciudad para hablar con los funcionarios que estaban organizando a los refugiados que llegaban a Varsovia y al ver al niño cerca de la puerta, algo aburrido, le pregunté si quería venirse conmigo. Henryk me observó con sus enormes ojos y afirmó con la cabeza.

A pesar de no tener más de diez años el chico era muy despierto, tocaba con habilidad el piano, era muy hábil con los pinceles, podía dibujar el rostro humano casi a la perfección y hablaba con soltura el alemán y el polaco, sus padres no le habían enseñado yidis.

—¿A dónde vamos, Maestro?

Me hizo gracia que me llamara de aquella manera, la mayoría solía hacerlo utilizando mi apellido o simplemente se referían a mí como «doctor» o «viejo doctor».

—Está un poco lejos, pero tu madre me ha dicho que tienes las piernas fuertes.

—Ahora sí. Cuando no comíamos siempre estaba cansado y me daba sueño.

—Es normal, el cuerpo intenta ahorrar energía. Tenemos una máquina casi perfecta, pero hay que echarle combustible de vez en cuando.

No funcionaban los tranvías por los cortes eléctricos y no me podía permitir un taxi, por lo que caminamos casi una hora antes de llegar al centro. Aquel día no llovía, pero hacía un viento fresco que provenía del norte.

—¿Te asustan las bombas? Anoche fue especialmente dura, apenas nos dejaron dormir.

El niño miró al cielo despejado, las nubes muy blancas parecían pintadas sobre el fondo azul.

—Bueno, a veces pienso que la muerte no es tan mala. Me la imagino como una playa de verano, una tumbona cómoda y un refresco.

Sonreí al cerrar los ojos y pensar en la escena.

—Siempre que me vea en el cielo pienso en mi padre, él me espera allí con mis abuelos. Seguro que en cuanto me vea, me comprará un gran helado y me presentará a Jesús.

Aquel comentario me sorprendió.

—¿Eres cristiano o judío?

El niño se paró y se quedó pensativo.

—¿Qué diferencia hay? Creo que Jesús era judío.

—Ciertamente lo era. Imagino que en el cielo no habrá parcelas, que estaremos todos juntos, si es que el buen Dios me acepta, que eso está por ver.

Henryk me tomó de la mano y, con una voz tan tierna que me llegó a emocionar, dijo:

—No se preocupe, si llego antes ya me encargaré yo de que le abran las puertas, además, lo que hace por todos nosotros es muy bueno. Si alguien merece el cielo es usted.

Nunca me había sentido merecedor de nada, hacía las cosas porque me las dictaba mi conciencia, pero sus palabras me conmovieron.

—No sé si Dios me escucha, pero de joven le pedí tener una vida interesante, que haría lo que Él quisiera, pero que mi existencia fuera significativa. ¿Entiendes lo que digo? —le pregunté al niño.

—No mucho, pero imagino que Dios lo escuchó. Su vida ha sido interesante, ¿no es cierto?

Me quedé pensativo, lo cierto era que sí. Había podido estudiar medicina, vivir en Ucrania, Alemania, Suiza y viajar a Rusia y China. Había servido de oficial médico en la Gran Guerra y algo inédito, había logrado darme a conocer como escritor y pedagogo, aunque de lo que me sentía más orgulloso era de mis niños y niñas.

Mis reflexiones se pararon en seco, escuchamos cómo se aproximaban aviones, no era tan normal que atacasen a plena luz del día, pero los alemanes estaban envalentonados porque nuestras fuerzas aéreas ya no existían. Busqué dónde refugiarnos y vi cerca de una iglesia lo que parecía un callejón semicubierto.

—¡Vamos allí! —le grité al niño. Corrimos hasta el callejón y nos agachamos.

Dos aviones alemanes volaban muy bajo, lanzaron unas pocas bombas y después se entretuvieron disparando con las ametralladoras a la multitud que corría aterrorizada. Desde mi posición pude ver como alcanzaban a un soldado joven. El rubicundo soldado cayó fulminado, pero aún se movía. El muchacho estaba vivo, salí de mi escondite y comencé a arrastrar el pesado cuerpo, apenas podía moverlo. Henryk me ayudó y entre los dos lo pusimos a cubierto en un zaguán. Las balas pasaron rozándonos, pero unos minutos más tarde, los alemanes ya se habían cansado de martirizarnos y se volvieron a sus bases. Comencé a atender al joven soldado, tenía varias heridas de bala, aunque la más fea era la de las tripas que sangraba copiosamente.

—Pide ayuda a los soldados —le dije al niño señalando a un grupo de militares que pasaban con un carro tirado por caballos.

En ese momento se abrió la puerta de la casa y salieron al zaguán dos mujeres. Una era relativamente joven y la otra casi una abuela.

—¿Qué hace en la entrada de la casa? ¿No ve cómo está poniendo todo de sangre?

El comentario me dejó tan perplejo que no supe qué contestar.

—¡Quite de aquí ese cuerpo de inmediato!

El fuego de la cólera comenzó a ascender por mi cabeza, mientras taponaba la herida para detener la hemorragia.

—¿Está sordo? —me preguntó la mujer mayor dando un puntapié al soldado herido.

—¡Señora, estese quieta o le prometo que le mostraré la fuerza de mi puño!

Las dos mujeres dieron un respingo y se metieron dentro del umbral de la casa.

—¡Grosero, es el doctor judío! ¡Malditos todos los hebreos!

Llegaron los soldados y entre tres lo subieron al carro. Cuando se me liberaron las manos me giré hacia las dos mujeres.

—¿Ahora quién va a limpiar esto? ¡Judío sucio! —dijo la más joven, furiosa, y me escupió a la cara.

Apreté los puños y estaba a punto de tomar por las solapas a las mujeres cuando regresó Henryk. Tiró de mi abrigo y me dijo con un tono serio.

—Recuerde lo de poner la otra mejilla.

Refunfuñé, pero salí del zaguán y tomé la mano del niño mientras las mujeres seguían insultándonos y escupiéndonos.

—¡Fuera de aquí judíos, los alemanes les darán su merecido!

En cuanto llegamos a la puerta del ministerio, me lavé las manos manchadas de sangre en una fuente, me repeine y subimos para ver al secretario. El hombre era un funcionario con buen corazón. Nos sentamos en su despacho medio destartalado, una bomba había alcanzado en parte el edificio.

—Se han quemado parte de los archivos, pero ya estamos volviéndonos a organizar. La guerra es algo terrible y lo cierto es que la estamos perdiendo. Toda Polonia al oeste del Vístula ha caído, nuestra amada ciudad no tardará en hacerlo también. No tenemos suministros para un largo asedio, tampoco hemos sido capaces de restablecer la luz y el agua corriente, el tifus está comenzando a extenderse por Varsovia.

—Ánimo —le dije mientras le daba unos golpecitos en el hombro—, puede que los aliados aún logren llegar a tiempo.

Todos sabíamos que aquello no sucedería, pero era inútil perder toda esperanza. Yo prefería que la guerra se terminase, pero aquel hombre debía seguir creyendo en la victoria porque era de los pocos miembros del gobierno que no había huido hacia Rumanía.

—Le prometo algunos sacos de patatas, también un poco de fruta y leche, harina para que hagan pan y huevos.

—Será suficiente, le estoy muy agradecido.

Salimos del despacho y tomamos un nuevo camino hacia el orfanato, ya que la zona por la que habíamos venido estaba llena de escombros. Al meternos por una de las calles paralelas observamos dos figuras tumbadas en el suelo. Nos acercamos y la escena nos dejó sin palabras. Me agaché y comencé a hablar con una niña rubia, aferrada al brazo de una mujer muerta.

—Hola, ¿cómo te llamas? —le pregunté con un nudo en la garganta. De la cabeza de la madre emanaba sangre muy viscosa. Tomé el pulso a la mujer, aún estaba viva, pero por las heridas apenas le quedaban unos minutos.

—Aleska —dijo con la mirada triste. Sabía que algo iba a mal a pesar de tener poco más de tres años.

—Aleska, sabes que significa «defensor de la humanidad».

La niña asintió con la cabeza.

—¿Esta es tu madre?

—Sí, señor…

—Es un maestro, no le tengas miedo —comentó Henryk, al observar los ojos aterrados de la niña.

—Tu madre no puede moverse —le comenté—, está herida. ¿Lo entiendes?

—Sí, señor Maestro.

—¿Sabes dónde vives?

La niña negó con la cabeza.

—No somos de aquí, vinimos de nuestro pueblo por la guerra.

La niña se aferraba a la mano de la madre, que comenzaba a enfriarse lentamente.

—Tienes que soltarla, ya no puede acompañarte —le dije a la

niña intentando frenar las lágrimas que comenzaban a salir de mis ojos cansados.

—No puedo dejarla sola, mi padre es soldado y ella no sabrá regresar a casa cuando despierte.

Henryk se puso en cuclillas y le acarició la cara.

—Aleska, tu madre ahora está en un lugar mejor. No te preocupes por ella.

La niña frunció el ceño, no entendía que quería decirle Henryk.

—Está en el cielo, con Dios. Allí la cuidará, ven con nosotros.

—Mi madre está aquí —contestó mirando el cuerpo frío de la mujer.

Ya no aguanté más. Me agaché y la tomé en brazos, pero ella se resistía a soltar a su madre. Recordé la muerte de la mía unos años antes en un hospital, enferma de tifus por haber cuidado de mí. La orfandad es la más triste de las condiciones humanas, rompe el cordón umbilical que te une al pasado y te recuerda los años felices de la infancia.

—¡No me aleje de ella! ¡No puedo dejarla sola! Por favor, tengo miedo.

El niño se quitó el abrigo y tapó la cara de la mujer. Aquel gesto pareció tranquilizar a la niña, que soltó la mano y me abrazó con fuerza.

—¿Seguro que estará bien? —me preguntó con los ojos anegados por las lágrimas.

Cerré los míos, no soportaba aquella mirada aterrada, la sensación de sinsentido, el horror de la muerte absurda de una madre en medio de la calle.

—Lo estará, Aleska, te lo prometo.

Nos alejamos despacio, casi de puntillas, como si estuviéramos cometiendo el acto más atroz y vil del mundo. Una madre siempre es una madre, aunque estuviera muerta y su cuerpo descansara sobre los adoquines congelados y polvorientos de la ciudad bombardeada.

«Soy viejo», pensé mientras nos alejábamos. «Aunque me empeño en tener futuro, la muerte se ríe de mí una vez más. En cada defunción nos acercamos inexorablemente a la nuestra, como si la pálida dama se riera de nuestras ansias de vida».

El cuerpo de Aleska estaba frío, pero mi pecho fue calentándolo poco a poco. Henryk caminó a nuestro lado sin abrigo. Cuando lo miré, tenía la mano agarrada de la de la niña, y sonreí, como si hubiera visto un rayo de esperanza en medio de tanta oscuridad. No hay nada más puro que el corazón de un niño.

CAPÍTULO 6

EL MURMULLO DE LOS MUERTOS

EN OCASIONES ES MEJOR DEJARSE EN LAS manos del destino. La historia siempre nos niega la posibilidad de que conozcamos el comienzo de los grandes movimientos que determinan cada época. Unos años antes no había sido capaz de imaginar la caída del Imperio Zarista, que a pesar de sus contradicciones y desigualdades, parecía casi inmutable. Mientras luchaba en la Guerra ruso-japonesa —por describirlo de alguna forma, ya que era médico de campaña y jamás disparé un solo tiro— el ejército ruso parecía tan poderoso, pero había sucumbido ante el Ejército Rojo en medio de la confusión de la Gran Guerra y la Guerra Civil. Por no hablar del desmembramiento del Imperio austrohúngaro o la destrucción del otomano en apenas una décadas.

No recuerdo la primera vez que escuché hablar de Adolf Hitler, seguramente al principio de su carrera, ya que desde siempre he tenido la costumbre de seguir fielmente los periódicos de Alemania, pero sí guardo en la memoria la advertencia de un primo lejano que vino a visitarme a finales de los años veinte. Su familia llevaba viviendo casi cuarenta años en Múnich, se sentía tan alemán como yo polaco, aunque para la mayoría de nuestros respectivos compatriotas no éramos otra cosa que judíos extranjeros. Me habló de la agitación que recorría la ciudad, como tras el intento de golpe de estado de los comunistas, una fuerza antijudía estaba extendiéndose por Múnich y toda Baviera. No le di mucha importancia, los partidos antisemitas han sido siempre numerosos en Europa, ya fuera en la liberal Francia, la aristocrática Austria o la prusiana Alemania. Aquellas noticias no me preocuparon, como ya he dicho, como también me pasó casi desapercibida hace seis años la llegada al poder de Hitler.

En aquel entonces llevaba años pensando en establecerme en Palestina con Stefa y lo que sucedía en el continente europeo no me importaba demasiado. ¡Qué equivocado estaba entonces!

En pocas semanas de guerra, Varsovia estaba perdida, como el resto de Polonia, devorada por alemanes y rusos, como si fuera una pieza de caza en medio del bosque a la que dos perros despedazan sin piedad. Ya era únicamente cuestión de tiempo, casi deseaba la entrada de los nazis en la ciudad para que terminaran las muertes inútiles producidas por el hambre y a causa de los infernales bombardeos. Pensaba que era mejor una mala paz que una buena guerra.

Aquella mañana me encontraba inquieto y me decidí a hacer algo que practicaba con cierta asiduidad en otros tiempos: ir a hablar con los muertos. La trascendencia y la esperanza son dos de las cosas que la modernidad se ha empeñado en robarnos, pero yo seguía acudiendo a ver las tumbas de mis padres y abuelos en el cementerio judío.

Había amanecido con frío y amenazando lluvia. Tomamos unos paraguas algo endebles y nos dirigimos a la puerta. Henryk se había convertido en mi lazarillo de tal manera que se empeñaba en acompañarme a todas partes y a su madre le parecía bien, tal vez pensaba que en mí el niño veía la figura perdida de su padre y su abuelo.

—¿A dónde se dirigirán hoy? No regresen tarde, es peligroso caminar por las calles —nos dijo Zalewsky, nuestro portero cristiano al vernos atravesar el umbral.

—Vamos a escuchar un rato el murmullo de los muertos.

El hombre frunció el ceño, pero después sonrió. Estaba acostumbrado a mis comentarios extemporáneos, por lo que se limitó a quitarse la gorra y abrirnos las puertas.

—¿Los cristianos no hablan con sus muertos? —le pregunté antes de salir del edificio.

—Sí hablamos con ellos, pero no nos contestan.

Su respuesta racional, muy al estilo de Sancho Panza, me hizo sonreír. Me sabía Quijote, pero siempre que charlaba con Zalewsky me daba cuenta que los polacos, como los españoles, nos dividíamos principalmente en Quijotes y Sanchos.

Caminamos de la mano un buen rato, sentía como mis piernas cansadas comenzaban a resentirse, pero por otro lado, sabía que ya no podrían andar muchos kilómetros más; mi cuerpo y fuerza se iban deteriorando. Desde que había llegado a mi sexta década, la decadencia de mis huesos y músculos se había acelerado rápidamente. Nunca había sido un hombre fuerte, pero si vigoroso e infatigable.

Llegamos a los límites del cementerio. No era lujoso, pero tampoco pobre, como la comunidad judía de la ciudad. Mi abuelo siempre decía que las clases y las diferencias religiosas nos perseguían desde el nacimiento hasta la muerte y no le faltaba razón. Los judíos teníamos nuestro lugar, los cristianos el suyo y hasta los protestantes y ortodoxos descansaban en sus respectivos camposantos.

—¿A quién venimos a ver? —me preguntó el niño que parecía algo fatigado con la marcha.

—Los cementerios son los cofres de la memoria, pero la gente no quiere recordar. ¿Ves todas esas lápidas?

El niño asintió con la cabeza, los árboles sin hojas, con sus troncos reverdecidos por la humedad, se alimentaban de los cuerpos en descomposición bajo tierra.

—Son las tarjetas de presentación de los que nos precedieron. Médicos, abogados, artistas, amas de casa, prostitutas, rabinos y maestros descansan juntos. En la misma fila puede estar enterrado el banquero más despiadado con el filántropo que buscó toda su vida la mejora de la humanidad. Por eso la gente prefiere no venir a este lugar; no pueden mirar cara a cara su propio destino.

—¿Todos vamos a morir?

—Claro que sí, Henryk, pero eso que lo sabe hasta un niño pequeño, a veces lo ignora el viejo que está a punto de fallecer.

El niño miró el bosque de piedra y árboles, que se extendía por varios kilómetros hasta casi parecer que sus dominios eran interminables.

—Hay tumbas más grandes y bonitas que otras —comentó señalando a la avenida principal donde se situaban los mausoleos de las familias ricas y poderosas de la comunidad hebrea.

—Este es el último acto de vanidad, el postrer intentó de vencer a la muerte.

—¿Qué es la muerte?

Aquella pregunta me dejó sin palabras, algo que normalmente era difícil, pero aquel niño era más audaz de lo que aparentaba su pequeño cuerpo.

—La muerte es la victoria del olvido. Mientras recordamos a nuestros seres vivos siguen entre nosotros.

El niño comenzó a hacer un puchero.

—¿Qué te sucede Henryk?

—Mi padre morirá del todo cuando deje de recordarlo. Ya apenas puedo ver su rostro cuando cierro los ojos. Jugábamos en casa y alborotábamos, mi madre nos regañaba y comenzábamos a reír. Lo echo mucho de menos.

Me puse en cuclillas y le sequé las lágrimas.

—No te olvidarás de él, te lo aseguro.

Fuimos de la mano hasta la tumba de mis abuelos. El frío atravesaba nuestros abrigos y el cementerio, medio en sombras, parecía más tenebroso aquella mañana.

—Este es Hersz Goldszmidt, fue médico como yo, dedicó su vida a luchar contra los rusos y formó parte de Haskalá, un grupo que defendía las ideas ilustradas.

Henryk puso la cara que ponen siempre los niños cuando los adultos utilizamos palabras que ellos no comprenden.

—No te preocupes por conocer el significado de algunas palabras, lo importante es intentar indagar en el corazón de la gente. Mi abuelo fue un hombre importante en Varsovia, aunque lo fue más su hermano Jakob, mi tío abuelo, que fue periodista y escritor. En cierto modo, yo soy una mezcla de los dos.

—He leído algunos de sus cuentos, me han gustado mucho. Nunca había conocido a un escritor.

—No te fíes de los escritores, serían capaces de vender su alma al diablo por una buena historia.

Henryk comenzó a reírse como si hubiera comprendido la broma.

Nos dirigimos a la tumbas de mis padres.

—Aquí están Jozef y Cecylia —dije después de apoyarme en la

lápida de granito. Tragué saliva para evitar que el niño me viera llorar.

Comencé a recitar una oración breve, después puse un par de piedras y me coloqué el sombrero. No muy lejos observamos a un hombre sentado en una silla plegable. Se inclinó hacia delante y comenzó a sonar música. Nos miramos sorprendidos y nos pusimos a espiar entre los árboles.

—Querida Ebicka, siento no haber venido estos días, los bombardeos han sido constantes. Te he puesto tu música y he vertido el oporto que tanto te gustaba sobre tu tumba. ¿Recuerdas cuando nos sentábamos a hablar por las tardes? Parecían que las horas volaban, enseguida anochecía y mientras hacías la cena yo te leía poesía, después cenábamos a la luz de las velas, agradecidos de tener juntos un día más. Eras mi compañera y ahora tengo que caminar a solas, soy demasiado cobarde para reunirme contigo, pero ya no queda mucho. ¿Para qué sirve un viejo triste y solo en el mundo? Siempre he pensado que los amantes deberíamos morir juntos, llegar al final a la vez. Es cruel separarnos en la parte del camino en la que más nos necesitamos uno al otro.

El hombre comenzó a llorar. Vestía extrañamente de chaqué, como si estuviera celebrando una fiesta. Le tuve mucha envidia, casi me atreví a maldecirle. Él se quejaba de haber perdido a su compañera, yo no la había tenido jamás.

El anciano se tumbó sobre la lápida y la abrazó, imaginé que lo único que sintió fue la fría piedra y no el cálido abrazo de su esposa. Solté una lágrima y aferré con fuerza la mano del chico y comenzamos a alejarnos de la música.

—¿Por qué no se ha casado?

—No quería tener hijos.

El niño me miró sorprendido.

—Usted ama a los niños, ¿no es cierto?

—¿Cómo lo sabes? A lo mejor los cuido para comérmelos por la noche. ¿No has leído el cuento de Hansel y Gretel?

El niño sonrió, sabía que estaba bromeando. Al final me atreví a contarle la verdad, aunque nunca se lo había confesado a nadie.

—Mi padre se volvió loco y siempre tuve miedo de que me sucediera a mí lo mismo. Además pensaba que si tenía un hijo podía heredar su enfermedad. Soy el pobre hijo de un demente.

Empecé a hacer aspavientos y el niño comenzó a reírse. Cuando salimos del cementerio parecía como si nos hubiéramos logrado librar del pesado. Dimos un largo paseo hasta el orfanato. Al llegar nos encontrábamos hambrientos y exhaustos, aún no éramos conscientes de que estábamos dando nuestro último paseo en libertad y que en unos pocos días ya no seríamos dueños de nuestro destino.

CAPÍTULO 7

VARSOVIA: CIUDAD ALEMANA

AQUEL DÍA SENTÍA EN MI CORAZÓN EL ímpetu con el que late el corazón de un niño cuando reacciona ante el enfado de un adulto. Varsovia estaba perdida. Dos días antes había logrado resistir de forma asombrosa, los varsovianos siempre hemos sido orgullosamente heroicos. Los nazis tardaron veinte días en doblegarnos a pesar de sus feroces ataques. Sin comida, agua ni electricidad, el pueblo resistió sin rechistar, con la esperanza de que llegase la ayuda de Francia y el Reino Unido, a pesar de que nuestros aliados no hicieran ni el más mínimo gesto para ayudarnos.

Ayer, 29 de septiembre de 1939, las tropas al mando del general Walerian Czuma salieron de la ciudad para rendirse al enemigo. Aquel desfile fue el más triste que he visto jamás. Llevaban los uniformes sucios y desgarrados, las botas desgastadas y embarradas, muchos de ellos habían perdido el casco, tenían los fusiles con la punta hacia abajo, los semblantes tristes, como si les diera vergüenzas dejarnos a nuestra suerte, pero ellos no tenían la culpa. En algunas ocasiones el mal se extiende con tanta fuerza y a tanta velocidad que es imposible frenar su avance. El general Czuma fue el único que no nos abandonó, que se mantuvo firme hasta el último momento, mientras que el resto de nuestros líderes huyeron despavoridos.

La gente observaba ayer la columna interminable. Era sábado, aunque no parecía festivo, todo era triste y lúgubre en aquella rendición. Al principio me sentí contento, al final terminaba el suplicio de los varsovianos, más de dieciocho mil civiles habían muerto por los bombardeos y combates, el 50% de los edificios habían quedado destruidos o muy dañados. «Ahora los alemanes serán nuestros señores», pensé, «pero hasta los más crueles tiranos cuidan a sus esclavos para poder aprovecharse de ellos». ¡Qué equivocado estaba!

A pesar de todo llegó el domingo, como siempre, las campanas no sonaron en Varsovia. El día de Resurrección se había convertido en el de la muerte.

En el comedor mientras desayunábamos había un silencio sepulcral. Los alumnos y los profesores nos sentábamos todos juntos, no había discriminación entre unos y otros. De hecho aquel día teníamos una asamblea o parlamento extraordinario para valorar la situación en la que se encontraba el país. Estaba compuesta por veinte niños elegidos por el resto y algunos profesores.

Mientras degustábamos el frugal desayuno, un poco de pan negro con mantequilla y leche para los más pequeños, Stefa comenzó a hablarme al oído algo preocupada.

—Sería mejor que lleváramos a los niños a la costa e intentásemos huir a Suecia. Me da miedo lo que los nazis puedan hacerles.

—Tranquila, por ahora estamos a salvo, lo pensaremos más adelante. Es difícil que un país acoja a un grupo tan elevado de niños y maestros. Además, los puertos ya deben estar bajo el control de los alemanes.

—Siempre se puede comprar a un pescador, ellos salen por la noche a faenar y nadie los controla.

—¿Quieres que lo abordemos en el parlamento?

Stefa negó con la cabeza, no quería inquietar aún más a los pequeños.

—No, se le podría escapar a algún niño cuando hable con sus padres y los nazis se enterarían —me contestó en un murmullo.

Agnieszka, que se encontraba enfrente, comenzó a preguntarme ansiosa.

—¿Debemos quedarnos en Varsovia? ¿No será peligroso?

Al ver el ambiente decidí convocar al parlamento justo después del desayuno, antes de que cada cual se fuera a sus quehaceres.

Entre todos apartamos los platos y dejamos las mesas despejadas, además de los parlamentarios estaban en la sala el resto de los niños y cuidadores. Al haber convocado yo la reunión fui el primero en hablar.

—¡Queridos niños y cuidadores!

Comenzaron a apaciguarse los murmullos y todos miraron hacia mí. Entonces carraspeé y de pie comencé mi discurso.

—Los alemanes han ganado la guerra. Sé que para todos es una triste noticia, pero al menos ha terminado el conflicto. Esperamos que en breve se restablezca el agua corriente, la luz y la distribución de comida y las cosas se normalicen. Por el momento nadie puede salir del edificio y el jardín a excepción de los profesores para cuestiones imprescindibles y la dirección. A medida que sepamos más sobre las condiciones impuestas por los ocupantes, tomaremos las medidas pertinentes y nos adaptaremos a esta nueva normalidad.

Uno de los niños, Pawel, se puso en pie y comenzó a hablar:

—Parlamento de los niños, profesores, Maestro. Nunca antes

nuestra comunidad ha sufrido una cosa igual. Ni los veteranos que están aquí como residentes mientras terminan sus estudios superiores han vivido bajo el dominio de una potencia extranjera. Hace veinte años que conseguimos nuestra independencia y ahora estamos de nuevo divididos entre soviéticos y nazis, ciertamente no sé cuál es peor, amo.

Uno de los chicos que tenía ideas comunistas se puso en pie y lo interpeló.

—La Unión Soviética es liberadora, lo que sucede es que la sociedad burguesa la ve como una amenaza, pero ellos traen la fraternidad y armonía entre los pueblos.

Pawel frunció el ceño, su compañero Igor era demasiado entusiasta con los soviéticos según su opinión.

—¿Qué tipo de alianza puede haber entre el comunismo y el nazismo? Eso lo que demuestra es que son dos caras de la misma moneda. No defiendo la opresión de algunos burgueses sobre sus obreros, pero la democracia es el único sistema justo que el hombre ha conocido.

Decidí interrumpirlos. No quería un debate sobre democracia y comunismo, prefería que los alumnos y sus profesores reflexionaran sobre la situación del país tras la derrota.

—Bueno, chicos, no estamos aquí para discutir sobre sistemas políticos. Aún no conocemos lo que harán los nazis, ya que nuestra ciudad se encuentra bajo su dominio, pero viendo las leyes de Núremberg en Alemania, no creo que tarden mucho en aplicarlas aquí.

Muchos de los niños desconocían de qué se estaba hablando y expliqué brevemente en que consistían las leyes raciales contra los judíos y otros grupos étnicos considerados no puros.

Rahel se puso en pie y comenzó a hablar.

—Algunos de los cristianos ya nos trataban mal antes de la llegada de los nazis. No sé si pondrán en práctica sus leyes antisemitas, pero en Polonia un niño judío y un gentil no pueden estudiar juntos. Los profesores nos tuvieron que acompañar durante años a la escuela por los ataques que sufríamos de algunos niños racistas y todos sabemos que no podemos tener la misma vida que ellos.

Era consciente de que la niña tenía razón, a pesar de las mejoras de la Segunda República Polaca, en la sociedad continuaba la discriminación contra nuestra comunidad y hasta Roman Dmowski, uno de los principales ideólogos de la nueva nación, defendía ideas como que los judíos impedían la formación de una nueva identidad nacional. Las ideas retrógradas son más peligrosas en las mentes pensantes que en las ignorantes.

—Queridos niños y niñas, tienen razón al comentar que las discriminaciones no serán nada nuevo, pero el yugo de los nazis, sin duda, nos oprimirá de forma especial a los judíos. Muchos polacos nos piden que dejemos las diferencias con ellos y que aceptemos la asimilación; sin embargo, muchas veces los judíos dejan de ser judíos, pero a pesar de ello los gentiles siguen sin aceptarlos, quedándose en tierra de nadie, despreciados por todos, por los judíos y los no judíos. El único que nos protegió en Polonia fue el difunto mariscal Józef Pilsudski. No olvidemos que en los años 1935 hasta 1937 hubo muchos disturbios antisemitas y fallecieron muchos judíos y otros quedaron heridos. Nosotros ya hemos sufrido el boicot económico como el que se hizo en Alemania contra nuestros hermanos judíos. Antes de la invasión alemana ya teníamos númerus clausus en la universidad y nos obligaban a sentarnos en bancadas aparte de los estudiantes arios. Aún en la actualidad se nos ha obligado a poner el nombre en nuestras tiendas, para que los clientes sepan que las regenta un judío, se nos han prohibido nuestros sacrificios rituales, hasta el colegio de médicos ha pedido que no se permita ejercer la profesión a los doctores judíos o que lo hagan únicamente con los de su raza. Tampoco se nos admite en la asociación de periodistas y muchos han hablado de mandarnos a Madagascar.

—Entonces —dijo Pawel—, no vamos a notar mucho la diferencia.

Todos los alumnos se echaron a reír, aunque yo sabía que lo que se nos venía encima no era ninguna broma.

—Los nazis desprecian a todos los polacos, pero a nosotros lo hacen por partida doble. Estoy convencido de que seremos los primeros en sentir su furia desatada y tenemos que estar preparados. Creo que deberíamos proponer y aprobar ciertas normas. La primera: que nadie salga solo de la casa, tampoco sin una razón justificada. La segunda: que no respondamos a provocaciones de alemanes ni de polacos antisemitas. La tercera propuesta es que nos esforcemos en resistir pacíficamente, lo que significa que continuemos con nuestras vidas, eso no pueden quitárnoslo. Dios ya nos ayudó a vencer a Faraón, también nos salvó del exilio de Babilonia y el Imperio persa, de los romanos y ahora nos salvará de estos incircuncisos —comenté medio en broma.

Todos se echaron a reír de nuevo, se realizó la votación, se aprobaron las nuevas normas y se disolvió la reunión.

Después fui a mi despacho. Tenía que realizar una visita importante en el centro: el director de educación quería explicarnos la forma de actuar ante el paso de poderes a los alemanes. Tomé mis papeles y estaba guardándolos en mi portafolios cuando llamó a la puerta Agnieszka.

—Doctor Korczak, me han dicho que tiene que ir al centro. ¿Puedo acompañarlo?

—Le aseguro que no será un viaje agradable —le previne. La ciudad había sufrido ataques feroces y podían verse cadáveres por todas partes, por no hablar de los edificios en ruinas y la gente mendigando un plato de comida.

—No importa. Tengo que ver a una persona y no quiero que vaya usted solo.

—Te he dicho mil veces que me tutees, podría ser tu padre, pero aún me siento joven.

—Perdón, Janusz.

—Estas canas son solo producto de la edad, no soy más que tú. Te lo aseguro.

Bajamos juntos por las escaleras, mientras la mujer no dejaba de comentarme lo asustada que se encontraba.

—Mi hijo me contó que el otro día fueron al cementerio.

—¿Te parece mal?

—No, únicamente me sorprendió. Nadie suele llevar a los niños a esos sitios.

Salimos del edificio después de abrigarnos, octubre estaba siendo un mes aún más frío y desagradable que el mes anterior.

—Bueno, no me importa demasiado lo que haga el resto de la gente. Pienso que en los cementerios todos podemos aprender muchas cosas, ¿no crees?

—La muerte es una gran maestra —comentó mientras atravesábamos las rejas y salíamos a la calle.

Cerca del orfanato no había muchos destrozos, pero a medida que nos acercábamos al centro, la ciudad parecía desgarrada por los cuatro costados. No nos cruzamos con ningún soldado alemán hasta llegar a la Plaza del Mercado.

Los alemanes patrullaban la zona en pequeños grupos, en ocasiones únicamente en parejas. La gente se apartaba de ellos con temor. Nosotros nos cruzamos con dos grandulones. Uno tenía la piel rosada como la de un cerdo, el otro grisácea, ambos llevaban bigotitos ridículos como los de su líder. El más gordo le dijo algo inoportuno a Agnieszka y yo lo miré a los ojos y le dije en alemán:

—¿No le da vergüenza? Esta mujer es una madre y una viuda, ¿usted no tiene madre o esposa?

El soldado se quedó muy serio, no debía esperar que yo le hablase en su idioma. Aquello debió mostrarnos más humanos para él, afortunadamente no sabía que éramos judíos. Se retiró y nos dejó pasar. Mi amiga sonrió y caminamos hacia la catedral. No sabíamos que aquella no era ni siquiera una pequeña anécdota, comparado con lo que estaba sucediendo en el resto de la ciudad.

Frente a la iglesia con la fachada medio derruida vimos a lo lejos como un abuelo judío paseaba con su nieto de cuatro o cinco años cuando seis soldados los pararon, les pidieron papeles y sin mediar palabra, uno de los más joven, de cara angelical, cogió al anciano de su larga barba blanca y comenzó a tirar mientras se burlaba. Agnieszka me detuvo para que no hiciera nada.

El anciano comenzó a pedirles que los dejaran en paz. El pobre niño de mechones rubio lloraba desconsolado al ver aquel maltrato a su pobre abuelo. Uno de los soldados sacó unas tijeras y cortó la barba del hombre, después la levantó y comenzó a exhibirla como si fuera un trofeo. Golpearon al anciano y lo dejaron tirado en el suelo. El niño intentó levantarlo, pero no tenía fuerzas suficientes. Acudimos a su ayuda ante la indiferencia y el miedo de la mayoría de la gente.

—¿Se encuentra bien? —le pregunté indignado por la escena que acabábamos de contemplar.

El hombre levantó la vista, tenía los ojos llenos de lágrimas y oraba en yidis. Entonces noté que se había orinado los pantalones.

El pobre estaba muerto de vergüenza y miedo. Lo ayudamos a incorporarse.

—¿Vive cerca? —le pregunté en yidis. Parecía como totalmente ido, no logró responder, pero el niño nos indicó que su casa se encontraba en el barrio judío, no muy lejos de allí.

Tras ayudar al hombre continuamos nuestro camino, aunque mi amiga quería que nos volviéramos. Temblaba como una hoja cada vez que nos cruzábamos con un grupo de soldados.

—No podemos tenerles miedo, eso es precisamente lo que quieren —le dije.

—Yo les tengo miedo. Son diablos no personas.

—Eso es lo que parecen, querida, pero lo más triste es que son simples hombres como nosotros. Seguramente aquel es un zapatero de Hamburgo, ese otro un carnicero de Berlín o ese grueso un cocinero de Frankfurt. Son personas corrientes a las que se les ha dado un poder absoluto.

Nos dirigimos a la parte trasera de la catedral de San Juan y allí vimos una de las escenas más aberrantes de la jornada. El viejo profesor Kirschenbaum, un anciano que debía tener unos pocos años más que yo y uno de los historiadores más importantes de la universidad de Varsovia, llevaba unos libros bajo el brazo y caminaba por la acera orgulloso hasta que dos alemanes, que parecían pertenecer a la policía militar, comenzaron a hablar con él. Les respondió en correcto alemán y les entregó la documentación.

—¡Usted es judío, un sucio judío! —le gritó el cabo. Tomó un cubo de una tienda cercana y un trapo y los puso delante del hombre.

—No entiendo —comentó confundido.

—Herr profesor, ahora eres el sucio judío que limpia las calles de Varsovia.

El hombre no se inmutó, les pidió sus papeles e intentó escabullirse. El cabo lo sujetó por los hombros mientras el otro le quitaba los libros y los lanzaba al barro. Lo pusieron de rodillas y lo obligaron a limpiar. El profesor al final tomó el trapo y lo mojó en el cubo, comenzó a frotar el suelo sucio y embarrado mientras ellos no paraban de reír. Algunos viandantes comenzaron a reírse también.

Me dirigí hacia ellos, cuando de una patada tiraron el cubo sobre la ropa del profesor. Esta vez mi amiga no logró detenerme.

—¿Qué están haciendo? Por el amor de Dios, es un pobre anciano, un viejo profesor —les espeté en alemán. Aquellos dos eran huesos duros de roer. El cabo puso los brazos en jarras y me contestó:

—¿Y tú quién eres? Ahora nosotros mandamos aquí, esta es nuestra tierra y todos vosotros extranjeros. O aceptáis las cosas como son o lo vais a pasar muy mal. Ahora métete en tus asuntos.

—¿Mis asuntos? Ayudar a alguien desvalido es meterme en mis asuntos. ¿Acaso eso no os lo enseñó vuestro Lutero?

El cabo se acercó y me tomó de la solapa del abrigo. Pensé que iba a golpearme, pero escuché una voz a mi espalda.

—¡Cabo, suelte al civil de inmediato!

El soldado me soltó, me giré para darle las gracias y vi a un oficial alemán.

—¡Ahora, levanten a ese hombre y recojan sus libros!

Los dos soldados obedecieron y el viejo profesor se marchó de allí dando las gracias. También se fueron el cabo y su compinche, como dos perros asustados y nos quedándonos a solas con el oficial.

—Lo lamento, Herr.

—Doctor Korczak.

—Herr doctor, soy el capitán Neumann. Estaba buscando precisamente a un médico.

—¿No tienen médicos en el ejército alemán?

El capitán sonrió y aquel gesto nos tranquilizó.

—Si le digo la verdad, en dos días será el desfile de la victoria y están obligando a casi todos los soldados a ensayar. No hay ningún médico de campaña en toda Varsovia y mi chofer se encuentra mal. Está allí mismo —dijo, señalando con la mano un Mercedes descapotable.

—Hace muchos años que no ejerzo y mi especialidad era medicina pediátrica, pero puedo examinarlo.

El conductor se encontraba derrumbado sobre el asiento tocándose el costado derecho.

—¿Qué le sucede?

—Llevo dos días con un fuerte dolor aquí.

Lo examiné y enseguida vi que se trataba de una apendicitis.

—Será mejor que acudan al hospital de inmediato, puede perforársele el apéndice.

El capitán me miró perplejo.

—¿Cree que nos atenderán en el hospital?

Subimos al coche y le indiqué la dirección. En unos quince minutos estábamos frente a la puerta del hospital. Llevamos al hombre hasta un bedel y este lo ayudó a tumbarse en una camilla. Salió un viejo amigo de mi etapa de médico, el doctor Jakobski.

—Korczak, ¿qué hace con estos alemanes? —me preguntó en polaco.

—El conductor tiene mal el apéndice. Tiene que operarlo de inmediato.

—Son nuestros enemigos, que los curen sus médicos nazis.

Le sonreí, después le toqué el hombro.

—Amar a nuestros enemigos, ¿recuerda?

El doctor, que era muy religioso, frunció el ceño y se dirigió al quirófano con el chofer del oficial en una camilla.

—Muchas gracias, ¿cómo puedo agradecérselo? —me preguntó el oficial quitándose la gorra de plato.

Me quedé mirándolo un segundo. Era más fácil odiarlos cuando no los conocías. Se parecían demasiado a nosotros.

—Haga el bien, oficial, con eso me basta.

Nos marchamos del hospital con sentimientos encontrados. Sin duda habíamos pasado mucho miedo, pero también teníamos la satisfacción de haber resistido un día más.

Mientras nos dirigíamos al orfanato vimos que las farolas se encendían, había vuelto la luz. Por un segundo tuve la vaga esperanza de que los alemanes no fueran las bestias asesinas que todos imaginábamos; que se conformarían con dominarnos como habían hecho anteriormente los rusos, los austriacos y los prusianos; que al final nos dejarían vivir como personas; pero todavía desconocía que el gobierno de nuestro amado país muy pronto caería en manos de los asesinos más terribles que ha conocido el mundo en los últimos siglos. Llegamos al edificio tan agotados que no comimos nada. Éramos los únicos de la casa que sabíamos lo que estaba sucediendo afuera. Teníamos que proteger a los niños; ellos eran lo único que me ataba al mundo, la única razón de mi existencia.

CAPÍTULO 8

STEFANIA

NO PODEMOS HACER NADA QUE PERDURE EN soledad. Soy un hombre solitario, lo reconozco, aunque apenas tengo tiempo para mí mismo, casi nunca estoy descansando o leyendo en mi cuarto. Toda la vida he sido un solitario sin vocación, tal vez porque de niño siempre me encontraba sin amigos, era triste y melancólico. El destino me ha rodeado de gente increíble, pero sin duda mi mano derecha ha sido siempre Stefania Wilczyńska. Nos conocimos en 1909, cuando los dos pertenecíamos al Comité de Huérfanos. Yo ya había trabajado con niños desde casi el principio, ya fuera en campamentos de verano con mis amigos o llevando a huérfanos que encontraba por la calle a refugios municipales. Después me especialicé en pediatría con la idea de dedicarme enteramente a la infancia, aunque lo que me hizo decidirme fue el viaje a Londres de 1910. Allí visité varios hospitales y orfanatos de la capital. Los ingleses nos llevaban casi cien años de adelanto en cuanto a instituciones públicas y privadas de ayuda a la infancia, posiblemente esto se debía a que Inglaterra fue uno de los primeros países que la vida de un ser humano comenzó a valer al menos lo mismo que la de un aristócrata.

Aún tengo nítido en la memoria cuando Stefa y yo nos reunimos en una cafetería para hablar del proyecto. Fue emocionante ver cómo nuestros espíritus parecían conectados por una fuerza indescriptible. Ella poseía lo que a mí me faltaba. Siempre he tenido facilidad para ilusionar a la gente con mis proyectos, aunque carecía algo de paciencia con los niños. Para ella, en cambio, lo principal siempre han sido los pequeños. A mí me gusta jugar con ellos y escribir libros de pedagogía, pero Stefa siempre ha sido capaz de tener una paciencia infinita con cada niño y niña de esta casa. Los huérfanos la adoran, siempre es cariñosa, atenta, amable y tierna, como solo una madre puede serlo. La única pasión que ha tenido además de los niños ha sido Palestina. Ella fue la que consiguió que me viera por primera vez como judío, cosa que siempre había pensado que era una mera anécdota de mi vida, pero esa es otra historia. Los momentos en que me he sentido más solo y perdido, aunque nunca lo confesaría en alto, han sido cuando ella ha tenido que marcharse. Cuando viajó a Palestina y me dejó solo, me sentí más desvalido que nunca, por eso preparé los papeles para acompañarla, pero los malditos ingleses no me los concedieron.

Cada mañana, cuando los niños aún podían ir a la escuela, ella les preparaba su merienda para el recreo y sabía exactamente lo que le gustaba a cada uno. Las niñas la tenían como un modelo de madre, los niños sentían con ella el cariño que muchas veces les faltaba de sus propias familias.

Ahora que las cosas se están complicando en Varsovia, me pregunto si hicimos bien en quedarnos, aunque en el fondo sé que no teníamos más opción. Los niños nos atan a esta tierra más que las banderas o los himnos patrióticos. Polonia es para mí el rostro de un niño famélico o los ojos vidriosos de una madre que no tiene nada para dar de comer a sus pequeños.

Una vez me dijo un nacionalista que los judíos no podíamos ser buenos polacos, que como mucho seríamos buenos cracovianos o varsovianos, pero nunca polacos. Aquel comentario me recordó lo que contestó una de las niñas del orfanato cuando le preguntaron si era persona: dijo que era muchas cosas. Los adultos no entienden que podemos ser varias cosas a la vez, algunas incluso contradictorias.

Henryk entró en el despacho sin llamar, aquella era su costumbre y sabía que nunca me enfadaba, me había cogido la medida más rápido que los otros alumnos.

—Maestro, ¿ha visto lo que pasa en la calle principal?

Me encontraba tan absorto en mis pensamientos que no había caído en el sonido de las pisadas, los tambores y la música. Salimos al balcón y miramos a lo lejos.

Los alemanes desfilaban por la calle con todos sus tanques y cañones, como si quisieran remachar que ahora eran ellos los que mandaban en Polonia.

—Me gustan los uniformes —dijo el niño.

—Yo tengo uno, de cuando serví en el ejército polaco.

—¿En serio?

—Claro, ¿quieres verlo?

Asintió con la cabeza y nos dirigimos al armario; lo saque de una funda y se lo mostré.

—Es muy bonito, ¿por qué no lo lleva nunca puesto?

—Ya no soy soldado, en el fondo, nunca lo he sido. Servía como médico de campaña, jamás he disparado a nadie.

—¿No dispararía a uno de esos alemanes?

Me quedé pensativo. Lo cierto es que me daban muchas ganas de hacerlo, pero sabía que en el fondo de mi alma, aquella no era la solución. Aunque no criticaba que otros lucharan por liberarse de sus opresores, odiaba a la guerra con toda mi alma.

—¿Qué están haciendo? —nos preguntó Stefa y esbozó una sonrisa.

—El Maestro está mostrándome su uniforme.

—¿Mostrándote? Desde que lees todas las noches has mejorado mucho tu vocabulario —le comentó mi amiga al pequeño.

—Gracias, señorita Stefa.

—¿Puedes dejarnos solos un momento?

El niño salió del despacho y yo me apoyé en el escritorio; me dolían mucho las piernas.

—¿Has visto el desfile? Me han dicho que está hasta el mismo Hitler.

—El cabo austriaco ha conseguido su sueño, aunque sea la pesadilla de media humanidad. Decía Dostoievski que a la larga todos conseguimos nuestros sueños, pero que suelen estar tan distorsionados que no los reconocemos.

—Hablo en serio —dijo Stefa, agotada por su interminable trabajo y la tensión nerviosa que soportaba. Se sentó en la silla y se cruzó de brazos.

—Llevo toda la vida anticipándome a los acontecimientos y es la primera vez que no lo hago, aunque en el fondo no es cierto del todo. A veces pienso en qué haré después de la guerra y qué haré cuando los alemanes se marchen.

Mi amiga me miró asombrada.

—¿Dices que no anticipas las cosas? Yo solo pienso en mañana, en la semana que viene, en el invierno. ¿Cómo vamos a alimentar, vestir y calentar a los niños? ¿Cómo vamos a protegerlos de esas fieras? Pero tú hablas de lo que sucederá después de la guerra, cuando ya no estén los alemanes. Puede que ni tu ni yo veamos ese día.

Me senté enfrente y le tomé la mano, estaba completamente helada y sudorosa.

—No lo sé, pero ya se nos ocurrirá algo. La vida es un regalo, si lo tomamos como préstamo o como una obligación, nos amargaremos. Cada día que abrimos los ojos y estamos aquí es un don. No lo olvides.

Stefa comenzó a llorar, no solía hacerlo en muchas ocasiones, al menos no en público, era más fuerte de lo que parecía a simple vista.

—Querida, nos encontramos en manos de Dios. No podemos hacer nada, pero no te preocupes, estaremos aquí el tiempo que Él quiera, ni un minuto más ni uno menos.

—¿Desde cuándo eres tan religioso?

—Desde que no puedo hacer otra cosa que rezar.

Nos abrazamos e intenté contener mis lágrimas. Habíamos construido aquel lugar con nuestro esfuerzo, durante casi treinta años habíamos dedicado toda nuestra vida a los huérfanos judíos de Varsovia, a la infancia del país. Ahora éramos extranjeros en nuestra propia tierra, peor aún, nos habían convertido en simples parias.

—No quiero morir —dijo Stefa mostrando sus temores más profundos.

—Todos vamos a morir, querida.

—Ya lo sé, pero no así, no en sus manos infames.

—No hay muertes indignas, todas nos llevan a las puertas, al mismo umbral del misterio de la vida. Morir es un acto tan natural como nacer.

Nos quedamos un rato abrazados, intentando que nuestras inmensas soledades se unieran con los misteriosos lazos que en muy pocas ocasiones las almas logran crear. Por un segundo me hubiera gustado decirle que era la persona más importante de mi vida y que no querría vivir jamás lejos de ella, pero hasta en los momentos más desesperados, a veces el absurdo temor a ser mal interpretado nos empuja a no dejar que el corazón hable por nosotros.

CAPÍTULO 9

EL NIÑO DE LA PORTERA

—Los cuentos de hadas siempre tienen algo de verdad y, lo más importante, siempre nos enseñan algo —comencé a contar a mi querida audiencia de niños y niñas de la casa. A la mayoría les fascinaba mis historias—. Dejadme que os cuente la historia de dos niños, uno vivía al lado del otro, sus madres eran viudas y se habían ayudado cuando perdieron a sus maridos en la Gran Guerra. Uno de los niños era rubio con ojos claros y el otro moreno de pelo oscuro. No sé decir quién era quién, ya que esto pasó hace mucho tiempo y alguien me contó la historia. Los dos niños iban todos los días juntos al colegio, eran inseparables, amigos del alma. Jugaban juntos después de hacer los deberes y sus madres tenían que llamarlos a voces para que se separaran y fueran a cenar. Un día, cuando llegaron a la escuela, les dijeron que no podían estudiar juntos y se miraron extrañados. Al parecer, uno tenía una abuela judía y el otro aria. No entendieron bien lo que les decía el profesor, con aquel bigotillo ridículo y el pelo peinado a un lado. Llegaron muy tristes a casa, se lo contaron a sus madres, pero para su sorpresa, ellas también les prohibieron jugar juntos en el patio.

Algunas veces intentaban verse clandestinamente, sin que nadie lo supiera, pero cada vez les resultó más difícil, hasta que perdieron la costumbre de ser amigos. Ambos estaban profundamente enamorados de la niña más guapa del barrio, era morena de ojos azules o tal vez, rubia con ojos verdes. Sus padres tenían un pequeño quiosco de venta de golosinas al final de la calle, también vendían cromos y tabaco. El padre estaba tullido al haber perdido un brazo en la guerra y por eso regentaban el pequeño negocio. La madre era tan guapa y generosa que, como eran amigos de su hija, en ocasiones les daba alguna chuchería sin cobrarles. Poco después de que les dijeran que uno era judío y el otro aria, se enteraron de que los padres y el hermano de su amiga eran judíos. Sus madres les prohibieron relacionarse con la niña. Cuando crecieron, los dos niños se hicieron pilotos de avión, uno luchó en el ejército polaco y otro en el alemán. Al estallar la guerra cada uno sirvió a su país, porque les dijeron que uno era polaco y otro germano, que eso les obligaba a matarse entre sí. Ellos no lo entendían, pero como todo el mundo pensaba igual, lucharon ferozmente en muchos combates aéreos. Cerca de Varsovia se enfrentaron en la más terrible batalla en el aire, y sin saberlo, los dos se dispararon y ambos aviones se desplomaron sobre un camino por el que pasaba su amiga con su familia escapando de los combates. Los tres amigos murieron de esa forma absurda, pero no lloréis, amiguitos. Sus cuerpos murieron carbonizados, pero sus almas volaron libres al cielo. Allí se encontraron de nuevo, y al verse, se dieron cuenta de que no había diferencias entre ellos. Se abrazaron y comenzaron a jugar de nuevo. No estaban tristes porque sabían lo que les había sucedido y lo que nos ocurrirá a todos. Muchos habéis perdido padres o madres, hermanos o amigos, un día podremos verlos a todos en el cielo.

Algunos de los niños y niñas tenían los ojos llenos de lágrimas, también muchos de los cuidadores, yo mismo estaba a punto del llanto al pensar en mis padres, como los echaba de menos y cada día que pasaba lo hacía mucho más, tal vez porque presentía que el día de nuestro reencuentro se acercaba lenta pero inexorablemente.

El grupo se disolvió poco a poco, hasta que se me acercó Agnieszka con el semblante triste y los ojos rojos.

—Gracias por esa hermosa historia.

—Son cuentos de hadas —le contesté, quitándole importancia.

—Pero cuanto bien hacen al alma.

Stefa se aproximó a nosotros, parecía más preocupada que el día anterior. Al parecer había hablado con la cocinera y nuestra despensa estaba otra vez casi a cero.

—Estos niños comen como limas, nuestros donantes están fuera de la ciudad o asustados —les expliqué brevemente. Llevaba semanas intentando reunir algo de dinero, pero cada vez era más difícil.

—Podríamos volver a la casa de la señora rica —dijo Agnieszka, intentando ayudar.

Ambos la miramos escépticos; el arte de recaudar donativos no era sencillo. Aquella señora era tacaña y ruin, no era fácil emblandecer su duro corazón.

—Es pronto para regresar a su casa, será mejor que pidamos ayuda al ayuntamiento. Creo que esta semana han llegado reservas nuevas a la ciudad.

—Me parece bien, pero necesitamos algo de comida antes de que termine la semana.

Encogí los hombros, no era un hombre que me preocupara muchos por esas cosas. Habíamos mantenido el orfanato abierto durante décadas y jamás uno de nuestros niños había pasado hambre. Era cierto que aquellos tiempos eran más difíciles que los anteriores, pero pensé que Dios proveería.

—Yo te acompaño —dijo Agnieszka.

Stefa frunció el ceño, la pobre pensaba que le podía gustar un viejo feo como yo.

Salimos a la calle bajo un gran aguacero, ya habían restablecido el suministro eléctrico y funcionaban los tranvías. Llegamos en veinte minutos frente al edificio del ayuntamiento. Cruzamos la calle, la gente caminaba cabizbaja, como sin fuerzas, muchos tenían las ropas sucias y algo raídas. Parte de los refugiados y los que se habían quedado sin casas vivían a la intemperie o en pequeñas chabolas de madera y cartón.

Estábamos a punto de cruzar la calle, cuando nuestro tranvía tocó la sirena y paró en seco, escuchamos sus frenos chirriantes y después un golpe. Nos giramos y vimos un caballo derrumbado, era de pelo negro, pero sus tripas rosadas y la sangre parecían haberle teñido de pelirrojo la barriga. Apenas el cochero soltó las cuerdas del animal, una muchedumbre se abalanzó sobre él. No sé de dónde sacaron los cuchillos, pero comenzaron a despedazarlo mientras agonizaba. Una mujer se llevó una de las piernas, casi no podía con ella; un par de albañiles se quedó con medio costado; un anciano arrancó con una navaja el hígado del animal; y en unos minutos apenas quedaron las costillas, la columna, la cabeza y algunas vísceras, como los pulmones. No era nada extraño, la población se encontraba famélica, la carne tenía un precio desorbitado, únicamente los ricos podían acceder a ella.

No hicimos mención del incidente. Nos dirigimos al ayuntamiento, donde un funcionario en la entrada, custodiada por un soldado alemán, nos pidió que esperáramos. Una media hora más tarde, entramos en el despacho del secretario de abastecimiento.

El hombre no se levantó para saludarnos, se limitó a señalarnos las sillas y continuó atendiendo al teléfono unos minutos.

—Doctor Korczak, es un placer volver a verlo por aquí. Imagino que viene, como todo el mundo, a pedir más comida. Apenas están llegando suministros.

—¿Cómo es posible, señor secretario? La guerra terminó hace semanas.

—Los alemanes están requisando casi todos los alimentos básicos, dicen que son compensaciones de guerra. Nosotros no tenemos autoridad, somos una especie de administradores de las migajas que nos quieren dar.

Me sentí indignado, era inaceptable que usaran la comida del pueblo polaco para alimentar a su ejército.

—En el lado soviético las cosas no son iguales —le increpé—, estos alemanes son más salvajes que los bolcheviques.

—Negaré que lo he dicho, pero sin duda es así. Por lo que hemos oído, tienen planes de anexionar la mayor parte de nuestro país, lo que quede será para reubicar a los judíos y la población desplazada polaca.

—¿Qué diferencia hay? Todos somos polacos, ¿no?

El secretario no contestó a mi incómoda pregunta.

—Lo único que puedo ofrecerle, me dan pena esos pobres niños, es cinco sacos de patatas, algunas hortalizas, de fruta un par de cajas de manzanas y para los más pequeños unos cien kilos de leche en polvo.

Aquello nos duraría un par de semanas si lo lográbamos administrar bien.

—No es mucho, pero nos apañaremos por ahora.

—En el mercado negro, siento decirlo yo, se consiguen más cosas. Pero todo está carísimo.

—¿Cuándo podemos pasar a recogerlo?

El hombre firmó una orden y nos la entregó en mano.

—Mañana mismo, lo poco que nos queda desaparece rápidamente.

Salimos del despacho algo más contentos. Cruzamos la calle y decidimos regresar a pie. El aire fresco nos despejó la cabeza. La ciudad seguía en ruinas, pero las calles ya estaban limpias y algunos refugiados habían regresado a sus hogares.

—En una de la calles paralelas hay algunos puestos de agricultores, puede que tengan algo a buen precio —dijo Agnieszka.

—No perdemos nada si pasamos por allí —le contesté. Aún tenía unos cuantos zlotis en el bolsillo.

En cuantos giramos nos sorprendió comprobar que habíamos entrado en nuevo mundo. Muchos campesinos y algunos vendedores clandestinos vendían los productos más variados. Algunos de ellos desaparecidos de los mercados desde los primos días de la guerra. Tenían huevos, queso, carne de pollo, chorizos de cerdo y vino. Me paré en varios puestos por el simple placer de oler sus aromas exquisitos, aunque no podíamos permitirnos nada de aquello. Únicamente con olfatearlos me daba por satisfecho. Entonces, un niño correteando me empujó y estuve a punto de caerme de bruces.

—¡Qué rayos!

El niño comenzó a esquivar a los viandantes, que casi llenaban la calle, unos segundo después, un hombre muy gordo, el carnicero del primer tenderete, pasó jadeante, gritando de vez en cuando, casi sin fuerza, que detuvieran al muchacho. Miré a Agnieszka y comencé a seguirlos.

El ladronzuelo corría mucho más que el carnicero obeso, pero al final de la calle unos policías polacos lo capturaron. El carnicero llegó exhausto, comenzó a zarandear al niño que lo observaba con ojos asustados. No debía tener más de nueve años.

—Tengo hambre —se quejó el pobre niño.

—Robar es un pecado —le comentó el grueso vendedor mientras le tiraba de una oreja—. Métanlo en la cárcel, así aprenderá.

En ese momento llegué a la altura del grupo, una gran multitud se había parado para ver lo que sucedía. Entre ellas, aquella madre y la hija con las que había discutido por curar a un soldado mal herido en su zaguán.

—¡Es el hijo de la portera judía! ¡Esos sucios judíos son todos unos ladrones! Espero que los alemanes les den su escarmiento.

La mujer vociferaba casi en mi oído. Salí del gentío y me metí en el círculo que se había formado.

—Dejen a este niño de inmediato.

Los dos policías me observaron estupefactos. El carnicero frunció el ceño y pegó su cara a la mía.

—¿Quién demonios es usted? ¿Acaso es su nieto?

—Como si lo fuera, el niño ha robado porque tenía hambre y eso no es ningún delito.

—Mi madre está enferma en lo que queda del edificio donde era portera. No tenemos para comer y si alguien no la ayuda, se morirá como mi padre —dijo el niño entre lágrimas.

—¿No ven? Un judío mentiroso —dijo de nuevo la mujer con los ojos desorbitados.

—Señora, quiere callarse. ¿Acaso no tiene corazón?

La madre y la hija comenzaron a encarárseme, pero Agnieszka se puso entre nosotros y les dijo:

—¿No saben con quién están hablando? Es Janusz Korczak el locutor de radio.

Un murmullo se extendió por el gentío. No había tanta gente

que conociera mi voz, pero millones habían escuchado mis programas educativos para niños.

—El doctor Korczak —dijo el policía con admiración mientras se quitaba el sombrero.

El carnicero se frotó debajo de la gorra blanca el pelo grasiento de color entre castaño y gris, tomó los trozos de carne de la policía y salió del círculo.

—¿Alguien más lo acusa? —preguntó la policía.

—Pobre niño, déjenlo en paz —comenzó a gritar la multitud.

—Lo dejamos a su cargo —dijo el policía mientras se despedía.

El niño levantó la cara por primera vez, estaba embadurnada de lágrimas y suciedad.

—Tranquilo, ven con nosotros.

Caminamos hasta un puesto cercano, compré dos hogazas de pan, unas pocas patatas y mantequilla. Después se lo entregué al niño.

—¿Es para mí? —me preguntó sorprendido.

—Sí, pequeño y para tu madre. Cuídala bien, sólo tenemos una.

El chico tomó las viandas, sonrió por primera vez y se fue corriendo calle arriba.

—Ha gastado el dinero que le quedaba.

—Sí, querida, pero ha sido por una buena causa. ¿Te imaginas qué le hubiera pasado al pobre niño si no hubiéramos pasado por esta calle? Todo lo que nos sucede en la vida tiene un propósito, hasta las más grandes desdichas pueden convertirse en las mejores bendiciones.

Agnieszka me cogió del brazo y caminamos contentos hacia el orfanato. No hay nada más satisfactorio que hacer el bien.

—¿Por qué es tan bueno, doctor?

—Yo no soy bueno, querida, soy un ser egoísta y orgulloso, lo que sucede es que me complazco en algunas cosas que la gente llama virtudes. Si Dios pone delante de mí a un niño hambriento, ¿qué puedo hacer? ¿Ignorarlo? No tengo entrañas para eso.

Caminamos sin prisa, satisfechos por lo que aquella jornada nos había deparado, animados al ver brillar una pequeña luz de esperanza en los ojos de aquel pequeño hambriento. Sabía que nos recordaría de por vida, porque la mejor lección que podemos enseñar es siempre dar amor a los que nos rodean sin esperar nada a cambio.

CAPÍTULO 10

EL ENTIERRO DEL PÁJARO

LA PRIMERA VEZ QUE ME LLAMARON JUDÍO fue siendo niño. Se había muerto un canario al que cuidaba con esmero, llevaba algún tiempo con nosotros y me encantaba oírlo cantar. Se me ocurrió enterrarlo en el jardín y, al ver que le ponía una cruz, se me acercó el jardinero y me preguntó:

—¿Por qué estás haciendo eso?

—Quiero que tenga un entierro decente —le contesté con toda mi inocencia.

—¿Un entierro cristiano? Tu eres judío y la cruz es de los cristianos.

Me quedé mirándolo sorprendido. Hasta aquel momento no había pensado en ello. Mi padre y mi madre no eran religiosos, vivían como gentiles y jamás me enseñaron hebreo o se preocuparon en transmitirme las costumbres judías. Mis abuelos tampoco, se consideraban liberales y creían que todas aquellas costumbres eran un lastre para su vida. Si me vieran ahora, tal vez se reirían de mí. Todas las mañanas reúno a los niños para que hagan las oraciones matutinas, es completamente voluntario, pero muchos vienen, sienten la paz de estar en ese momento unidos con propósito y el consuelo de que alguien se preocupa por ellos y los escucha. Apenas sabía algunas oraciones, pero en los últimos años había aprendido muchas y ahora, que después de toda una vida alejado de las tradiciones de mis antepasados, me sentía más cerca que nunca de mi origen. Ser judío es el peor de los delitos.

No me mal entiendan, soy reacio a las religiones organizadas en general, creo que tienden a preocuparse más de lo materia que de lo espiritual, acumulando riqueza y poder. Además, un judío ortodoxo creería que no soy un buen judío, hasta en eso siempre he sido polémico. Admiro muchas cosas de Jesús, no lo puedo evitar. Aprecio su amor a los enemigos, su deseo de paz, su misericordia y sobre todo su optimismo. En ocasiones siento que el judaísmo es pesimista, aunque le queda el rayo de esperanza de regresar algún día a Jerusalén.

Cada día que pasaba, se acrecentaban las noticias malas. El invierno del mundo se aproximaba inexorable a su clímax, la guerra parecía lejos de terminar. Aquí las cosas iban de mal en peor, nos faltaba de todo y apenas podíamos calentar la casa. Desde la llegada de Hans Frank, el gobernador general de Polonia, se había endurecido la vida de los polacos, sobre todo de nosotros, los judíos.

A pesar de que poco después de la llegada de los nazis se creó el Judenrat, el Consejo Judío, compuesto por veinticuatro prominentes miembros de la comunidad y presidido por Adam Czerniakóv, cada vez sufríamos más humillaciones y desprecios. Lo primero que hizo el gobierno de Hans Frank fue obligar a los judíos a reconstruir los edificios destruidos por sus bombas alemanas. El trabajo era obligatorio, sin remuneración y de sol a sol. El mes anterior se había ordenado a los comercios judío a colocar una estrella de David en la entrada y el escaparate, ahora querían que llevásemos el brazalete.

Hacía ya unos días que Stefa había comenzado a confeccionar con algunas profesoras los brazaletes para todo el orfanato. Tenían que ser grandes y visibles, de color azul bajo un fondo blanco. En otros países se les había obligado a ponerse estrellas amarillas, dicen que era porque el amarillo es símbolo de traición y con ellos querían demostrar que los judíos éramos traicioneros, como Judas que vendió a Jesús, aquí a Franks le gustaba más el azul, no me pregunten por qué.

Cada día me acordaba más de mi buen amigo Ludwik Liciński, que me enseñó la Varsovia de los pobre siendo yo muy joven. Los dos nos imaginábamos sacando las bellas flores de los pantanos cenagosos, que era como veíamos a los guetos donde cada día intentábamos rescatar a los niños pobres de la ciudad. Él siempre me decía que la libertad termina donde comienza el miedo, por eso jamás he tenido miedo. ¿Qué pueden hacerme los hombres? Ellos no tienen poder sobre el alma inmortal. Tal vez puedan castigar el cuerpo, pero mi viejo pellejo ya no sirve para mucho y sé que no me aguantará por más tiempo.

Aquella mañana fría de diciembre me dirigí con Henryk para ir a la Judenrat. Stefa no quería que saliera solo, a veces el frío me paralizaba los huesos y temía que me quedara tirado por algún lado, sin que nadie pudiera ir a pedir ayuda. Partimos después de comer, el anochecer se aproximaba y el frío era tremendo. Caminamos hasta el tranvía y nos montamos dando un pequeño salto. Dentro había apenas una docena de pasajeros, cuatro de ellos con brazaletes. Me quedé observándolos un instante. Una señora vestida con un abrigo de pieles llevaba el brazalete de seda, seguramente su criada le había bordado la estrella con hilo fino de color azul. Brillaba tanto que parecía más un signo de distinción que de desprecio. Un poco más adelante, un hombre joven con pinta de obrero tenía su brazalete mal cosido, casi bajado hasta el codo, su mirada parecía desafiante y dura. En una esquina una colegiala intentaba ocultar el suyo con la mochila. Tenía la mirada baja y parecía realmente avergonzada. A su lado su madre, rubia de ojos muy azules, también tapaba parcialmente su estrella.

—¿Por qué llevamos ahora las estrellas?

Stefa había insistido en que el niño se pusiera una, no quería que los nazis le pudieran hacer algo. Yo no la portaba, siempre me había negado a hacerlo.

—Me parece muy buena pregunta. Creo que debería responderla los que nos obligan a hacerlo.

—Pero tú no la llevas, Maestro.

—Veo que eres muy observador. No es fácil de explicar, pero hay una cosa que todos tenemos que se llama dignidad, sin ella la vida carece de valor. Los nazis quieren robarnos eso. ¿Lo entiendes? Si lo logran, nos habrán ganado la partida.

El niño me miró muy serio, después, con la mano izquierda se arrancó el brazalete y lo guardó en el bolsillo. Pensé en impedírselo, pero todos debemos ser consecuentes con nuestros actos.

Llegamos al edificio de la Judenrat, nos apeamos del tranvía y entramos directo a la oficina del jefe del consejo. El secretario nos intentó parar, pero no le hice mucho caso y entré sin llamar. Adam Czerniaków estaba con las manos apoyadas en las sienes, las gafas sobre la mesa, se sobresaltó al vernos irrumpir de aquel modo.

—Korczak, por Dios, me ha dado un susto de muerte.

—¿Pensaba que eran los nazis? Tranquilo, a ellos siempre se les ve venir.

—¿A qué debo el honor de su visita?

Henryk se quitó su gorra y se sentó en la silla a mi derecha.

—No creo que sea ningún honor. Ya que los gatos lo han puesto como jefe de los ratones, espero que al menos sea capaz de conseguir algo de queso.

—Es usted un bromista y las cosas no están para chistes. Cada día que pasa, los alemanes imponen más normas restrictivas. Dentro de unos días no podremos usar el transporte público, no sea que contaminemos a los gentiles, tampoco ir a comer a un restaurante, pasear por un parque. La mayoría de las profesiones liberales nos quedarán vetadas, además de la prohibición de cambiar de residencia, y esto es solo el principio.

Czerniakóv parecía tan desesperado que por un momento moderé mi lenguaje. Ingeniero de profesión, había sido uno de los primeros senadores judíos. Era un hombre educado y muy preparado, pero le faltaba algo de carácter, aunque sin duda tampoco era muy fácil negociar con los nazis.

—¿No ha hablado con Hans Frank?

—Le he pedido varias reuniones, pero siempre me envía a algún funcionario de segunda o tercera categoría. Para ellos los judíos somos una mera molestia y creo que intentarán deshacerse de nosotros. En Varsovia somos casi medio millón, demasiadas bocas que alimentar. Hay muchos rumores de que nos quieren deportar a Madagascar, otros dicen que nos van a encerrar en guetos. No sé qué nos depara el futuro, pero nada bueno, estoy convencido de ello.

—Los judíos todavía les somos útiles.

—No por mucho tiempo, doctor Korczak. Cada día nos sacan más dinero, eso compra un poco más de tiempo. Cuando se termine, no quiero pensar de lo que son capaces esas bestias.

—Nos han perseguido en tantas ocasiones, pero al final logramos prevalecer.

—Eso es lo que intento. La guerra comenzó hace cuatro meses, pero no creo que termine en un par de años. Si logramos sobrevivir hasta ese momento y los alemanes son derrotados, tendremos una oportunidad.

Me incorporé en la silla y con toda confianza le dije:

—Necesitamos ayuda. Nuestra despensa está completamente vacía y es imposible encontrar comida en el mercado.

—Todos la necesitan.

—Pero mis hijos necesitan comer. ¿Lo entiende? Los niños deben ser la prioridad de nuestro pueblo.

Adam Czerniakóv me miró con sus ojos rasgados, parecía consternado, pero logró guardar la compostura.

—Haré lo que pueda, se lo prometo.

—No es suficiente, ya no me dan nada en el ayuntamiento, muchos de nuestros donantes han huido o están arruinados. Únicamente nos queda usted.

El hombre tomó un documento y lo llenó, después me lo entregó e hizo un gesto de resignación.

—No es mucho, doctor Korczak, pero intentaremos conseguir más muy pronto. Lo único positivo de la administración alemana es que es tan corrupta que a veces permiten que se extravíe algún cargamento.

Leí brevemente la cuartilla firmada. Aquel papel significaba un mes más de esperanza.

—Muchas gracias, espero que sea suficiente por ahora.

El hombre miró al niño, abrió su cajón y sacó un caramelo. Se lo entregó, pero Henryk no lo tomó hasta que vio mi aprobación.

—Gracias, señor.

—Es muy duro ser niño en estos momentos, pero son el futuro de nuestro pueblo.

—Señor Czerniakóv, ser niño siempre es muy difícil, por no hablar de ser huérfano y judío. Mis pupilos son verdaderos héroes, no esos de pacotilla que salen en las portadas de los periódicos o los libros de historia.

Se puso en pie y me dio la mano, salimos del despacho y caminamos hacia las escaleras. Estábamos a punto de salir cuando escuché que alguien me llamaba.

—¡Doctor, se acuerda de mí! Soy Chaim.

Miré al hombre que estaba justo enfrente, y en sus rasgos reconocí a uno de los niños que había tenido al poco tiempo de abrir el orfanato.

—¡Dios mío! ¿Qué haces aquí?

—Soy el encargado de suministros.

Me quedé atónito. Aquel niño siempre había sido un diablo, el peor alumno que había tenido jamás. Mal estudiante, desobediente, insolidario, cruel y malévolo.

—Me alegro de verte, sin duda has prosperado.

—Sé que en el orfanato no me porté muy bien, llevaba demasiada rabia dentro —comentó con cierta sinceridad que no me esperaba.

—No lo dudo —bromeé.

—Aunque también aprendí muchas cosas.

—Me alegro, lo que se siembra se recoge. No hay mala semilla, solo la tierra inadecuada.

—¿Por qué están aquí? ¿Necesitan algo?

—Ya sabes, siempre nos falta comida y más en los tiempos que corren.

El hombre me quitó la hoja y después de leerla dijo:

—Conseguiré el doble de lo que le facilita el Consejo Judío.

Fruncí el ceño sorprendido.

—¿Puedes hacer eso?

—Sí, yo soy el que busca los cargamentos ilegales de comida. No dejaré que los niños del orfanato pasen hambre, al menos lo haré por los viejos tiempos.

El antiguo alumno me abrazó, sentí que en parte se emocionaba. Son misteriosos los sentimientos humanos, únicamente el tiempo nos hace apreciar lo que aborrecíamos en el pasado.

—Gracias por ser el padre que nunca tuve.

Nos dejó allí, tan sorprendidos y nerviosos que apenas atinamos a bajar las escaleras. Caminamos en silencio. Habíamos conseguido mucho más de lo esperado. Aquel alumno había sido uno de mis fracasos, siempre pensé que terminaría asesinado en algún callejón oscuro. Ahora regresaba, como un fantasma del pasado, para sacarnos de aquel pozo profundo, oscuro y tenebroso.

Llegamos a la calle y, antes de subir al tranvía, vimos que ya habían colocado los carteles prohibiendo que los usaran los judíos, no hicimos caso y subimos.

—El cartel dice... —comenzó a decirme Henryk.

—Ya sé lo que dice —le interrumpí, sin darle la menor importancia.

—¿No debemos obedecer? Siempre nos dice que es necesario respetar las reglas.

—Es cierto, pequeño amigo, pero no las leyes injustas que están en contra de los valores humanos. Dios no nos pide eso.

El trayecto fue tranquilo, me dediqué a contemplar a mi amada Varsovia. Aún permanecían la mayoría de los edificios derrumbados sin reconstruir, la gente caminaba doblada por el frío, aquel invierno iba a ser especialmente duro. En los escaparates de los judíos se podían ver claramente las estrellas de David. A la mayoría de los transeúntes se les obligaba a caminar por la carretera, ya que la cera se encontraba reservada a los arios. Aquella visión darwiniana, en la que los más fuertes se imponen a los más débiles, me pareció el ejemplo más claro de la deshumanización de la gente de mi tiempo. Ahora que ya no importaban los valores y principios que habían convertido a Europa en la cuna de la democracia y los derechos del hombre, ya no tenía ningún valor el alma humana.

CAPÍTULO 11

UNA CASA

Aquel día reuní a todos los niños y niñas, a los monitores y profesores, había pasado algo más de un año desde la llegada de los nazis a Polonia y las cosas estaban cada vez peor. En los últimos meses el tifus se había extendido por la ciudad, debido a las malas condiciones higiénicas y la deficiente alimentación. Teníamos la sensación de que los alemanes querían matarnos poco a poco. Nos debilitaban anímica y moralmente, muy pocos oponían resistencia y los que lo hacían desaparecían de la noche a la mañana, algunos llevados a campos de concentración que comenzaban a proliferar por todas partes, otros asesinados después de sacarlos de las cárceles y llevarlos cerca de los cementerios, donde se excavaban fosas comunes.

El Gobierno General de Polonia había informado a la Judenrat que los judíos tendríamos que hacinarnos en un gueto creado en el antiguo barrio judío de la ciudad. A principios de 1940 nos había prohibido las oraciones comunes en las sinagogas con la excusa de no propagar enfermedades. Ahora, con la misma excusa, pretendían encerrar a los 359.827 judíos de Varsovia —aunque en realidad éramos mucho más, casi 400.000— para que viviéramos en apenas tres kilómetros cuadrados.

Siempre que las cosas se ponían difíciles convocábamos la asamblea, aunque no sabía cómo explicar la situación a todos los miembros de la casa. El verano había sido más tranquilo de lo esperado. Habíamos logrado tener un campamento al aire libre, pero ahora debía anunciarles que tendríamos que dejar nuestro hogar en breve para llegar a un lugar incierto. Los nazis nos robaban lo único que nos quedaba después de un año, el techo que nos cobijaba y nos hacía sentir seguros.

Al entrar en la sala ya estaban todos sentados. Me puse en frente y comencé a hablar.

—¿Qué es la felicidad? —les pregunté—. ¿Alguien puede decírmelo? Todos queremos ser felices o eso decimos. ¿Pero alguien sabe en qué consiste?

El primer niño levantó la mano y comenzó a explicar.

—Para mí ser feliz sería poder hacer siempre lo que me dé la gana.

Todos se comenzaron a reír. Una niña se levantó y dijo:

—Me gustaría ser rico, ellos son felices, pueden comprar lo que quieran, tienen ropa bonita y comen lo que les gusta. Tendría un cuarto para mí sola, con un bonito escritorio. Para ser feliz hay que tener mucho dinero.

Otro alumno mayor puso una cara muy seria y comentó:

—Ser feliz es estar acompañado de la gente que quieres. Yo no soy feliz porque no le importo a nadie y nadie me importa.

—A mí me gustaría ser fuerte, el más fuerte del mundo —dijo un pequeñín.

—¿Por qué? —le pregunté.

—Para que nadie pueda pegarme ni meterse conmigo.

Una niña tímida de trenzas negras se puso en pie y se quedó en silencio un momento.

—Yo era feliz cuando tenía a mis padres. Éramos una familia. Vivíamos juntos y eso me hacía feliz.

Algunos de los alumnos suspiraron, a la mayoría le sucedía lo mismo. Era muy duro ser huérfano o estar alejado de tus padres, mucho más en un momento como aquel.

Durante los siguientes minutos otros niños expresaron sus ideas y cuando hubieron terminado, me puse en pie, me agarré de las solapas con las manos y les comenté cómo veía yo la felicidad.

—En muchas ocasiones buscamos la felicidad en las cosas que poseemos, en las personas que se llaman nuestras amigas, en las circunstancias de nuestra vida o en nuestro estado de ánimo. Pensamos, equivocadamente, que la felicidad es siempre estar alegre, acompañados de nuestros seres querido y tener abundancia. De niño, como vosotros, yo estaba bien, pero sentía que siempre me faltaba algo. Si me regalaban una pelota de goma, quería otra de fútbol; si tenía esa, pedía una bicicleta; al poco tiempo todo lo dejaba de lado. La alegría se transformaba en indiferencia y después en apatía. Anhelaba esos momentos transitorios de emoción, esa ilusión pasajera, pero no me daba cuenta de que ya era feliz, porque no entendía mi felicidad. Normalmente, mientras somos real y plenamente felices, no pensamos en ello, nos limitamos a disfrutar del día en la playa, el helado, la caminata con un amigo, un desayuno de domingo. No nos damos cuenta de que esas pequeñas cosas son la causa de nuestra dicha. La vida en sí es un acto de felicidad. El pájaro subido en la rama contempla el mundo y es feliz, el conejo que corre hacia su madriguera disfruta de la noche fresca en verano, el águila sobrevuela el ancho cielo y mientras observa todo desde la cima es feliz. La felicidad no tiene que ver con las cosas, se encuentra en el interior de nuestra mente, pero siempre la buscamos fuera. La tarea del corazón es dar puro amor. Nuestro estómago nos duele si no le proporcionamos alimento. El corazón es igual: si no se encuentra lleno de amor, su vacío nos hace infelices y nos hace añorar otro tiempo mejor.

Los niños y los educadores parecían hipnotizados por mis palabras. Yo me encontraba tan preocupado por lo que tenía que decirles y cómo se lo iban a tomar, que sentía un nudo en la garganta.

—Esta semana tendremos que dejar nuestra casa para ir a otro lugar. Posiblemente no será tan bonito y cómodo como este, no tendremos jardín, huerto, teatro o biblioteca. Viviremos hacinados, sin agua caliente. Será un lugar viejo, frío en invierno y caluroso en verano. Puede que añoremos este lugar, pero las paredes que veis no son vuestro hogar, el verdadero refugio de cada uno de nosotros se encuentra en cada corazón. Mientras estemos juntos, seguiremos siendo felices y perteneciendo a esta gran familia.

Cuando terminé de hablar, los educadores y los profesores, los niños y las niñas lloraban. Sabían que tenía razón, pero todos íbamos a echar de menos aquel edificio, como un ave añora el nido en el que ha criado a sus polluelos.

—¡Abrazos, abrazos, abrazos! —grité y todos comenzamos a abrazarnos mientras se secaban las lágrimas y se disolvía la asamblea.

Stefa y Agnieszka se acercaron en cuanto los niños comenzaron a salir del comedor.

—¿No has logrado parar la reubicación? —preguntó Stefa nerviosa.

Negué con la cabeza.

—Somos los que más la hemos retrasado, la mayoría de los otros orfanatos se está trasladando al gueto. Los miembros de Centos están enfadados, ya sabes que la nueva coordinadora de orfanatos judía no hace nada por defendernos, pero nos acusa de creernos demasiado especiales. Hay muchos orfanatos que ya han sido reubicados.

—¿No has podido negociar con el colegio ario que había más cerca del gueto? –me preguntó Agnieszka.

—Tampoco soluciona nada, resulta que no se encuentra dentro del área seleccionada, ya sabéis que llevamos casi dos meses con la confusión de las demarcaciones de calles. Hay gente que ha tenido que mudarse en tres ocasiones. Lo único que he conseguido es que Judenrat me prometa el edificio de la Escuela de Comercio Roesler, son dos plantas mal equipadas en la calle Chlodna, pero haremos lo que podamos.

—Por lo menos se encuentra al sur, en la zona menos masificada del gueto —dijo Agnieszka.

—Ahora mismo voy a ver el local, mañana tendremos todo listo. Zalewsky, nuestro amable portero, nos ayudará a organizar la mudanza. Lo cierto es que ese hombre y su familia son de gran ayuda. En un momento tengo una reunión con Zofia Rozenblum, la doctora jefe de Centos. ¿Quieres venir, Stefa?

Me miró con sus ojos tristes y me contestó:

—Prefiero ayudar a los niños a recoger sus cosas. Será muy duro para ellos dejar la casa. Que te acompañe Agnieszka. ¿Te importa querida?

—¿No necesitas mi ayuda?

—Prefiero que cuides de este viejo gruñón, para que no se meta en líos.

Le hice un gesto mohíno para divertirla y logré que esbozara una breve sonrisa.

Salimos de la calle aquel 15 de noviembre con el corazón en un puño, casi prefería no ver el lugar del nuevo emplazamiento, pero por otro lado quería preparar todos para la mudanza al día siguiente. Llegamos rápido, apenas había un kilómetro de distancia, por eso había insistido tanto en permanecer en nuestro colegio a las autoridades, estábamos muy cerca de la zona para judíos. Zofia nos esperaba en la entrada, llevaba puesto un abrigo negro y un sombrero pequeño.

—Doctor Korczak, me alegro de que se haya decidido a venir.

—Obligados ahorcan —le contesté sin poder evitarlo.

—Tiene uno de los mejores edificios del gueto, le aseguro que, por desgracia, el resto de los orfanatos no han tenido tanta suerte.

—No me estoy quejando de usted. Asumo la situación, pero no espere que dé saltos de alegría.

Abrió la puerta con las llaves y entramos a un edificio húmedo que olía a cerrado. El polvo se acumulaba por todos lados, no había mucha luz natural y la calefacción no funcionaba. Nos enseñó las cocinas, con tuberías medio oxidadas y sin apenas fogones. Tras la visita me quedé aún más decepcionado, aunque intenté no mostrar mis sentimientos.

—Será suficiente —le comenté mientras nos asomábamos a un balcón.

—Le hemos facilitado el mejor lugar del gueto. Esta zona sur la llaman el Gueto Pequeño. Las casas son más grandes y cómodas.

Aquí es donde viven los judíos de dinero —añadió Zofia con cierta sorna.

Observé la calle, era ancha, parecía limpia, pero no dejaba de ser una cárcel.

—¿Ya han cerrado el muro? —le pregunté.

—Sí, esos cerdos nos lo han hecho pagar, como si se obligara a un ahorcado a comprar la cuerda de su horca —comentó enfadada.

—Bueno, las cosas podían ir aún peor —añadió Agnieszka, intentando parecer optimista.

Los dos la miramos sorprendidos.

—Los nazis han invadido casi toda Europa en un año, el Reino Unido está a punto de claudicar. Si lo hace, la guerra estará perdida. Entonces, ¿qué nos harán los nazis cuando nadie se atreva a levantar la voz contra ellos?

—A los ingleses nos les importan dos o tres millones de judíos polacos. Los más afortunado han huido a la parte ocupada por los soviéticos. Nunca habría imaginado que los bolcheviques respetaran más la vida humana que los alemanes —le contesté, aunque sabía mi profunda antipatía por los estalinistas.

Nos despedimos de la funcionaria, salimos del edificio y caminamos por las calles cercanas. Aún pasaba el tranvía y los vehículos por la calle, no estaríamos encerrados del todo. Recorrimos el Gueto, reconozco que era mi primera vez, hasta ese momento había evitado entrar. Como un niño pequeño, pensaba que si ignoraba su existencia terminaría por desaparecer. La gente tenía mercadillos improvisados por las calles, todos caminaban deprisa, como si fueran a alguna parte. La gente intentaba normalizar la anormalidad de aquella cárcel inmensa. Por un momento observé un destello de belleza en aquel lugar. Los nazis lo habían convertido en nuestro infierno particular, pero de alguna manera macabra y triste habían construido por primera vez una sociedad judía fuera de la vida gentil. Éramos un pueblo, perseguido y difamada, odiado y perseguido, encerrado y esclavizado, pero al final el pueblo elegido por Dios, nacido de los lomos de Abraham, gobernado por Moisés, engrandecido por David y Salomón, conservado por los profetas y ahora unido ante la adversidad y el sufrimiento, como una sola carne y con una única alma.

CAPÍTULO 12

EL CARRO DE PATATAS

LA VIDA NO TIENE SENTIDO, AL MENOS cuando la examinamos a través del microscopio. Somos una mera casualidad casi imposible, la suma del azar y de mil opciones, en cambio cuando la vemos con el gigantesco telescopio que nos muestra el universo, todo parece cumplir un propósito. El Übermensch de Friedrich Nietzsche no es un hombre es un antihombre. Niega todo lo bueno y honesto que ha conseguido el ser humano en estos miles de años. El filósofo alemán defendía que cada individuo —mejor dicho, que un selecto grupo de superhombres— serían capaces de crear su propio sistema de valores, ya que Dios no era necesario en la era de la ciencia. Este nuevo superhombre, con su «voluntad de poder», es capaz de lograr todos sus deseos y sobreponerse a los pusilánimos y débiles que el cristianismo se había empeñado en proteger.

No sé por qué aquella mañana me levanté con estos pensamientos en la cabeza. Tal vez me enfadaba que los nazis y su «voluntad de poder» estuvieran convirtiendo al mundo en un lugar fatuo, en el que ya no merecía la pena vivir. A primera hora de la mañana ya estaba preparado, entre todos despertamos a los niños, eran nuestras últimas horas en la casa. Les preparamos el mejor desayuno que pudimos, queríamos que se llevaran un buen recuerdo de aquel hogar que teníamos que abandonar para ir al gueto. Después tomamos los últimos bártulos, los niños con sus maletitas o sacos, los profesores cargando otras más grandes y pesadas, el carro con nuestras preciadas provisiones y, en mi caso, una maleta con tres mudas y un puñado de libros. Debía abandonar mi más preciado tesoro, mi biblioteca.

No hay nada en este mundo que más me costara desprenderme que de mis libros, sin embargo, aquella mañana, mientras hacíamos nuestra pequeña y peripatética marcha hacia el nuevo edificio, me sentí como Zenón de Citio, que defendía que no hay mayor liberación para el hombre que deshacerse de todo lo que lo ata al mundo. Por desgracia, antes de llegar a nuestro destino había vuelto a caer en los brazos de Epicuro. Siempre había intentado disfrutar de la vida, de las pequeñas cosas y de las épicas, no quería renunciar a nada. Además, me encantaba pensar en el famoso Jardín de Epicuro, donde enseñaba filosofía a hombres y mujeres, ricos y pobres, nobles y plebeyos, respetables ciudadanos y prostitutas famosas de Atenas. Me impresionaba la magnífica cita de su Carta a Meneceo que aprendí de joven y que decía:

Que el joven no difiera el filosofar, ni el anciano se canse filosofando, pues nadie es demasiado joven ni demasiado viejo para la salud de su alma. Y quien diga que no ha llegado el tiempo de filosofar o que ha pasado ya, es semejante al que dice que no ha llegado el tiempo para la felicidad o que ya ha pasado.

—¿En qué piensa, doctor Korczak? —me preguntó al verme algo ausente Agnieszka. Llevaba de la mano a su hijo, que había llorado al tener que dejar nuestro hogar. El pequeño estaba especialmente enamorado del jardín.

—Pequeño Henryk, no llores. Vamos a vivir la aventura de nuestra vida. ¿Te acuerdas de las historias que cuentan los libros de piratas? La búsqueda del tesoro siempre se encuentra en lugares recónditos y exóticos, nunca ha hecho nadie nada loable sin abandonar antes su hogar.

El niño levantó la cara y sonrió un poco. Entonces le entregué un pequeño mapa del tesoro que había hecho la noche anterior, para entretener a los niños cuando llegasen a la casa y mostrarles de una forma amena las nuevas estancias.

—Cuando lleguemos, tú serás el guardián del mapa del tesoro. ¿Quieres?

El niño tomó el papel con las manos, como si fuera el regalo más increíble del mundo, y comenzó a sonreír de nuevo.

—Gracias —comentó con sus grandes ojos abiertos.

—Gracias —dijo también su madre.

—De nada, Agnieszka. Intento que todo esto sea lo menos traumático para todos. Estaba pensado en tonterías. Imagina que dentro de todo este terrible drama me he quedado preocupado por mis libros. Supongo que ellos sabrán defenderse por sí mismos.

—Es normal que los eche de menos. Todos necesitamos poseer cosas que nos aten al suelo, sino seríamos como globos estáticos, flotando en el aire.

—Sí, amiga, la insoportable levedad del ser, pero sabes, lo que nos ata a este mundo o, al menos, lo que debería atarnos, es algo muy distinto. El amor es lo que da peso a la vida. Mis libros no son importantes, mi amor hacia ellos sí lo es.

Estábamos acercándonos a los límites del gueto, en aquel momento todavía se podía entrar y salir con cierta facilidad. De hecho, había una formidable cola para entrar, ya que muchos comerciantes y agricultores querían vender sus productos a altos precios, sabiendo la desesperación de los habitantes allí dentro.

—Es cierto, el amor es lo que nos ata al mundo.

—Querida amiga, muchas veces me pregunto en qué piensan todos esos líderes mundiales, tan afanados como están en alcanzar fama y fortuna. ¿Acaso desconocen que los que siempre desean llegar más alto, terminarán invadidos por el vértigo?

—No lo entiendo.

—Hitler, Stalin o Mussolini, los grandes hombres de nuestro tiempo, los conquistadores de pueblos, los superhombres que han forjado su propia moral y la han impuesto al mundo entero, en el fondo son livianos. Están en la cima, flotando sobre nosotros, pero sin verdadero peso, ellos no pueden amar, porque amar siempre significa renunciar a la fuerza. Son violadores de las masas, a las que someten con sus palabras falsas y populistas.

—Por lo que dice, lo que hace que la vida tenga sentido, que tenga peso, es únicamente el amor.

—Sí, querida, el amor, pero no uno cualquiera. El amor verdadero, que siempre es una carga, pero cuanto más pesada sea esa carga, más plena será nuestra vida. ¿Por qué pensamos que Romeo y Julieta es la más bella historia de amor? Sin duda porque ambos fueron capaces de amarse hasta la muerte. Ahora la gente se separa por cualquier cosa, todos quieren ser libres, pero son esclavos de sus egos. Los nazis son la mayor muestra de esto, míralos con esos uniformes rimbombantes, quieren causar miedo y respeto, por eso se disfrazan, pero debajo de las guerreras negras o grises, únicamente hay gente corriente. Tenderos mediocres, mineros que ahora lanzan su ira contra el mundo que antes les había negado casi todo, barrenderos frustrados y conductores de tranvía. Sus oficiales son aún peores. Son tan leves que ahora mismo los veo flotando, casi volando sobre nuestras cabezas.

Nos acercamos al puesto de control. Como íbamos de los primeros, el sargento alemán me preguntó a dónde nos dirigíamos, quienes éramos y todas aquellas formalidades ridículas que tanto le gustaban a los alemanes. Después de explicarle, nos dejó pasar... hubiera estado gracioso que nos lo impidiera. Me quedé con Agnieszka en la entrada. Aquel día llevaba puesto mi uniforme de soldado polaco, sin duda intentaba provocar a los nazis, demostrarles que los judíos también teníamos esa teatralidad y podíamos vestir un uniforme tan rimbombante como el suyo.

Al llegar al carro de las provisiones, el sargento ordenó a nuestro portero que se detuviera.

—¿Qué llevas dentro? —le preguntó en alemán, pero el bueno de Zalewsky no lo comprendía.

—Llevamos nuestras provisiones, debemos alimentar a casi doscientas personas, la mayoría en edad de crecimiento —le contesté.

—Tenemos que requisar la comida. No pueden meter nada más que lo que carguen con sus manos.

Miré al sargento indignado. No podía quedarse con nuestra comida.

—Es la comida de los niños y bajo ningún concepto les permitiré que se la queden.

—Doctor Korczak, yo cumplo ordenes, si quiere reclamar algo tendrá que presentarse en la oficina de la Gestapo.

Sólo su nombre hacía temblar a casi todo el mundo. En apenas un año casi y medio de ocupación habíamos entendido que la organización policial nazi junto a la SS eran la parte más oscura de un sistema especialmente tenebroso.

—¿Podemos quedarnos con lo que llevemos encima?

El sargento afirmó con la cabeza. Tomamos todos los sacos que pudimos, pero más de la mitad de la carga se quedó en el carro requisado. Llegamos agotados y sudando a nuestro orfanato. Dejamos los sacos en la despensa y reunimos a todos los niños en el salón principal.

—Tengo que irme un momento, pero dejo encargada a Stefa del juego de la búsqueda del tesoro. Ya me diréis quién ha ganado. Henryk llevará el mapa y deberéis hacerle caso.

Los chicos y la chicas corrieron hasta él y comenzaron a leer las pistas. Stefa se acercó, sabía lo que había sucedido en la entrada del gueto.

—¿Estás loco? La Gestapo es despiadada, nadie les reclama nada. Para ellos no eres más que un miserable judío.

—Hoy me he puesto mis mejores galas de oficial polaco.

No le gustó mi broma, pero los niños comenzaron a tirar de sus brazos para que comenzase el juego y los siguió sin disimular su preocupación.

—¿Lo acompaño? —preguntó Agnieszka.

—Es mejor que vaya yo solo. Zalewsky, te acompaño a ti y a tu familia a la entrada del gueto.

El portero me miró con cara de sorprendido.

—No nos vamos a ningún sitio, nos quedaremos aquí.

—El gueto es para los judíos, vosotros sois cristianos.

—Los niños, los profesores y usted son nuestra familia. No podemos dejarlos solos.

—Es una locura, nadie quiere estar aquí. ¡Esto es infame! Mira lo que hay alrededor.

—Usted me enseñó que nuestro hogar no es un edificio, es el corazón de las personas que nos aman. Nosotros los amamos, queremos compartir su suerte.

Me abracé al desconocido. Jamás había visto un corazón tan grande como el de aquel hombre.

—Tu familia puede estar en peligro.

—Ya no comprendo el mundo, doctor, pero si comprendo lo que usted hace con los niños. No me pida que me marche.

Me sequé las lágrimas, el portero estaba llorando, era la primera vez que lo veía en ese estado. Aquel era el mayor acto de compasión que había visto jamás, porque compasión significa sufrir juntos. Ellos querían sufrir a nuestro lado. Entonces recité una de mis frases preferidas del Evangelio:

—«Nadie tiene mayor amor que este, que uno ponga su vida por sus amigos».

Salí del edificio más decidido que nunca. Tan convencido de que el bien podría vencer al mal, que no tuve miedo de adentrarme en el mismo corazón de las tinieblas.

El edificio se encontraba en una amplia avenida. Le entrada se encontraba franqueada por enormes columnas cuadradas que daban a un patio no demasiado grande. Antes de acercarme, dos soldados me cortaron el paso.

—Buenos días, soy el doctor Janusz Korczak, la Gestapo me ha confiscado un carro con víveres, especialmente patatas, soy el director del centro y venía a solicitar su devolución.

Los dos soldados me observaron extrañados, como si no pudieran creer lo que les estaba contando.

—Espere un momento.

El soldado más alto se dirigió a un cabo y este a una garita con teléfono. Debió llamar a alguien porque a los cinco minutos un soldado salió del edificio y me pidió que lo acompañase. Entramos en el edificio, era la primera vez que pasaba, aunque lo había visto muchas veces al pasear por la avenida. Subimos varias plantas, el soldado caminaba muy deprisa y yo caminaba detrás, medio jadeante.

Al final recorrimos un pasillo y entramos en un despacho pequeño. Una secretaria alemana nos saludó con desgana y después de llamar, pasamos al despacho ministerial, ya que ese edificio había sido un ministerio antes de la guerra.

—Herr comandante, el doctor Korczak necesita tratar un asunto sobre el requisamiento de un carro.

Josef Albert Meisinger, el mismo jefe de la policía de SS y SD, estaba a punto de recibir a un judío en su despacho. La cosa parecía más cómica que trágica.

El comandante frunció el ceño, su aspecto era imponente y atemorizante. El pelo cortado a cepillo, aunque con grandes entradas, el mentón cuadrado, la nariz recta y la expresión de guerrero teutónico, que tanto gustaba a los alemanes.

—El profesor Korczak.

—No, Herr comandante, soy el doctor Korczak.

El hombre se puso en pie y se acercó hasta mí, observando con curiosidad el uniforme.

—También el capitán Korczak.

—Bueno, serví en la Gran Guerra en el ejército ruso y más tarde en el polaco, pero como médico de campaña.

El comandante me rodeó por completo, como si estuviera examinándome a fondo. Yo intenté mantenerme tranquilo, aunque por dentro sentía una fuerte opresión en el pecho.

—Creo que ha habido un incidente con unos sacos de patatas, me ha dicho mi asistente.

—Así es, señor.

—Siéntese, veamos qué podemos hacer.

En aquel momento me tranquilicé. El nazi, el comandante, se acomodó en la silla, parecía un sátrapa, totalmente dueño de la situación.

—Los niños necesitan comer, son huérfanos y...

—¿Le hemos quitado un carro de patatas a un orfanato? —preguntó mal humorado.

—Exacto, seguro que se ha debido a un error.

El comandante frunció el ceño, tomó el teléfono y llamó al centro de control. Habló un par de minutos y colgó furioso el aparato. Antes de hablarme me hincó su mirada fría.

—Herr doctor Korczak, usted es el director de un orfanato judío, ¿es cierto?

—Sí, señor. Por eso le estaba explicando.

—¿Por qué no lleva la estrella de David?

El comandante se puso en pie y comenzó a caminar hacia mí.

—No lo veo conveniente.

—¡Que no lo ve conveniente! ¿Quién diablos se ha creído que es? Es judío, ¿verdad?

—Sí, comandante, al menos en lo que se refiere a mi nacimiento, aunque...

—No intente manipularme con su verborrea judía. Pónganse en pie.

El comandante era mucho más alto que yo. Se paró enfrente, sus dientes eran algo oscuros, me parecieron colmillos de lobo cuando comenzó a gritar con más fuerza.

—¡Usted no es un oficial polaco, es un maldito judío!

Me arrancó todos los galones, después la chapa del pecho y los tiró al suelo. Me quedé muy quieto, pero no cerré los ojos ni hice amago de estar asustado.

—Ahora mismo irá a la cárcel por no llevar la estrella de David e incumplir las leyes del estado alemán.

—Pero esto no es Alemania, comandante.

—¡Ahora sí lo es, por derecho de conquista! —gritó mientras lanzaba escupitinajos por la boca.

—¿Y las patatas?

Los ojos del comandante comenzaron a soltar chispas, me golpeó en la cara varias veces, hasta que me derrumbó al suelo. Después llamó al asistente.

—Llévese a esta escoria a la prisión de Pawiak, que lo encierren en un calabozo hasta nueva orden.

El soldado me levantó con brusquedad y salimos del despacho. Mientras caminábamos hacia el patio, donde una furgoneta me iba a transportar a la cárcel, pensé en mis reflexiones matutinas. Aquellos dioses arios, zafios y vulgares, incultos y despiadados, eran en el fondo tan débiles. Podían impartir mucho dolor, pero eran livianos, como una pluma o una hoja mecida por el viento. Para ellos la vida era un boceto inútil en el que imprimir su brutalidad sin sentido, demostrando al mundo que son los dueños. Para mí la vida es un cuadro perfecto, enmarcado en el más bello marco, lleno de sentido y esperanza. Por eso la vida es prosaica y frívola, leve muy leve, mientras que para mí es tan pesada que apenas puedo caminar un paso sin sentir la tierra pegada a mis pies.

CAPÍTULO 13

UNA PARTIDA DE AJEDREZ

La primera noche que pasé en la cárcel me llenó de sosiego. No dormía también en los últimos cinco o diez años, el insomnio era uno de los problemas de mi familia. No me despertó el quejido de algún niño enfermo, los lloros de los más pequeños, la tos de Stefa o el sobresalto de tenerlo todo preparado antes de que la actividad del orfanato comenzase. Aquella noche mi sueño me llevó a un misterioso texto del profeta Zacarías, que jamás había entendido del todo. Al parecer Josué fue el primero de los sumo sacerdotes tras el regreso de los judíos cautivos de Babilonia, e inspiró la reconstrucción del templo. En el libro del profeta hay un texto oscuro y misterioso que siempre me ha fascinado, cuando Satanás comienza a acusar al sumo sacerdote Josué delante de Dios y este le contesta: «Me mostró al sumo sacerdote Josué, el cual estaba delante del ángel de Jehová, y Satanás estaba a su mano derecha para acusarle».

Y dijo Jehová a Satanás: «Jehová te reprenda, oh Satanás; Jehová que ha escogido a Jerusalén te reprenda. ¿No es éste un tizón arrebatado del incendio?».

Y Josué estaba vestido de vestiduras viles, y estaba delante del ángel.

Y habló el ángel, y mandó a los que estaban delante de él, diciendo: «Quitadle esas vestiduras viles». Y a él le dijo: «Mira que he quitado de ti tu pecado, y te he hecho vestir de ropas de gala».

Después dijo: «Pongan mitra limpia sobre su cabeza». Y pusieron una mitra limpia sobre su cabeza, y le vistieron las ropas. Y el ángel de Jehová estaba en pie.

Y el ángel de Jehová amonestó a Josué, diciendo: «Así dice Jehová de los ejércitos: Si anduvieres por mis caminos, y si guardares mi ordenanza, también tú gobernarás mi casa, también guardarás mis atrios, y entre éstos que aquí están te daré lugar».

Me veía yo en medio de esa conversación un poco dantesca, cuando los golpes de los guardas me despertaron. Compartía mi celda con un comerciante checo al que había intentado timar a Hans Frank, el gobernador general de Polonia.

—Mirka, ¿estás despierto?

—¿Quién podría dormir con sus ronquidos, doctor?

Bajé con dificultad de la litera superior y me senté a su lado.

—Yo he dormido como un bebé.

—No tiene miedo.

—¿A qué exactamente?

—He oído que esta es una de las cárceles más terribles de Polonia.

—¿Qué dirás si te cuento un secreto? Esta cárcel me ha recordado a los viejos tiempos. El Imperio zarista me encerró aquí por defender la independencia de mi país. En aquel momento era un crío, ahora un viejo. No tuve miedo entonces ni lo tengo ahora.

—Claro, usted no está acusado por el gobernador general.

Miré el rostro regordete del hombre, tenía la nariz fina y

puntiaguda como una punta de flecha, unas gafas de montura de oro, el pelo algo largo y rizado de color castaño. Llevaba el traje de calle con el que lo habían encerrado, como un aviso de que no estaría demasiado tiempo en la cárcel. Hasta la corbata colgaba de su cuello como el anzuelo de un gran pez pescado infraganti.

—Timar al bueno de Frank —bromeé—, venderle la solución definitiva para hacerse aún más rico, un líquido que convertía el agua en gasolina. ¿Cómo pudo creerse algo así?

El hombre se sentó en la cama, su tripa hacía varios pliegues, llevaba una semana en la cárcel, pero apenas había bajado de peso.

—¿Ha visto alguna vez a Hans Frank?

—De lejos, me temo.

—Buen doctor, su cara es vulgar, no lo recordaría cinco minutos después de perderlo de vista, pero sus ojos, eso es otra cosa. Son fríos como dos témpanos de hielo, como si le hubieran sacado el alma a través de ellos. Es abogado, aunque no parecer respetar ley alguna.

—¿Ha conocido a alguno que lo hiciera? —bromeé al checo.

—Al parecer este hombre ha estado al lado de Hitler desde el principio. Fue el que apoyó la matanza de gente sin juicio en Dachau, por eso lo han mandado aquí, como premio a sus fechorías.

—Hombre de Dios, ¿y cómo se le ocurrió jugar con un hombre así?

—Lo cierto es que fue por casualidad. Siempre me he dedicado a este oficio. Mi padre ya era timador y falsificador y creo que también mi abuelo. Todo empezó cuando conocí en el tren que me traía de Praga a un oficial, al parecer amigo íntimo de Frank. Pensé en timarlo, pero al caer en mi embrujo, me comentó que el gobernador podría conseguirme un carro de oro por el invento y no me pude resistir. Cuando me presenté ante él, me temblaban las piernas. Estaba ante el hombre más poderoso del Este y representé perfectamente mi papel, pero cuando estaba a punto de largarme con el dinero, alguien mandó referencias mías desde Praga y se descubrió el pastel. Una pena, hubiera podido retirarme.

No me cansaba de escuchar esa historia. Me parecía tan increíble, algo que únicamente podía suceder en esta época de locos que nos había tocado vivir.

Entonces un guarda se acercó y me llamó a la puerta de la celda.

—¿Doctor Korczak? El capitán desea verlo.

Me sacaron de la celda sin esposas, no debían verme demasiado peligroso, me hicieron recorrer las galerías y salimos del edificio principal hasta otro cercano. Hacía mucho frío o al menos eso sentí en ese otoño de 1940. Llegamos al edificio, me llevaron ante la oficina del capitán, este se giró y lo miré sorprendido.

—¿Se acuerda de mí? —me preguntó. Lo cierto era que sí, era el oficial que me había defendido de los soldados alemanes y había intervenido tras el robo del niño en el mercado.

—Sí, cómo no.

El oficial me alargó la mano y me saludó. Recordaba vagamente su nombre, era Neumann o Newman.

— ¿Cómo ha acabado aquí? Perdone, retiro la pregunta. Ya vi que era un hombre con agallas. En los tiempos que corren el valor es más peligroso que la cobardía.

—Siempre lo ha sido.

—Es cierto, por eso los héroes están muertos y los cobardes se convierten en generales.

Me sorprendió la frase del oficial, aunque no del todo. Estaba seguro de que muchos alemanes no estaban de acuerdo con lo que estaba sucediendo en Polonia.

Miré al fondo del despacho, había un ajedrez de marfil en una bella mesa labrada.

—¿Le gusta el ajedrez?

Afirmé con la cabeza. El hombre acercó el tablero y después su silla. Me colocó las blancas a mi lado y me pidió que moviera primero.

—¿Por qué ha elegido las negras? —le pregunté extrañado.

—¿Se lo tengo que explicar?

Sonreí y el me imitó el gesto. Moví el caballo y el capitán se quedó un poco pensativo.

—Es increíble que sigamos jugando a este juego después de mil quinientos años, creo que lo invitaron los hindúes o los persas —le dije mientras levantaba los ojos del tablero.

—Fueron los persas sus inventores.

—No, los indios de la India.

—Es un juego cruento, siempre tiene que ganar uno y la partida termina cuando se produce el jaque mate al rey.

—Unos ganas y otros pierden —le contesté.

—En la vida, en ocasiones todos pierden. Al menos en el ajedrez alguien gana —comentó.

Al observarlo me sorprendió ver el agotamiento en su rostro, como si aquella guerra lo hubiera envejecido de repente.

—¿Qué hacía antes de la guerra?

El capitán tuvo que pensarlo un buen rato, como si apenas pudiera recordar su vida un año antes, cuando todavía era un vil mortal.

—Parece que siempre he sido soldado. Mi familia viene de una larga tradición que se remonta a Prusia. Siempre vi uniformes en casa y me crie con los valores del honor, la palabra dada y la disciplina. Mi padre Alois Edmund era un comandante de infantería, su padre había sido general, parecía enfadado con la vida por no haberse convertido en mariscal por lo menos. Ahora yo soy capitán, veo que el mundo nos va degradando poco a poco. Siempre admiré a mi padre, aunque éramos muy diferentes. De más joven lo juzgaba débil, al seguir la profesión de sus antepasados. Era un excelente jinete y hubiera sido un buen pintor, pero la sangre teutónica le impidió desarrollar su arte.

—Pintor, como su líder —comenté con cierta sorna.

El capitán torció el gesto, no parecía muy amante del führer. Al fin y al cabo, representaba todo lo contrario de lo que él era y de lo que representaba.

—Yo lucho por Alemania. Creía que podía ser grande de nuevo, pero no a este precio.

—No lo comprendo, capitán.

—¿Ha escuchado hablar de la localidad de Częstochowa?

No contesté, todos habíamos escuchado los rumores de algunas matanzas indiscriminadas.

—En ese momento pertenecía a 46 División de Infantería. Habíamos capturado la ciudad, de hecho custodiábamos unos prisioneros cuando unos partisanos nos atacaron desde las ventanas. Los soldados comenzaron a disparar y mataron a más de doscientas personas en segundos. Creo que reaccionaron así por las drogas. Nuestras tropas han hecho toda la guerra dopadas por anfetaminas. De allí han sacado el valor y las fuerzas el glorioso ejército alemán.

—Parece un ataque fortuito. Las drogas y el alcohol son malos consejeros.

—No, las cosas no terminaron con esa primera matanza. Después se reunió en la plaza del Mercado, próxima a la catedral, a varios miles de personas y se les ordenó que se tumbaran boca abajo. Mi superior, el teniente coronel Ube, separó a los hombres del resto, los registraron. Los que tenían algún arma o navajas fueron fusilados en el acto, al resto se los mandó hacia la iglesia y, sin previo aviso, se comenzó a disparar sobre ellos con metralletas. Murieron más de cuatrocientos y decenas quedaron heridos de gravedad. Cuando pregunté a mi superior por qué había permitido aquello, me comentó que esta no era una guerra normal, que era de aniquilación, que necesitábamos nuestro «espacio vital» y que sobraban muchos judíos y polacos.

El rostro del capitán era de lo más expresivo, el horror parecía dibujado en cada arruga de su piel.

—No soy un hombre creyente pero, Dios mío, estoy asqueado de todo lo que anda pasando. Esto no es una guerra es una matanza.

—Todas las guerras lo son. No se engañe, capitán.

Continuamos la partida hasta que el oficial me hizo jaque mate.

—Ha terminado la partida —le comenté.

—No, aún no ha terminado.

Se puso en pie y escribió algo en una hoja, después le pidió a su secretario que lo mecanografiara. Tras firmarlo me lo entregó.

—¿Qué es esto, capitán?

—Es la carta de su liberación.

—Gracias, no lo esperaba.

—No crea que le estoy haciendo un favor. A veces vivir es la más terrible de las condenas. Mañana mismo usted y su compañero iban a ser fusilados.

—¿Puede salvarlo a él también?

—No, es imposible, ese checo timó al mismo gobernador general.

—¿Cree en el poder de los sueños?

—Freud es judío y todos sus libros están prohibidos —me dijo con sorna.

—Anoche soñé que como al sumo sacerdote Josué, de época del regreso de los judíos de la cautividad de Babilonia, era acusado ante Satanás, pero Dios me defendía.

—¿Un hombre de ciencia como usted cree en esas supercherías?

Lo miré compasivamente, su alma comenzaba a enturbiarse, dentro de poco la oscuridad la habría invadido por completo.

—A veces para salvar al rey hay que sacrificar algunos peones —le contesté.

—Entonces su Dios es peor que mi führer.

No era quien para defender a Dios, pero su frase me hizo reflexionar.

—Gracias —le dije mientras un soldado me llevaba a la salida.

Me dejaron en la calle, no era todavía mediodía. Estaba algo aturdido y sorprendido. Pensé en José, el hijo de Jacob, cuando fue salvado de la cárcel, mientras que el panadero encarcelado fue ejecutado por los hombres de Faraón. ¿Por qué las cosas acontecían de aquella forma arbitraria?

Llegué a las puertas del gueto, caminé por las calles concurridas hasta el orfanato. Cuando entré, el primero en verme fue Henryk, quien comenzó a gritar de alegría y todos acudieron en tropel a saludarme. Mientras me abrazaban y sonreían, pensé de nuevo en las palabras del capitán: a veces vivir es la peor de las condenas. No deseaba morir, al menos no de aquella forma, pero hay momentos en los que la muerte parece el más dulce de los regalos.

CAPÍTULO 14

EL PEQUEÑO ISRAEL

UN MUCHACHO YACE MUERTO EN LA ACERA, lo he visto muchas veces al regresar de mis visitas, agotado de pedir a los atemorizados ricos del gueto. Sí, a los ricos, hasta aquí las diferencias sociales son muy patentes, casi escandalosas. Al irme temprano por la mañana, el crío se encontraba pidiendo en su lugar habitual. Lo había visto más delgado y apagado, con la mirada perdida, como si sus ojos contemplasen la eternidad. Tenía la mano extendida mecánicamente, con la gorra calada hasta las cejas, empapado por la nieve que nos lleva sacudiendo dos meses sin piedad. Siempre le daba alguna moneda, dinero que no le servía para comprar comida, ya que los precios se han disparado en el gueto desde que ya no se permite que vengan los tenderos gentiles ni los campesinos espabilados que querían hacer negocio de nuestra desgracia. El muchacho llevaba unos zapatos con las suelas ajadas, tenía las canillas tan delgadas que parecían hueso forrado de cuero, el cuero marrón en el que se convierte la piel cuando el hambre destroza el organismo. A veces le daba un pedazo de pan, pero en el fondo sabía que tenía que haberlo llevado a la casa.

Aquel día fue terrible, el pequeño Israel se convertía semana a semana en un infierno. La gente renegaba de su familia, ya que por nuestras costumbres ancestrales siempre debíamos atender a los nuestros. Los padres abandonaban a sus hijos, desesperados por conseguir su propio sustento, los hijos aborrecían a sus ancianos abuelos, a los que ya no podían seguir manteniendo y consideraban un lastre. Algunas madres abandonaban a sus esposos y familias por un plato más de sopa, las mujeres se prostituían por un puñado de maíz, un trocito de pan negro o un dado de mantequilla. A medida que la cosas se ponían peor, me sentía más desanimado. Llevaba en mis hombros la culpa del mundo. Pensaba que había abandonado a los niños enfermos al dejar la práctica de la medicina, que había traicionado mi vocación de viajar a China y salvar a la infancia de aquel país, que había perdido la oportunidad de hacer algo significativo con mi vida. Todo aquel dolor me hacía sentir impotente, había perdido la alegría y casi la esperanza.

La primera visita me había dejado agotado. Henryk se había animado a acompañarme, era mi lazarillo. Veía bien, pero mis piernas apenas me respondían y notaba que la mala nutrición me robaba la poca masa muscular que me quedaba. A mis sesenta y dos años parecía un anciano decrépito, un esqueleto a punto de morir.

Nuestra primera visita había sido a la mujer rica a la que Agnieszka había tocado el piano en su mansión. Vivía a dos calles del orfanato, a pesar de lo difícil que era encontrar viviendas de calidad en el gueto, ella tenía un gran apartamento de doscientos metros con hermosas vistas. Conservaba a su vieja doncella y algunos de sus muebles. Lo normal en aquel momento era que una familia de cinco o seis personas se hacinara en un único cuarto, en cambio la anciana vivía a sus anchas, esperando la muerte y demostrando que el dinero puede mejorarte la vida hasta en el infierno.

Tocamos al timbre y subimos por el ascensor hasta la última planta. La criada nos abrió, nos llevó hasta la sala de visitas, nos puso café con pastas y nos hizo esperar un rato. Los miramos con deseo, pero no tocamos nada hasta que llegó la anciana. Después nos sirvieron el café y comimos con verdadero placer.

—Ayer conseguimos las pastas danesas y nos llegó café colombiano —comentó la dama al vernos tan dedicados a comer.

—El sabor de la mantequilla, casi se me había olvidado —le dije mientras saboreaba una de las galletitas.

Henryk, a mi lado, parecía extasiado. Después se tomó la leche, otro lujo en el gueto, y permaneció sentado, mirando con curiosidad a la señora.

—Entonces, este es el hijo de la mujer que me deleitó al tocar mi querido piano. No lo pude traer al gueto, en eso los alemanes fueron implacables.

—Sí, señora. El pequeño Henryk es mi lazarillo, siempre me acompaña a todas partes.

—Yo no he salido de casa desde que me obligaron a vivir aquí, en este cuchitril, y eso que conseguí una casa más grande gracias al embajador alemán. Aún tengo algunos contactos en mi país.

—Podría usar esos contactos para ayudarnos —le comenté mientras saboreaba el café.

—Me aconsejaron que me marchase, estaban dispuestos a meterme en un barco para Suecia o un tren hasta Suiza, pero ¿dónde voy a ir con estos años? Prefiero que la muerte me pille cerca de los míos. Al menos el cementerio judío está dentro del gueto. Usted si debería irse, es joven.

Me hizo gracia el comentario. Me sequé la boca con una servilleta de hilo y observé la terraza con flores.

—Ese es ahora mi jardín, es lo que echo más de menos. ¿Lo puede creer?

—Yo tengo algunas macetas en mi ventana. Ahora que no podemos salir del gueto es cuando más me gustaría caminar por los bosques alrededor de Varsovia y sus parques.

La anciana se quedó mirando al niño que estaba comiendo una nueva galleta.

—Toma las que quieras, pero no comas demasiado, pueden hacerte daño —le comentó con cierta ternura.

—Necesitamos más alimentos, el invierno está siendo muy duro y solo estamos en enero —le dije.

—Lo sé. Por la ventana veo la nieve, ¿cree que no me importa lo que pasa fuera? Muchas veces lo pienso, no soy una rica egoísta, pero no puedo hacer nada para cambiarlo.

No quería discutir con ella, al menos tres familias habrían podido vivir en aquel apartamento sin robarle demasiado intimidad.

—Necesitamos más dinero, me cuesta pedírselo.

—Ya me queda poco, pero no crea que es el único que me pide ayuda. Hay muchos orfanatos en el gueto, por no hablar de las necesidades del hospital, los comedores…

—Lo sé, le agradezco todo lo que hace.

La mujer cerró los ojos, jamás la había visto tan expresiva y sensible.

—No reconozco a mi pueblo, toda esta crueldad innecesaria. Ya sabe mi opinión sobre los judíos y los polacos, creo que necesitan mano dura, pero esto es terrible.

La mujer llamó a la criada que trajo una pequeña caja azul de caudales. La abrió con una llave pequeña que le colgaba del cuello y me dio una buena cantidad de dinero.

—¿Rezará por mi alma cuando muera?

Me sorprendió su pregunta.

—Claro.

—Ya no hay ninguno de los míos para orar un kadish y no quiero que mi alma vague eternamente sin descanso.

En el fondo era tan judía como todos nosotros, a pesar de que nuestros abuelos y nuestros padres habían renunciado a su fe para integrarse, en lo más profundo de su alma, aún pertenecía a Israel.

Nos pusimos en pie, tuve la sensación de que sería la última vez que nos veríamos. Ella me tomó la mano y me dijo antes de despedirnos:

—Cuando muera dejaré un poco de dinero para sus niños. Lléveselos de aquí, este infierno recién está comenzando. Tengo varios amigos en la SS, no saben qué hacer con nosotros, pero nos dejarán morir de enfermedad, hambre y frío. Se lo aseguro.

—Se hará la voluntad de Dios —le contesté después de besarle la mano.

—Niño, toma un puñado de galletitas para tus amigos —le dijo la anciana a Henryk.

Salimos a la calle, teníamos el estómago caliente y el sabor de las galletas aún en el paladar. Caminamos hacia la segunda visita, una pareja también mayor que vivía muy cerca. Toda la gente que aún poseía algo se concentraba en el Pequeño Gueto, al sur. Yo no iba mucho al grande, a no ser que tuviera que arreglar algunos papeles. Ni siquiera se permitía a los pobre mendigar en el Pequeño Gueto.

La pareja rica era dueña de varios de los clubes nocturnos del gueto y las cafeterías. Lograban encontrar bebidas y otras sustancias gracias a la corrupción de los guardas ucranianos y la policía judía.

Vivían en el piso de arriba sobre uno de sus locales, debían tener poco más de cuarenta años y antes de la guerra se habían dedicado a regentar varios cafés de moda en Varsovia. La mujer salió a abrirnos. Era aún bella, aunque su piel parecía apagada y sus grandes ojos verdes ausentes. Tenía una cara redonda, de pómulos prominentes y el cuerpo delgado. Muchos murmuraban que su marido la había sacado de un prostíbulo para casarse con ella, pero la realidad era que de joven había sido una de las bailarinas principales del *ballet* del teatro nacional polaco.

—Adelante, doctor Korczak y su pequeño compañero.

Nos llevó hasta el salón. Su marido contaba fajos de billete, se puso en pie y nos saludó. Era un hombre muy delgado, calvo menos una coronilla pelirroja, con gafas redondas y de mentón afeitado.

—Qué agradable sorpresa.

La casa estaba caliente, algo inusual en aquellos tiempos. Tuvimos que quitarnos los abrigos y los sombreros para soportar la temperatura.

—No me gusta ser pedigüeño, pero ya sabe cómo están las cosas —le anuncié al poco de acomodarme. Estaba cansado de andar con rodeos y adular a los donantes.

—¿Qué si lo sé? Ese maldito Waldemar Schön quiere matarnos de hambre.

Sabía que estaba hablando del oficial nazi comisionado para dirigir el gueto.

—¿Por qué pensaría hacer algo así? La mano de obra barata de los judíos les está ayudando, por no decir que los está haciendo ricos. Cada vez necesitan más soldados y la mano de obra alemana escasea.

—Los nazis con respecto a los judíos no piensan de manera práctica. Después de quitarnos el dinero y robarnos todas nuestras posesiones, lo único que desean de nosotros es la muerte. Al principio pensaron mandarnos a Madagascar, luego se les ocurrió lo de los guetos, ¿qué será lo siguiente?

Me encogí de hombros, lo cierto era que tenía asuntos más acuciantes de los que ocuparme. El número de niños que atendíamos ya superaban los doscientos.

—Ayer estuvo Irena aquí. ¿La conoce?

—Sí, claro, la trabajadora social polaca, nos ayuda todo lo que puede. Ha introducido muchas vacunas contra el tifus, gracias a eso ninguno de nosotros ha enfermado por ahora.

—Está haciendo una gran labor, ojala hubiera más varsovianos como ella.

—Muchos ayudan, se lo aseguro, los niños se escapan por las rendijas del muro y consiguen comida fuera.

—Es cierto, pero también he visto como otros se aprovechan de nuestra desgracia.

Me sorprendían sus palabras, ya que él no parecía vivir mal. Sin duda era el hombre de negocios más rico del gueto.

—No voy a darle dinero.

Su brusquedad me dejó sin palabras.

—Lo perderá pagando precios muy altos en el mercado negro, prefiero donarle veinte sacos de patatas, también dos de harina y treinta litros de aceite, mantequilla, un poco de azúcar y miel. ¿Qué le parece?

—¡Maravilloso! —exclamé emocionado. Aquello valía mucho más que el dinero.

—Mañana mandaré todo con mis hombres.

Abracé al hombre en un arrebato de entusiasmo, y este quedó rígido, como si no se lo esperara.

Parecía que el día no podía terminar mejor. Estábamos eufóricos y regresábamos a casa cuando vi una escena que me heló el corazón. Dos mujeres mendigaban en una esquina. Al principio no las reconocí, estaban tan delgadas y sucias que apenas parecían una sombre de sí mismas. Eran la madre y la hija amigas de Stefa que en varias ocasiones se habían enfrentado a mí, una vez por curar a un herido en la entrada de su casa y otra por defender a un niño judío que había robado algo de comida en el mercado.

Me paré frente a ellas y las miré. Ambas me devolvieron la mirada, aún altivas a pesar de su situación.

—¿Son judías?

—No, no lo somos —dijo la hija que siempre parecía la más pendenciera.

—Entonces, ¿qué hacen aquí?

—Dicen que nuestros abuelos paternos lo eran y por eso nos metieron con todos estos judíos.

Su cara de desprecio me sorprendió. ¿Cómo se comportaban así a pesar de su situación? Sentí pena por ellas, di con el codo a Henryk y le comenté:

—Dale las galletas.

El niño frunció el ceño, pero las sacó del bolsillo y se las entregó. Las dos mujeres las devoraron con avidez. Sus rostros huesudos hacían que sus ojos parecieran desencajados. No nos lo agradecieron, pero mientras regresábamos reflexioné sobre lo irónica que era la vida. Aquellas mujeres en el fondo temían ser reconocidas como judías y habían vivido toda su vida como gentiles, convirtiéndose en las más antisemitas y despreciando su propia sangre.

Al llegar a nuestra calle vi al niño tumbado, parecía dormido, pero su rigidez me alertó. Me acerqué, toqué sus manos, estaban heladas y sus dedos tiesos.

—¿Estás bien? —le pregunté, pero no me respondió.

Sentí la impotencia de verlo morir allí mismo, mientras la gente pasaba de un lado a otro indiferente. Lo abracé, las lágrimas comenzaron a cubrir mis mejillas, lo mecí como si fuera un bebé. Henryk me miraba asombrado, no entendía lo que estaba haciendo. Recité el kadish mientras la gente continuaba su camino. Los nazis nos estaban derrotando, arrebatándonos lo único noble y bello que hay en cada uno de nosotros: nuestra compasión y misericordia. Cuando todo vale, en el fondo ya todo ha perdido su valor.

CAPÍTULO 15

BRAZALETE AZUL Y BLANCO

EL ARTE DE LLEVAR UN BRAZALETE AZUL es casi el mismo que el de ponerse un vestido elegante. Algunos lo llevan con descuido e indiferencia, otros con orgullo, como si al sellar su cuerpo con él de repente recuperasen la identidad perdida, la mayoría con vergüenza y humillación, a pesar de que todos lo portamos y dentro del gueto apenas signifique nada. Lo que muy pocos entienden es que estamos aquí en una carrera interminable por sobrevivir. Llevábamos el distintivo como los medallistas que se esfuerzan por llegar primero a la meta, aunque aquí, extrañamente, la meta era llegar precisamente último. La vida no deja de ser una carrera desesperada hacia la muerte. Lo que para la mayoría significa el final, para otros es el principio de una nueva realidad. Si hubiera preguntado a la mayoría de las personas que caminaban desesperadas por el gueto por qué no se suicidaban, habrían explicado que lo que los ataba a la vida era muy poco, pero suficiente. El amor por un hijo o una hija, el cuidado de un anciano, la esperanza de volver a ver a su amor, un don que les mantenía misteriosamente alejados de la más absoluta desesperación. Por eso se escuchaba tanta música en el gueto, parecía un concierto interminable, como aquella orquesta del *Titanic*, que amenizaba los últimos segundos de los náufragos, que sabían que no podían escapar de su destino inevitable.

—Maestro, ¿se encuentra bien? —me preguntó Henryk.

El niño era capaz de saber con una sola mirada, cuál era mi estado de ánimo.

—No me encuentro bien —le reconocí mientras me apoyaba en el escritorio. Tenía una habitación más pequeña en el orfanato, apenas había logrado salvar dos o tres de las objetos que había conservado desde mi juventud, para que no se me olvidara que había vivido. Me sentía como un extraño dentro de mi cuerpo, no lograba reconocerme. La muerte del niño de la calle me había robado las últimas esperanzas, ya estaba seguro de que las cosas solo podrían ir a peor.

—Yo he estado en la guerra, he visto el sufrimiento, el dolor y la enfermedad. Estos ojos viejos y cansados han observado a una madre suplicando por un poco de pan para su hijo moribundo, he escuchado los gritos de desesperación de un padre que no tenía medicinas para sus hijos o la mirada triste de una mujer que ha perdido a su esposo, pero aún se resiste a separarse de él, abrazándolo como a una tabla de salvación. Lo que sucede aquí es muy distinto, no estamos en guerra, al menos no en una convencional, los alemanes simplemente quieren que desaparezcamos del mapa. No son los primeros en intentarlo, te lo aseguro, pero me temo que ellos lo consigan.

—No hable así, Maestro, usted siempre sonríe y nos dice que no perdamos la esperanza.

—¿Quieres que te cuente una historia triste?

—¿No puede ser alegre?

—Aquí no, al menos esta no lo es.

—Está bien, sus historias siempre son muy buenas —contestó resignado el niño.

—Cuando luché en la guerra, me destinaron a Kiev y me pusieron a dirigir cuatro internados para niños perdidos o exiliados. Los pobres diablos estaban divididos entre varias cabañas y villas a las afueras de la ciudad. Aquel invierno fue infernal.

—¿Peor que los de Polonia?

—Mucho peor, te lo aseguro. Trabajaba diecisiete horas cada jornada. Dos veces al día recorría los cuatro pequeños orfanatos, caminando por la nieve, hundiéndome hasta las rodillas y tiritando de frío. Me dedicaba a poner colirio a los ojos llenos de pus, les cubría los pies tiñosos de yodo, para consolarlos un poco y curaba todas sus heridas. Me pasaba el día hambriento y agotado. Teníamos tanto frío que robábamos madera del bosque cercano y el guardabosques nos disparaba con su escopeta de perdigones. Un día, que ya no podía más, me compré un pan grande y redondo, lo olisqueé un rato, después lo partí a pellizcos y me lo comí desesperado. Mientras lo saboreaba no podía dejar de sentirme mal. Los niños hambrientos estaban al otro lado de la pared. Si lo hubiera repartido, apenas le hubiera tocado un bocado a cada uno. Me justificaba pensando que si yo, que los cuidaba, me quedaba sin fuerzas, nadie lo haría, pero no era cierto. Se trataba de un acto de puro egoísmo.

—No se culpe, era normal, tenía mucha hambre.

—El otro día me pasó aquí, antes de llegar el Pequeño Gueto, vi un puesto con un poco de gaseosa. Me dieron unas ganas terrible de beber una, me acerqué a la mujer que vendía la bebida y le pedí un vaso. Enseguida un niño famélico se acercó a mí y me pidió algo para beber. Lo miré y después a la gaseosa, al final se la entregué y me alejé de allí, pero no me sentía bien conmigo mismo. En aquel momento lo único que había logrado experimentar no había sido compasión, había sido asco y miedo. ¿No te parece extraño?

—No lo entiendo —me contestó el niño.

—Pobre Henryk, es normal. Lo que me pasó fue que me atenazó la culpa. La culpa siempre es mala, nos acusa, nos condena y nos imparte la pena más severa. Mi maestro Waclaw Nalkowski siempre decía que «no hay que sacrificar a la ligera las vidas de los individuos para conseguir objetivos sociales; el individuo que piensa y siente es un material demasiado caro».

Los grandes ojos de Henryk se abrieron un poco más en un esfuerzo sobrehumano por entender.

—Lo que quiero decirte es que tienes todo el derecho a pasártelo bien y ser feliz, tienes el derecho a una cama caliente y comida apetitosa, a poder bañarte y ponerte un pijama limpio, a comer pasteles deliciosos, pensar en cosas agradables y tener buenos sueños por las noches. No dejes que te hagan vivir con lo mínimo para ti y todo para el resto, como Jesús dijo: Los pobres siempre estarán con vosotros.

Stefa llamó a la puerta y nos pegó un buen susto, estábamos tan ensimismados que no habíamos escuchado sus pasos acercarse.

—Está aquí María Falska.

Me quedé de piedra, llevaba muchos años sin verla, desde que en 1936 cedió al chantaje de los antisemitas y me pidió que abandonara el patronato de su orfanato ario.

—¿Qué quiere?

—No lo sé, pero le he dicho que la recibirías. No puedes estar enfadado con ella para siempre, menos aún en las actuales circunstancias.

Después de dar un largo suspiro le pedí que la dejase entrar.

Mi pequeño amigo salió de la habitación al tiempo que María entraba. Era una gran vieja amiga, de esas que con el tiempo llegas a saber odiar. Me miró desde la distancia, imagino que sorprendida al verme en un estado tan deplorable, aunque yo siempre me veía peor de lo que los demás eran capaces de percibir.

—Querido Janusz.

Se acercó para abrazarme, pero yo me puse en pie y le extendí la mano.

—¿Aún sigues enfado conmigo?

—Me defraudaste y hay muy pocas personas que lo hayan hecho, porque se pueden contar con los dedos de una mano de las que espero algo.

La cara de la mujer se ensombreció. Seguía teniendo un porte distinguido, su personalidad lo llenaba siempre todo, desprendía una luz personal difícil de resistir. Había conocido a muy poca gente como ella.

—Cometí un grave error y te pido mil perdones, pero no es este el momento de reproches. La vida tiene mucho más valor que un mal entendido, que una equivocación del pasado.

—María, me rechazaste por ser judío, yo que me sentía tan poco hebreo en aquel momento, pero eso no era digno de ti.

Los ojos de mi amiga se humedecieron y por primera vez mi orgullo flaqueó. En el fondo me había imaginado esa escenas muchas veces durante todos esos años.

—Está bien, me alegra verte de nuevo, aunque sea aquí y en estas condiciones.

—Irena me facilitó un salvoconducto para entrar aquí, esa mujer está haciendo una gran labor con los niños, todos los trabajadores sociales la están haciendo.

Estaba completamente de acuerdo con mi antigua amiga.

—Si tuvieras más como ella, el gueto no sería el infierno en el que se está convirtiendo. La comida y las medicinas escasean, los huérfanos se mueren por las calles de hambre y el Consejo Judío no puede conseguir más recursos. Incluso se está empezando a multar a los polacos que intentan vendernos alimentos de estraperlo.

—Todos somos conscientes, tus amigos al otro lado nos estamos movilizando. No nos hemos olvidado de ti ni de Stefania. Sois dos personas muy valiosas y cuando termine esta terrible guerra y los nazis la pierdan, os necesitaremos para reconstruir el país.

—¿Crees qué eso sucederá? Los alemanes dominan toda Europa.

—Los ingleses llevan semanas bombardeando Alemania, ya no son intocables. Dentro de poco los Estados Unidos y la Unión Soviética entrarán en la guerra y los nazis sucumbirán.

—No sé mucho de geopolítica, pero te aseguro que no será tan fácil derrotar a los alemanes. Esos fanáticos azuzados por su líder Hitler parecen capaces de todo por el Tercer Reich. Otro invierno en el gueto y nos tendrán que sacar a todos de aquí en cajas de madera.

—Siempre tan lúgubre. Eso no va a pasar. Stefa y tu vendréis conmigo, ahora mismo, he conseguido papeles falsos para vosotros y un lugar en el que refugiaros. Si las cosas se ponen peores, podemos enviaros a Suecia.

No podía creer lo que me estaba proponiendo mi amiga. Estaba loca si pensaba que era capaz de dejar solos a mis niños.

—Se me ocurren doscientas razones para quedarme, María. ¿Abandonarías a los niños de tu orfanato para escapar? Ellos son el sentido de nuestra vida.

Mi amiga agachó la cabeza, parecía que toda su determinación había desaparecido de repente.

—No puedes sacrificarte por nada.

—¿Por nada? Son doscientas almas, dos centenares de niños y niñas inocentes cuyo único pecado es ser judíos.

María me abrazó, me pilló desprevenido, pero terminé rodeándola con mis brazos. Sentía como su cuerpo se estremecía por el llanto y tuve que tragar saliva para no comenzar a llorar.

—Amigo, no puedes morir, no así.

—Todos vamos a morir. El tiempo que el buen Dios me dé en esta tierra lo viviré como he hecho con toda mi existencia, saboreando hasta la última gota, disfrutando de los niños y de Stefa. Pero sí puedes hacer algo por mí.

María se apartó un poco, sus ojos brillaban y su rostro recuperó en parte la compostura.

—Lo que sea, Janusz.

—Sé que las cosas comienzan a escasear también fuera del gueto, pero necesito que nos consigas comida y medicinas, también que saques a algunos niños, los más pequeños, que no resistirán mucho aquí sin alimentos ni los cuidados necesarios. Habla con Irena, ella te explicará cómo podéis hacerlo.

—Claro, haremos todo lo posible y lo imposible, pero sálvate tú también, Polonia te necesita. Los hombres como tú son insustituibles.

—Si me salvara a mí mismo, ya no sería Janusz Korczak. Los nazis podrán robarnos la libertad, la salud, la dignidad e incluso el futuro, pero debo velar por la alegría de los niños. Serán felices hasta su último suspiro. Hay algo que no puede sustituir el pan, ni un vaso de leche, un regalo o la ropa más hermosa: el amor.

Nosotros les daremos el amor, les enseñaremos a sonreír en medio del horror y a que no les roben la alegría.

María me abrazó de nuevo, no sabíamos si nos volveríamos a ver, pero no nos despedimos. Los amigos jamás se separan del todo, los recuerdos los mantienen eternamente unidos, con los lazos imborrables del pasado, un tiempo que ya nadie puede robarles y que volverá a ellos cada vez que en medio de la soledad o el sufrimiento se atrevan a evocarlo.

Segunda parte

VIVIR POR UNA IDEA

CAPÍTULO 16

EL PEQUEÑO GUETO

A<small>QUELLA MAÑANA ME ASOMÉ A LA VENTANA</small> y observé el muro, los guardas, la mayoría ucranianos y lituanos. «¿Qué les ha hecho alistarse en la SS?», me pregunté aunque nunca sabré la respuesta. Después regué mis macetas; me ilusionaba ver que la vida se abría paso en aquel lugar de muerte. A lo lejos los tejados de mi amada Varsovia estaban cubiertos de nieve, la Navidad parecía algo extraña aquel año, como si todos deseáramos que pasara, para descubrir que nos traería 1941. A pesar de la escasez, los profesores habíamos preparado regalos. Llevábamos una semana envolviéndolos y colocándolos debajo de un abeto improvisado, ya que era un artículo imposible de comprar en aquellos momentos. Podía parecer algo extraño que los judíos celebrásemos la Navidad, pero también éramos polacos y nos gustaba cantar algunos villancicos y mirar desde nuestro confortable salón la nieve cubriendo las calles.

En el gueto además había unos dos mil cristianos. Los nazis con sus absurdas leyes raciales habían condenado a vivir entre judíos a personas que apenas conocían nuestras costumbres, por el simple hecho de que sus abuelos o alguno de sus padres habían nacido judíos.

Aquella mañana víspera de Navidad me acerqué a la parroquia de Todos los Santos, una de las tres que había quedado dentro del muro. El padre Marceli Godlewski había sido párroco de Todos los Santos desde 1915, había fundado un sindicato cristiano y llevaba más de veinticinco años luchando por los pobres de la ciudad. Había pertenecido a la Liga Nacional y antes de la creación del gueto había sido un declarado antisemita.

Llegué enfrente de la parroquia, era uno de los edificios más bellos dentro del gueto. Sus dos torres gemelas apenas sobresalían de la gran fachada rectangular de columnas adosadas, se podían distinguir los tres cuerpos de la capilla en los dos arcos laterales más pequeños y en el central, mucho más grande. En el frontón de estilo clásico se representaba a la Virgen y todos los santos.

A la entrada de la capilla media docena de mendigos pedía una limosna a los creyentes que visitaban la iglesia para confesarse o ir a misa. Entré en el edificio y de inmediato sentía la quietud que siempre transmiten los templos católicos, como si el mundo se detuviera de repente en su interior. El día era muy frío y gris, pero dentro únicamente la luz de las velas lograba imponerse a la oscuridad.

Caminé hasta la sacristía, ya me sabía el camino, ambos habíamos participado en debates por la radio sobre la pobreza, también en algunas discusiones sobre el antisemitismo.

—Doctor Korczak —escuché una voz que salía del confesionario. El padre Godlewski se levantó y se acercó. Era alto y robusto, de ojos claros y mejillas sonrosadas, al principio parecía severo, pero enseguida te dabas cuenta que debajo de aquella fachada latía un corazón entregado a los demás.

—Padre, gracias por recibirme tan rápidamente. Sé que estará muy liado con los preparativos para la Navidad.

—La Navidad es la celebración de la esperanza y la salvación.

—El Mesías siempre es deseado, tanto por judíos como por cristianos.

—Pasemos a mi despacho.

La capilla estaba desierta a aquellas horas de la mañana, como si todo los católicos del gueto se estuvieran preparando para la vigilia y la comida del día siguiente.

El despacho era sobrio, como el sacerdote, apenas un crucifijo, algunos libros en una estantería, en su mayoría misales y libros religioso. El sacerdote se quitó los óleos y se sentó en su butaca de piel desgastada.

—Siempre lo he admirado, aunque en secreto —le comenté.

El hombre frunció el ceño, como si pensara que me estaba burlando de él.

—Lo digo en serio. Usted luchó por la independencia, defendió a los obreros de la ciudad con uñas y dientes, creo la Asociación de Trabajadores Cristianos, por la que miles o decenas de miles de trabajadores pudieron acceder a una pensión, dejar a sus hijos en una guardería o ayuda legal. Creo que Jesús estaría muy orgulloso de usted.

El sacerdote se inclinó hacia delante.

—Conozco esa mirada, la he visto muchas veces, doctor. Sigue reprochándome mis ideas antisemitas. No es el primer sorprendido de que me quedara aquí en el gueto, cuando se construyó el muro. En este lugar hay dos mil almas cristianas que necesitan pastor, pero además hay más de trescientas mil judías tan necesitadas como las cristianas.

—Aún recuerdo su artículo en *Pracownica Polska* alentando

a las madres polacas a comprar únicamente en tiendas de polacos y no de judíos. ¿Acaso nosotros no somos polacos? ¿No somos tan humanos como vosotros? ¿No sufrimos lo mismo que los cristianos?

El hombre agachó la cabeza, después apoyó el mentón sobre las manos y me dijo con un amor que había visto en muy pocas personas.

—El pueblo polaco siempre ha sido acosado por numerosos enemigos, todos han querido un pedazo de esta tierra. Los austriacos, los checos, los rusos y los alemanes siempre han ambicionado nuestras fértiles tierras, los bosques mágicos de nuestros antepasados. Hemos sido destruidos, masacrados y vilipendiados. Los alemanes nos tienen por débiles de carácter y simples, los austriacos por indolentes, los checos por supersticiosos y beatos y los rusos, esos han sido los peores, siempre nos vieron como meros esclavos. Polonia estaba renaciendo y necesitábamos recuperar nuestra dignidad y enfatizar lo que nos unía.

—Pero nosotros también somos polacos.

—Lo sé, ahora lo sé. ¿Sabe que antes del estallido de la guerra estaba a punto de retirarme? Llevaba toda la vida luchando por los demás y me había construido una casita en Anin. Ahora estaría plantando mi huerto y leyendo, contemplando la creación de Dios y dejando que descansaran mis huesos adoloridos. En lugar de eso, con la ayuda del padre Czarnecki y el apoyo del obispo, atendemos en el comedor a cien personas y por la noche aquí duermen un número similar. No rechazamos a nadie, no importa que sean judíos o cristianos, bautizados o no bautizados. Tengo setenta y seis años y ahora me he dado cuenta del verdadero valor de la vida humana.

Las palabras de aquel hombre me emocionaron. No me sonaron en tono de disculpa, sino más bien como un alegato de la victoria del amor sobre la podredumbre del odio y la ira. Aquel sacerdote se había convertido en un cura de almas, al que ya no le importaban los nombres o apellidos, las costumbres o confesiones.

—Quiero pedirle algo más.

El sacerdote me miró muy serio, parecía agotado, pero en sus ojos aún brillaba la fuerza de un espíritu inquebrantable.

—Lo que queráis. Sois de la familia de mi Señor, Jesús el judío.

—Tenemos que sacar a los niños de aquí, llevarlos a un lugar seguro.

—Pero ¿cómo?

—Conviértalos oficialmente en católicos, lléveselos lejos, sálvelos, padre.

El hombre agarró mi mano con fuerza y comenzó a llorar como un niño.

—Perdóneme por haber sembrado el odio y no el amor en el corazón de mi pueblo. Nunca podré compensar lo que hice, pero si salvo a una vida, a una sola, entonces habrá merecido la pena. No puedo comparecer ante el tribunal de Cristo sin haber salvado a algunos de estos más pequeños.

Lloramos agarrados de la mano y por un momento pude sentir como la hermandad fluía entre nosotros. Éramos dos polacos, dos hombres, dos seres humanos, débiles e impotentes, asustados y decrépitos, que se aferraban a lo más bello que nos había concedido Dios, la capacidad de amar hasta que nuestros corazones ya no pudieran soportar tanta compasión.

—Sacaré a todos los que pueda, firmaré partidas de nacimiento y pediré a las Hermanas Franciscanas de la Familia de María que los cobijen en mi casa en Anin. Ellas serán más útiles para cuidar a los niños que este viejo.

—Gracias, padre, muchas gracias —dije apretándole la mano.

Él levantó la cabeza, sus ojos parecían como dos cielos brillantes, pude ver en ellos la esperanza. Sabía que cada vez que salvábamos a un solo ser humano, estábamos salvando con él a la humanidad entera.

CAPÍTULO 17

SEÑORES DEL GUETO

¿QUÉ ES UN SER HUMANO? ME PREGUNTÉ aquel día de Navidad. La respuesta más sencilla y amarga, dado el lugar en el que nos encontrábamos, era pensar que el ser humano es un verdugo. Que el hombre es un lobo para el hombre, como dijo el sabio Hobbes en su libro *Leviatán*, aunque el filósofo no pensaba que el *hom honimi lupus* fuese algo negativo, simplemente describía el animal salvaje que todos llevamos dentro. El ser capaz de sobrevivir por puro instinto, mientras que los embrutecidos se adaptan bien a un lugar como el gueto. Los cultos, los preparados, los sensibles, los humanizados, mueren pronto, superados y barridos por la manada. El pobre Hobbes creía que la paz y la unidad social podían alcanzarse. ¿Qué pensaría él si viera todo esto? Ahora que todo contrato social ha sido roto y pisoteado, ahora que apenas rigen reglas humanas ni divinas. ¿Qué se plantearía el bueno de Rousseau?

Era un extraño pensamiento a primera hora de la mañana, cuando todos aún dormían, unas horas antes de que repartiéramos los modestos regalos que habíamos logrado recabar. Todo era extraño en el gueto. Nuevo e inquietante.

Intenté dormir un poco más, apurar unos minutos de sueño tranquilo, aunque cuando uno es viejo la quietud no existe. Siempre te asaltan pensamientos, recuerdos y remordimientos. De viejo te arrepientes más de lo que no has hecho que de lo realizado, a sabiendas que ya no podrás hacer nunca.

Después de la fiesta, bueno de la sencilla celebración, he quedado con mi viejo alumno, quiere presentarme a los «señores del gueto», de esa forma los ha descrito él. Siempre hay amos, hasta en el infierno. Tal vez ellos nos ayuden a pasar el invierno. La comida escasea cada vez más y los niños se encuentran muy débiles. Dejé mi diario a un lado, después tenía que pedirle a Henryk el hermano de Róża que me pasase las notas a limpio. El joven y Agnieszka eran los únicos que lograban descifrar mi letra de médico enfermo y viejo.

Me puse en pie y miré por la ventana. El guarda estaba tan cerca que podía saludarlo con la mano, pero no me atrevía. Prefería mirarlo un rato, preguntarme su procedencia, cómo eran sus padres, si tendría mujer e hijos y que pensaría al ver a los niños mendigando por la calle, a las personas derrumbándose de hambre y frío sin que nadie los atienda. Imaginé que, como todos nosotros, se justificaría. Sus hijos también tendrían hambre, estábamos en guerra y los nazis eran los nuevos amos, si podías sacar un beneficio, sobrevivir, era mejor obedecer a los que te alimentaban. La guerra pasaría y él seguiría con su vida, como si esto hubiera sido una mera anécdota, un simple trabajo, como vigilar cabezas de ganado en una granja o degollarlas después en el matadero.

Me vestí despacio, cada vez me costaba más ponerme los pantalones, abotonarme la camisa, hacerme el nudo de la corbata. Cualquier esfuerzo me agotaba y tenía que parar, tomar aire y continuar con la laboriosa tarea de la normalidad.

Cuando pasé por los dormitorios, todos aún descansaban. Bajé hasta el salón y vi a Stefa colocando los últimos regalos debajo del árbol que habíamos fabricado.

—Buenos días, Janusz. ¿Qué tal has dormido?

—Mal, pero no me quejo. Tengo una cama, una manta y un cuarto, mucho más de lo que tiene la mayoría de la gente.

—¡Feliz Navidad! —exclamó mi amiga intentando que alejara aquellos pensamientos de mi cabeza.

Lo cierto es que lo consiguió. Me acordé de todos mis navidades pasadas, cuando aún vivían mis padres y abuelos, mientras el mundo aún era amable y hermoso. Pensé en la ilusión de la noche, mientras me tapaba con mis mantas suaves y pensaba en los regalos de la mañana siguiente. La ilusión de la infancia es el único secreto para una vida larga y feliz. Me recuperé justo en ese momento, olvidando mis dolores y preocupaciones.

Unos minutos más tarde estaban en la sala todos los profesores y educadores. Aproveché para animarlos un poco, sus rostros enflaquecidos y sus pieles cetrinas mostraban el desgaste de todos aquellos meses.

—El gran Rabindranath Tagore dijo una vez: «Dormía…, dormía y soñaba que la vida no era más que alegría. Me desperté y vi que la vida no era más que servir… y el servir era alegría». Estamos en este mundo para servirnos unos a otros, para dar hasta el último aliento por el prójimo. La verdadera felicidad no se encuentra en la salvaje lucha de poder y ambición, el ojo no se sacia de ver ni el oído de escuchar, pero cada vez que lográis que uno de esos niños sonrían, vuestra vida ha merecido la pena. Ahora bajaran agotados por el hambre y la desdicha, el encierro y la separación de sus padres, el hedor a muerte que nos rodea y nos adormece, anestesiándonos el alma. Vuestra labor es devolverles la esperanza, pero no podéis dar lo que no poseéis. Por eso llenaros de ella en esta mañana, rebosaros de felicidad, porque ya lo hacéis de amor y servicio a los más débiles. Y, cuando un pensamiento negativo venga a robaros esa paz y alegría, no permitáis que haga un nido en vuestra cabeza, no podemos evitar ese tipo de pensamientos, pero sí que nos conquisten.

Todos comenzaron a aplaudir y pude notar como el optimismo se extendía como una bruma por toda la sala, iluminando de nuevo nuestro pequeño mundo.

Nos fuimos a atender a los niños, a vestirlos y asearlos, para continuar con las pequeñas rutinas que nos mantenían a salvo de la desidia. Era la única forma de encontrar algo de lógica en aquella anormalidad.

Una hora más tarde, tras un desayuno un poco más especial al haber conseguido un poco de leche y chocolate para todos, nos sentamos alrededor del gran árbol.

—Por favor, doctor Korczak, cuéntenos una historia —pidió uno de los niños más pequeños. Enseguida todos lo siguieron a coro.

—Está bien, aunque pensé que preferiríais sus regalos.

—¡Una historia, una historia! —gritaron al unísono.

Los profesores se acomodaron enfrente y comencé a contar una de mis viejas historias.

—No sé si conocéis la leyenda de Artabán, el cuarto rey mago.

—Pensaba que sólo había tres —dijo Pawel.

—Pues no, realmente había cuatro. Además de Melchor, Gaspar y Baltasar, un cuarto rey mago salió de oriente con la intención de llevar sus regalos y entregarlos al Mesías que había nacido en Belén. Artabán no cargaba con oro, incienso y mirra, lo que él transportaba eran valiosas piedras preciosas, como el rubí, el diamante y el jade. Había quedado con los otros tres reyes mago en un punto de reunión desde el que juntos partirían hacia Israel. El cuarto rey mago encontró en el camino a un anciano enfermo, pobre y cansado, que necesitaba de sus cuidados y decidió pararse a ayudarlo. Tras estar con él unos días reemprendió su viaje, aunque sabía que sus amigos se habían adelantado. Cuando llegó a Jerusalén, Jesús y sus padres habían huido a Egipto para evitar la matanza de los infantes que había ordenado el rey Herodes. Al ver lo que los romanos estaban haciendo a los niños, intentó detenerlos y estos lo detuvieron, condenándolo a galeras durante treinta y tres años. Siendo ya muy anciano escuchó que en Jerusalén estaban a punto de asesinar a Jesús y se acercó hasta allí con la única gema que aún le quedaba, el rubí. Justo en ese momento se le cruzó en el camino una mujer a quien iban a vender como esclava para satisfacer una deuda de su padre. Artabán se la entregó y se acercó al Gólgota, donde Jesús estaba crucificado junto a dos malhechores. Se puso de rodillas y le pidió perdón por no haber podido llevar ante él ninguno de sus regalos. Un gran estruendo sacudió la tierra, una piedra golpeó al anciano que cayó medio moribundo ante la cruz. En ese momento, Cristo levantó la vista y le dijo: «Artabán, tuve hambre y me diste de comer, tuve sed y me diste de beber, estuve desnudo y me vestiste, estuve enfermo y me curaste, me hicieron prisionero y me liberaste». Artabán casi sin fuerzas le preguntó: «¿Cuándo hice yo todo eso por ti?». Y le contestó: «Lo que hiciste por mis hermanos más pequeños me lo hiciste a mí. Ahora ven conmigo al reino de los cielos».

Los niños que hasta ese momento habían estado en un completo silencio comenzaron a gritar de admiración. Entonces Henryk se puso en pie y algo serio preguntó:

—¿Jesús es el Mesías que estábamos esperando?

La pregunta me había puesto en un aprieto, pero sonreí y le dije:

—Nosotros los judíos pensamos que aún ha de venir, pero para muchos si lo es. ¿Tú que piensas?

El chico se quedó pensativo. Después se encogió de hombros y dijo:

—No conozco las profecías ni la ley, pero las palabras de Jesús me recuerdan a las del rabino Kohanim al nombrar la frase de Levítico «Amarás al prójimo como a ti mismo».

Todos nos quedamos admirados y los niños comenzaron a aplaudir.

—Bueno, será mejor que repartamos los regalos que han traído los reyes magos —dije poniéndome en pie y comenzando a dar palmadas.

Las profesoras llamaron a los niños y las niñas uno por uno, mientras les entregaban los paquetitos y corrían de vuelta a su sitio con el rostro iluminado, pero sin abrirlo hasta que todos tuvieron el suyo.

Tras la entrega de regalos me fui al vestíbulo y me puse el abrigo. Agnieszka me siguió y me preguntó a dónde iba.

—Un viejo alumno, Chaim, quiere presentarme a unos contrabandistas. Apenas nos alcanza para comer, no pasaremos el invierno en estas condiciones. El Consejo Judío tiene que atender a muchos orfanatos y niños abandonados.

—Lo acompañaré. Hace mucho frío, el suelo está helado y podría tropezar.

—Soy viejo, pero aún me manejo bien —le contesté.

—No lo veo viejo, simplemente mayor —contestó de forma muy amable.

Nos pusimos en marcha, el frío calaba los huesos, teníamos la esperanza de que terminase nevando para suavizar la temperatura. No tardamos mucho en llegar a unos clubes que frecuentaba mi viejo alumno. Nos quedamos en la puerta, ya que únicamente los muy ricos podían permitirse entrar en aquellos sitios, donde se servía vino, champán y algunas delicias que la mayoría de los mortales apenas podíamos imaginar.

—Doctor Korczak —dijo una voz a nuestras espaldas.

Chaim me abrazó y le presenté a mi amiga.

—Espero que estén todos bien, las cosas se están poniendo cada día más difíciles. Usamos niños para ir a comprar productos fuera, también algunas alcantarillas que se comunican con el exterior, incluso los edificios que están en los límites. Pagamos enormes sumas a los guardas para que no nos delaten, pero ya ni siquiera afuera se encuentran muchas cosas.

—Será una Navidad muy difícil para Polonia.

—Hace unos días salí fuera, la gente no podía comprar carbón ni leña, la mayoría de los productos básicos se va para Alemania o abastece al ejército, las cosas en la parte soviética están mucho mejor, pero ya no es tan fácil atravesar la frontera. Parece como si los nazis estuvieran preparando algo contra los rusos.

—¿Estás seguro?

—No se habla de otra cosa.

—¿A quién quería presentarme?

—Al hombre más poderoso del gueto —dijo de aquella forma tan grandilocuente con la que solía hablar.

—¿Es algún miembro de la Judenrat?

—¡No, esos pobre diablos son esclavos de los nazis!

Mi antiguo alumno comenzó a caminar y nos llevó hasta un callejón lateral, llamó a una puerta de hierro y unos segundos después un hombre grueso y de espaldas anchas nos abrió. Subimos por unas escaleras estrechas y oscuras hasta un gran salón iluminado. En cuanto entramos nos quedamos asombrados de las grandes comodidades del local. Muebles caros, cuadros, todo tipo de utensilios amontonados por doquier.

—Doctor Korczak —dijo un hombre sentado en una butaca de piel en la zona de penumbra de la sala.

Intenté escudriñar en las sombras, pero apenas podía contemplar su rostro.

—Buenos días, creo que nos hemos visto en alguna ocasión.

—En el fondo, el gueto es como un pequeño pueblo —le contesté.

—Sí, aunque masificado. Muchos no pasarán el inverno, los alemanes han reducido de nuevo las calorías por persona.

—No lo entiendo, pensaba que mucha gente está trabajando en el gueto para ellos, somos su nueva mano de obra esclava.

—Doctor, para los nazis no somos más que escoria, ratas que deben ser exterminadas, pero han decidido tomarse su tiempo. Perdone, no me he presentado, soy el jefe de la policía, Józef Andrzej Szerynski.

—Entonces usted es el famoso Józef Andrzej Szerynski.

—Mi nombre real es Josef Szynkman, al menos ese es el que tenía en mi otra vida, cuando todavía éramos hombres —dijo con cierto sarcasmo.

—¿Y ahora qué somos? —le pregunté intrigado mientras me sentaba y a mi lado se acomodaba Agnieszka.

—Ahora somos bestias y alguien como usted debería saberlo mejor que nadie. Nos limitamos a sobrevivir, ser humano es mucho más. ¿No cree?

—Tal vez no, quién sabe.

—Me gusta su estilo. Siempre dice a la gente lo que quiere oír.

—Únicamente cuando necesito algo de ellos —le contesté sonriente.

El hombre lanzó una carcajada y todos sus hombres lo imitaron. Tenía la sensación de encontrarme en una película mala de la mafia italiana.

—Yo era policía, coronel de la policía y después inspector. Me cambié el nombre y renegué de mi pueblo. ¿No le parece irónico? Incluso apoyaba la persecución a los judíos. Ahora tengo que convivir con ellos y mantener el orden.

—Es como poner al zorro para cuidar a las gallinas —le dije disimulando la repugnancia que me producía aquel individuo.

El hombre volvió a reír a carajadas.

—Debería hacer monólogos en los clubes nocturnos, se ganaría muy bien la vida. Tiene el humor de un viejo rabino.

—Nunca es tarde para cambiar de profesión, pero ya sabrá que regento un orfanato y que doscientos niños y varios adultos dependen de mí.

—Es muy conocido en el gueto, hasta aquí es una celebridad. Al parecer nuestro compañero Chaim fue alumno suyo. Habla muy bien de usted.

—Él era una pieza de cuidado, y por la gente con la que se junta, no parece haber cambiado mucho.

El jefe de la policía del gueto se puso en pie y comenzó a caminar a nuestro alrededor.

—Nosotros podemos ayudar a sus niños, aunque tendrá que dejar que dos o tres trabajen para la organización. Hay muchos rateros que intentan conseguir comida por su cuenta, pero no saben negociar. Los abrigos de pieles están muy cotizados allí fuera y aquí muchas viejas ricas judías tienen todavía un gran número. Lo que le pido es simple: convenza a las mujeres que den sus abrigos y nosotros les conseguiremos comida para sus familias y para el orfanato.

Aquel negocio me parecía tan terrible que estuve a punto de ponerme en pie y marcharme, pero me retuve. Al fin y al cabo no eran más que abrigos caros, podría ayudar a varias familias y a mis niños. Lo que no me convencía era dejar a varios de mis pupilos para que cruzaran el muro arriesgando la vida.

—Les conseguiré los abrigos, pero no les daré a mis niños, ellos no sabrían moverse por allí fuera.

El hombre frunció el ceño, parecía de peor humor. Al final me alargó la mano.

—Trato hecho.

—Trato hecho —le respondí mientras nos dábamos las manos.

Mientras salía del edificio tenía la sensación de haber vendido mi alma al diablo. Chaim nos dejó al fondo de la calle y Agnieszka me cogió del brazo.

—No se sienta mal, doctor.

—No me llames doctor y no me hables de usted.

—Su misión es mantener a todos los niños a salvo.

—¿Aunque tenga que negociar con semejante ralea? —le pregunté asqueado.

—No somos héroes. Me lo dijo usted, somos simples seres humanos intentando sobrevivir. Él tiene la comida, tiene los medios.

—¿Sabes lo que le hace a los niños vagabundos o a los que pilla traficando? Les da una paliza de muerte. Es una bestia, hemos llegado a un trato con un monstruo.

Mi amiga me tocó la cara con suavidad. Después seguimos caminando hasta el triste edificio de nuestro orfanato. Se había terminado el tiempo de los grandes ideales. Dentro de poco todos seríamos monstruos, como nuestros verdugos, y no mereceríamos sobrevivir a este mundo infernal, apenas una caricatura del que habíamos conocido hace tan sólo un año antes. Miré la pequeña franja de cielo que había entre los edificios, copos de nieve caían balanceándose sobre nosotros. Pensé en lo que me gustaría ser como Artabán, entregar toda mi vida y toda mi alma a un ser superior, pero la triste realidad es que Dios parecía ausente en el gueto, aunque miles de personas lo imploraban día y noche.

CAPÍTULO 18

TIFUS

〰〰〰〰〰〰〰〰〰〰〰〰〰〰〰〰〰〰〰〰〰〰〰〰

Irena Sendler fue siempre como un ángel para todos nosotros, sobre todo cuando el tifus comenzó a hacer mella en el gueto. La mayoría de la gente vivía hacinada en el Gran Gueto, en ocasiones seis o siete personas en una sola habitación. Escaseaba el jabón, los cortes de agua eran continuos, a medida que la red de tuberías se iba dañando por la falta de mantenimiento, cada vez había más edificios sin suministro, por no hablar de la falta de agua caliente y calefacción. En los inmuebles más deteriorados, los ancianos y los más débiles apenas podían moverse, por lo que la gente comenzó a arrojar la basura por las ventanas hacia los patios, el hedor era insoportable y el tifus no tardó en hacer su aparición.

Los líderes del gueto estaban muy preocupados, aquella era una excusa más de los nazis para impedir la salida y entrada de trabajadores o mercancías, pero cuanto más nos aislaban, más escaseaba la comida y aumentaba el número de enfermos exponencialmente. Nosotros intentábamos cuidar a nuestros niños, protegerlos de cualquier enfermedad, pero cada vez era más difícil.

El tifus como enfermedad bacteriana se transmitía por los piojos. En cuanto se desataron las primera oleadas, rapamos el pelo de todos los niños, pero con las niñas la situación era más complicada. Intentamos cortarles el pelo e inspeccionarlas a diario, pero en un lugar como en el que nos habían encerrado los nazis era misión imposible librarnos de los molestos piojos, garrapatas y pulgas.

Con la ayuda de los profesores y el conserje fumigamos todo el edificio, pero a los pocos días los bichos volvían a reproducirse, como si nada lograra exterminarlos. No teníamos medicinas, tampoco existía un tratamiento efectivo con aquella plaga que se extendía rápidamente debido a la falta de higiene, el hambre y el hacinamiento.

Mientas aquella mañana las profesoras peinaban a las alumnas con los peines finos para descubrir nuevos piojos, Stefania me comunicó que Adam Czerniakóv, el presidente del Consejo, quería verme. Me puse la chaqueta, miré mi mentón mal afeitado y me anudé la corbata. Mientras me dirigía a las escaleras me crucé con Agnieszka.

—¿A dónde va doctor Korczak?

—Me han llamado del Consejo Judío, imagino que quieren hablar del problema de los piojos y el tifus, las escuelas siempre han sido los lugares preferidos de estos molestos bichos.

—¿Le importa si lo acompaño? Necesitamos algo de queso y me han informado que hoy ha llegado una pequeña partida para los niños y los colegios.

Esperé a que Agnieszka se pusiera el abrigo y salimos en dirección al Consejo. Mientras caminábamos agradecíamos que aún en aquellas calles la gente pidiendo y las personas enfermas no estaban tumbadas en las aceras. Cada vez que veía a niños mendigando, no podía evitar que mi alma se descompusiera. Tenía que ser fuerte por los niños y nuestros colaboradores, aunque cada día que pasaba me sentía más débil física y anímicamente.

No tardamos mucho en llegar al Consejo Judío, ya que estaba ubicado cerca de nuestro orfanato en el Pequeño Gueto. Entramos en el edificio y subimos hasta el despacho del presidente del Consejo, pero nos anunciaron que la reunión sería en una de las salas más amplias, para que todos los directores de las escuelas pudiéramos estar de forma más cómoda.

Entramos al salón de puertas acristaladas. Muchos de los directores y directoras ya estaban sentados en las sillas de formas y colores dispares. Saludé con la cabeza a la mayoría, ya que nos conocíamos desde hacía años, aunque sabíamos que en el fondo debíamos competir por los escasos recursos del gueto. Muchos de ellos pensaban que debido a mi fama, el presidente del Consejo favorecía a nuestra escuela, cosa que era completamente incierta.

La única fila con asientos libres era la primera. Hubiera preferido que nos sentáramos hacia el final para pasar todo lo desapercibido que pudiera, ya que hasta en un lugar como el gueto, las envidias y los celos estaban a la orden del día, algo que me parecía patético. Si no éramos capaces de estar unidos en una situación como aquella, ¿cuándo lo estaríamos de verdad? Muchos decían que los judíos éramos un pueblo individualista, incapaces de pensar en nadie más que en nosotros mismos, aunque eso se contradecía con casi dos mil años de supervivencia sin un país, un estado ni un ejército que nos protegiera.

María Rotblat, que dirigía un orfanato para niñas, se puso en pie y comenzó a hablar.

—Miembros del Comité Judío y directores de los orfanatos: me siento agradecida de que nos hayan convocado de urgencia.

La situación empeora por días y en mi edificio ya tenemos dos casos de tifus. Los hemos aislado, ya que el hospital judío también se encuentra totalmente saturado. La única manera de frenar la epidemia es actuar cuanto antes. Imagino que a las autoridades alemanas no les interesa que la plaga se propague a toda Varsovia, Polonia e incluso a Alemania.

Un murmullos recorrió la sala y el presidente, con sus formas solemnes y educadas, comenzó a hablar.

—Queridos directores, nos encontramos una vez más ante una difícil tesitura. Las autoridades alemanas nos están pidiendo las listas de enfermos, tanto de los que están en el hospital y en algunas clínicas como de los que permanecen en sus casas, pero tememos que sea para deshacerse de ellos.

La sala parecía inquietarse a medida que el presidente nos ponía en antecedentes.

—Ya hay unos veinte mil casos notificados, aunque nuestros expertos creen que los enfermos reales podrían ascender a ochenta o cien mil.

El archivero Ringelblum, que se encargaba de las estadísticas, le pasó un documento al presidente.

—Bueno, la cifra exacta es de cientos diez mil afectados. La situación es desesperante, con este ritmo de contagios en unas semanas el gueto entero estará enfermo y me temo que los nazis tomen medidas drásticas —dijo el presidente, que a medida que los meses pasaban parecía más desanimado y cansado.

El bacteriólogo Ludwik Hirszfeld tomó la palabra. Éramos afortunadas por tener una de las eminencias en epidemias entre nosotros. A veces me preguntaba cómo los polacos y los alemanes no se daban cuenta del capital humano concentrado en el gueto. Miles de nosotros teníamos tanto que aportar al mundo, pero ellos únicamente veían nuestra sangre judía, que parecía manchar sus calles empedradas y sus ciudades.

—La única forma de cambiar la situación es que los alemanes nos aumenten las raciones de comida, además de que nos encarguemos de reparar las tuberías estropeadas para que llegue de nuevo el agua corriente a muchas zonas, para poder ayudar a los ancianos a limpiar sus casas y las zonas comunes de los edificios. No tenemos camas para los enfermos, tampoco muchos recursos, pero sí podemos mejorar la situación sanitaria. También debemos acordonar los edificios infectados y terminar con los piojos. Las escuelas son algunos de los focos que más nos preocupan y por eso los hemos reunido aquí.

Al final de su discurso me puse en pie, como si tuviera un resorte. Todos se quedaron mirándome y tardé unos segundos en ponerme a hablar.

—Queridos colegas, no es fácil lidiar con esta situación. Las condiciones de hacinamiento son terribles, la comida escasea y las cosas pueden que vayan a peor. No dejan de llegar nuevos judíos y gitanos de otras partes de Polonia y los recursos escasean. A pesar de todos los orfanatos que tenemos, aún hay decenas de niños pidiendo por las calles, además de otros que roban o salen fuera del gueto para traer comida arriesgando sus vidas. No tenemos recursos en las escuelas y, como nuestros alumnos no pueden trabajar, no reciben el apoyo alimenticio que otros habitantes están recibiendo. Necesitamos su ayuda, estamos desesperados, la única forma de parar esto es que los judíos de otras partes del mundo nos manden ayuda, además de que el presidente del Consejo mande más recursos a los colegios. Los niños son el futuro, pero también son el presente. Sin ellos no hay esperanza.

Algunos de los directores aplaudieron tímidamente, pero la mayoría se limitó a fruncir el ceño.

—Tenemos que ayudar a los niños y, si es posible, sacarlos de aquí. La única forma que sobrevivirán es creando una red de refugio y rescate para ellos fuera del gueto.

Se hizo un largo silencio. Había pronunciado las palabras prohibidas, ya que la mayoría pensaba que los nazis tenían espías entre nosotros, algo que era hasta cierto punto normal. Muchos se vendían por una ración más de comida para su familia. El Consejo Judío quería permanecer dentro de la legalidad, con la esperanza de que al terminar la guerra los nazis se cansaran de nosotros y nos enviaran a algún lugar lejos de Europa.

—¿Está loco? ¿A quién le vamos a dejar nuestros niños? La mayoría de los cristianos nos desprecian.

El murmullo se extendió por la sala y decidí marcharme, mi amiga me siguió hasta la puerta la cual cerré con un portazo.

—¿A dónde vamos?

—Quiero que veamos a Irena, ella es nuestra única esperanza.

Aquella pequeña trabajadora social era la persona más decidida que había conocido. Si alguien estaba dispuesta a cambiar las cosas, sin duda era ella.

CAPÍTULO 19

IRENA, EL ÁNGEL DE VARSOVIA

IRENA ERA LA TÍPICA MUJER POLACA. TENÍA el pelo rubio, la cara sonrosada y las facciones suaves; era pequeña de estatura y de ojos picarones. A pesar de sus casi treinta años tenía un aspecto infantil e inocente, lo que la ayudaba a pasar casi desapercibida. Había estado muy activa políticamente en los años treinta y había cursado estudios de derecho y literatura polaca durante unos años. Era una mujer culta e inteligente, pero solía callarse sus opiniones y no le gustaba llamar la atención. Por lo que le había contado su amiga María, su esposo llevaba desde el final de la guerra polaca en un campo de prisioneros, pero eso no la había desanimado a la hora de ayudar a los demás. En la Universidad Polaca Libre había estudiado trabajo social con Helena Radlinska. Yo conocía a Helena desde hacía años y, aunque no compartía sus ideas izquierdistas, ya que había abandonado cualquier idea marxista hacía años, siempre había reconocido su labor entre los más desfavorecidos. Irena era una de sus discípulas más aventajadas.

La primera vez que la vi fue al poco de la ocupación alemana, un grupo de trabajadoras sociales de Varsovia se había negado a obedecer las directrices de los ocupantes y falsificaba documentos para las familias judías con el fin de poder darles la protección social que les negaba el nuevo estado nazi.

Irena se encontraba en un pequeño local donde atendía a muchas familias judías.

Entramos a la pequeña sala donde una docena de personas esperaban a ser atendidas. Nos sentamos y, mientras la joven trabajadora social recibía con amabilidad a sus usuarios, comenzamos a hablar.

—Creo que tendrías que intentar escapar de aquí con el pequeño Henryk, las cosas se van a poner mucho peor —le dije a Agnieszka al oído, mientras esperábamos.

—¿A dónde vamos a huir? Los alemanes ya han ocupado media Europa y no tardarán demasiado en hacer lo mismo con el resto del mundo.

Me quité la gorra y me rasqué la calva, sabía que tenía razón, pero cualquier cosa era mejor que estar en el gueto.

—Irena podía buscaros un lugar seguro, al menos mientras termina la guerra.

—¿Qué pasará con el resto de los niños? Si todos los profesores nos marchamos, ¿Cómo los cuidaréis Stefania y tú?

—Nos hemos encontrado a lo largo de los años en muchas situaciones difíciles, además, nosotros ya somos viejos, nuestras vidas están a punto de acabar. Sacrificarlas por mis niños es la mejor tarea que se me ocurre.

—Doctor Korczak, es un placer que haya venido a visitarme —dijo Irena al salir de su despacho. Me puse en pie y le di la mano.

—No es una visita de cortesía.

—Imagino, será mejor que pasen dentro del despacho.

La mujer miró que la sala estuviera completamente vacía, después corrió las cortinas y se sentó al otro lado de su destartalado escritorio.

—Perdonen la tardanza, pero prefería atenderlos a solas. En el gueto hay muchos ojos y oídos de la Gestapo, es mejor andar con cuidado.

—Yo siempre he sido muy descuidado para esas cosas —le contesté, siempre me fiaba de todo el mundo o en el fondo no me importaba lo que pudiera suceder.

—Ahora no podemos permitirnos ese lujo. No estamos luchando contra las autoridades zaristas o la burocracia polaca, nos enfrentamos a los asesinos y sádicos más peligrosos que han existido. Mi profesora Helena está escondida en un convento, pero me ayuda a organizar la ayuda en el gueto.

—Ya sabía que era judía, pero imaginaba que había logrado escapar a Suecia —le contesté sorprendido. Aquella mujer era una de las trabajadoras sociales más importantes del país.

La mujer negó con la cabeza.

—¿Lleva puesta la estrella de David? —le preguntó Agnieszka.

—Para mí es un honor. No soy judía, pero tengo muy buenos amigos que sí lo son.

Me quité las gafas y comencé a limpiarlas.

—Querida Irena, las cosas se están poniendo cada vez más feas aquí. Me temo que a medida que la guerra se recrudezca, nuestras condiciones empeorarán aún más. Sé que has ayudado a muchos niños y los has ocultado en conventos y con familias arias en el campo. Temo por mis pequeños.

La mujer frunció el ceño y después se inclinó hacia atrás.

—No es tan sencillo, querido doctor. Los alemanes y sus guardianes judíos vigilan cada rincón. Al principio era más fácil saltar la valla por algunos lados o colarse por las alcantarillas, pero ya han encontrado casi todos los pasos.

—Tiene que haber alguna manera.

—Los únicos que saben cómo salir y entrar son los mafiosos que hacen contrabando con algunos productos, el Grupo 13 dirigido por Abraham Gancwajch es el único que podría hacer algo.

—Conozco a esa rata, no es de fiar. Es capaz de hacer cualquier cosa por dinero, pero no tardaría en delatarnos —le contesté, pronunciar su nombre ya era capaz de ponerme nervioso.

La mujer se encogió de hombros.

—Mi jefe Jan Dobraczynski sospecha de todas nosotras, si se entera que sacamos niños del gueto, no sé cómo reaccionará. Es posible que sus pupilos estén más seguros dentro que fuera de los muros. La situación fuera también está empeorando, los alemanes cada vez se llevan más comida y la gente está pasando hambre.

—Pero el tifus, el hacinamiento...

—Le prometo que nos reuniremos y le daremos una respuesta pronto. Antes de comenzar a sacar niños todo debe estar preparado.

—¿Conoce al padre Marceli Godlewski? Él podría ayudarnos.

—Claro que nos conocemos, es uno de nuestros colaboradores.

La mujer se puso en pie. Después tomó su abrigo de una percha.

—Tengo que irme, si quiere, podemos continuar hablando de camino al muro.

Nos pusimos en pie y nos dirigimos hacia la salida próxima al hospital Dwroska, que se encontraba fuera de los límites del gueto. Una de esas anomalías de una división precipitada de la ciudad entre judíos y arios.

Los amigos de Irena estaban a punto de regresar de sus trabajos en el hospital y entrar de nuevo en la zona judía. Habían decidido ir a tomar algo juntos, para intentar olvidar la dura jornada. Nos quedamos cerca del control policial, a pocos metros, la vida parecía seguir su ciclo normal, ignorante de lo que sucedía dentro de esos muros. Era curioso asomarse a ese otro mundo, sentir que la gente aún podía dirigir en parte sus vidas, lidiar con su monótona existencia, mientras a nosotros se nos exigía preguntarnos cada día el porqué de la nuestra.

La calle Twarda, desde la que los esperábamos, había cambiado notablemente. Antes era bulliciosa y limpia, jalonada por edificios donde la burguesía vivía despreocupada y feliz. Los alemanes habían colocado allí sus cabellerizas y una bodega, en un intento de humillar a la población judía, que antes recorría la avenida en dirección a la Gran Sinagoga.

Irena vio a lo lejos a algunos de sus compañeros y los saludó con la mano. En la cabeza del grupo se encontraba el doctor Ludwik Hirszfeld y Ala, la jefa de enfermeras. El resto de los médicos los seguía despreocupadamente un par de metros atrás.

Un grupo de soldados de la SS se cruzó con los médicos y las enfermeras, aquello no era un buen presagio. Los judíos agacharon la cabeza para no llamar la atención, con la ilusoria idea de volverse invisibles. Entonces, todo sucedió muy rápido. Sin previo aviso, uno de los soldados golpeó con la culata el pecho de un médico joven que llevaba anteojos redondos. El hombre se derrumbó y comenzó a gemir. Las risotadas del resto de los nazis puso al grupo en guardia. Media docena de soldados comenzaron a patear al joven doctor, mientras el resto seguía su camino, como insectos que escapaban de un terrible depredador.

Aquella escena me indignó tanto que me adelanté hacia el paso, pero Agnieszka me sujetó por el brazo.

—Empeoraremos la cosas.

Los gritos en alemán alteraron el silencio de los transeúntes que regresaban de sus trabajos. Un cabo ordenó a todos los doctores y las enfermeras que se pusieran en fila. Dos de ellos ayudaron al hombre caído. El cabo les ordenó que comenzaran a saltar. Algunos de ellos eran de avanzada edad y no tardaron mucho en perder el equilibrio y caer al suelo, recibiendo las patadas de los soldados que parecían disfrutar con su sufrimiento.

En ese momento vi que el capitán Neumann cruzaba el puesto de control sin hacer caso al macabro juego de los soldados, pero de repente sus ojos se cruzaron con los míos y al observar mi estupor, se paró en seco, dio media vuelta y se puso delante del cabo con los brazos apoyados en las caderas.

—¿Se puede saber qué están haciendo?

Los soldados frenaron en seco y se colocaron en posición de firme. El único que no parecía impresionado era el cabo.

—Estamos divirtiéndonos un poco. ¿Acaso no podemos? ¿No será amigo de los judíos?

—¿Está dudando de mi patriotismo? Es una simple cuestión de práctica, el Reich necesita mano de obra judía, si sus médicos se enferman o dañan, ¿quién cuidará a los obreros judíos? Hay que usar la cabeza, cabo.

El hombre de dientes amarillentos y piel rojiza por el alcoholismo se quedó mudo, se puso firme y se alejó con sus hombres.

El capitán Neumann miró a los doctores y les pidió que entrasen al gueto. Antes de marcharse, me observó de nuevo. De alguna manera quería mostrarme que todos no eran tan salvajes y mezquinos como aquellos embrutecidos miembros de la SS.

Irena corrió hacia el grupo, Ala ayudó al doctor joven y curó sus heridas leves.

—Creo que a nadie le apetece hoy tomar nada en el cabaret —dijo la mujer que tenía la cara descompuesta por lo sucedido.

El doctor Hirszfeld se paró delante y encogió los hombros.

—La prima de Arek, Wiera Gran, actúa esta noche, aunque también lo hará mañana. Doctor Korczak, será un honor para mí invitarlo. Todos necesitamos evadirnos de vez en cuando. ¿No cree?

No me hacía mucha ilusión entrar al cabaret, allí se encontraba todo lo que odiaba en el gueto: la aristocracia judía y los gánsteres que vivían a costa del sufrimiento del pueblo, como parásitos indeseables.

Agnieszka contestó:

—Será un placer acompañarlo, la diversión en los tiempos que corren es una forma más de rebeldía contra los nazis.

La miré sorprendido, pero no dije nada. También tenía derecho a ser feliz y pasárselo bien, aunque solo fuera por unas pocas horas.

—Nosotros tenemos que marcharnos —le comenté a Irena.

—Seguiremos hablando de nuestros proyectos —contestó con su sonrisa infantil.

Mi amiga me tomó del brazo, nos alejamos en dirección al orfanato y no pude evitar preguntarle por qué había aceptado la invitación.

—En el cabaret encontraremos a las personas que necesitamos para sacar a los niños del gueto.

Estuve todo el camino mascullando aquella idea. Teníamos que salvar a los niños a cualquier precio, no había otra opción.

CAPÍTULO 20

UNA INFANCIA FELIZ

⬦⬦⬦⬦⬦⬦⬦⬦⬦⬦⬦⬦⬦⬦⬦⬦⬦⬦⬦⬦⬦⬦⬦⬦⬦⬦⬦⬦⬦⬦⬦⬦⬦⬦⬦⬦⬦⬦

A MEDIDA QUE ENVEJECÍA ME ACORDABA MÁS de mis padres. Había escuchado que cuando pronuncias el nombre de los muertos los traes, en cierta forma, de nuevo a la vida. La felicidad siempre me había sido esquiva, pero la infancia fue lo más parecido que tuve a alcanzarla. Era un niño solitario, ensimismado y taciturno, pero con muchas ideas en la cabeza y siempre entregado a las causas perdidas. Recordaba a los gitanos que cantaban villancicos en Navidad para ganarse unas monedas y ya me preguntaba por las injusticias de la vida. Ayudar nunca me ha hecho extremadamente feliz, únicamente ha limitado mi infelicidad. Ahora que tengo verdaderas razones para estar desesperado, siento que he perdido mucho tiempo preocupándome por cosas que nunca sucedieron, pero tal vez sea esa la condición humana. A los diecisiete años intenté escribir una novela titulada *El suicidio*. El protagonista odiaba la vida por el miedo que tenía a volverse loco. En el fondo, aquel muchacho asustado de mi libro no era otro que yo mismo. La enfermedad de mi padre, su locura y muerte siempre me habían estremecido. En aquel momento no sabía la fina línea que separa la cordura de la enfermedad mental.

Nunca me sentí especialmente amado, sabía que mis padres me querían, al igual que mis abuelos, pero nunca expresaban afecto. No ser amado y no saberlo, para el caso es lo mismo, por eso escribí el libro *Cómo hay que amar a un niño*. Lo único que necesitan los niños para ser felices es sentirse amados y nosotros nos empeñamos en darles cosas y enseñarles aritmética.

Antes, los orfanatos eran cárceles o cuarteles, ahora son residencias de ancianos. Los niños se quejan por todo, aunque no les falta nada, por eso me pregunto en qué fallamos. Les damos cosas, pero ellos quieren nuestro tiempo y sobre todo nuestro afecto.

Me acerqué a la cama de León, un niño enfermizo que llevaba cuatro años con nosotros. Su piel cetrina rebelaba que no se encontraba bien físicamente, pero lo más triste es que tras su extrema debilidad sobre todo se veía su ira, frustración, tristeza y añoranza. Parecía un anciano que recordaba el pasado con el halo de tristeza que siempre marcan los años.

—¿Por qué no comes más? —le pregunté.

El niño miró el plato junto a la cama, sobre la mesita, y negó con la cabeza.

—Esa comida no es mía —contestó con el ceño fruncido.

—¿No es tuya? Entonces, ¿de quién es?

—Es de Julián.

El día anterior ese niño había fallecido. Llevaba mucho tiempo enfermo y era un amigo inseparable de León.

—Julián ya no está con nosotros, se ha marchado al cielo.

El niño se encogió de hombros.

—¿Los niños judíos vamos al cielo?

—Claro —le contesté.

—¿Al cielo de los niños arios? —me preguntó asombrado.

—Sí, únicamente hay un cielo.

—Yo no quiero ir allí. Nos han tratado muy mal los arios, no quiero que hagan lo mismo en el cielo. Julián murió por su culpa, todo es por ellos.

—Los niños no sois inocentes, pero no tenéis culpa de lo que está pasando. Esto lo hemos hecho los adultos.

—¿Por qué nos odian tanto?

Me quedó pensativo unos instantes, a veces yo mismo me hacía esa pregunta.

—Nos odian porque no nos conocen. Los racistas y los antisemitas en el fondo son unos pobres ignorantes, lo que produce el odio es el miedo y este nace del desconocimiento.

El niño me miró con sus ojos febriles. No sabía cuánto le quedaba, había visto morir a tantos que en cierto sentido me había insensibilizado un poco. Le puse la mano en la frente, hice una oración entre dientes, al menos cabía la esperanza de que todo aquel sufrimiento tuviera algo de sentido, un propósito. Aquella era una de las razones que me había devuelto la fe. Me negaba a creer que la existencia se extinguía y nos convertíamos en polvo. Tal vez para la vida que había sido próspera y feliz, el mundo tenía un sentido, pero ¿qué sucedía con los millones que habían muerto al poco de nacer o no habían tenido ni un destello de felicidad? Además, ¿tenían que quedar impunes las malas acciones de millones de personas que habían convertido el mundo en un infierno? ¿Qué sucedía con aquellos que se habían entregado en cuerpo y alma a los demás? Mi familia jamás había sido practicante, además no me gustaban las religiones organizados ni los actos rituales. Para mi hablar con Dios era como respirar, un acto casi inconsciente.

El sufrimiento es la piedra angular de la conciencia. Al fin y al cabo, la vida se inicia en la más absoluta desesperación. Nacemos a un mundo frío y amenazante, saliendo del cálido seno de nuestra madre. Comenzamos a tener hambre y angustia ante el espacio infinito más allá de la acogedora barriga que nos proporcionaba alimento y seguridad.

Estaba en aquellas divagaciones cuando escuché el grito desgarrador de Stefania y corrí con mis piernas reumáticas hasta una de las habitaciones contiguas. Al entrar vi a mi querida amiga de rodillas ante la cama de la enfermera Amalia Wittlin. La mujer llevaba meses enferma de tuberculosis, pero en los últimos días parecía sentirse mejor.

—¿Qué ha pasado? —le pregunté mientras la abrazaba. Stefania levantó la cabeza, sus ojos estaban llenos de lágrimas.

—¡Dios mío! ¿Cuándo acabará esta pesadilla? ¡No puedo más!

—Tranquila, nada sucede sin un propósito.

Me miró incrédula.

—¿Qué propósito tiene la muerte de una mujer aún joven que había dedicado su vida a los demás, mientras esas bestias pardas nos torturan? ¿Acaso Dios se ha olvidado de nosotros? Nuestro pueblo lleva dos mil años siendo perseguido, esto no terminará hasta que tengamos nuestra propia tierra. Nadie nos quiere, Janusz.

Sabía que tenía razón, pero mi deber era mantener alta la moral de todos los miembros de la casa. Por las noches me consolaba con un poco de vodka y leyendo poesía.

Estuvimos un rato abrazados; sentir otro cuerpo me hizo bien. No hay nada peor que anestesiar el alma. Noté que mis ojos se llenaban de lágrimas, pero me resistí. No me daba vergüenza llorar, era un acto natural. Lo que intentaba era que todos ellos no perdieran la confianza.

—Vamos a tomar esa porquería de café sucedánea. Al menos nos calmará un poco el hambre.

Nos dirigimos a la planta baja. La cocina aún estaba desierta, como casi todo el edificio, era mi momento preferido del día.

La cafetera no tardó en silbar, serví las dos tazas y nos sentamos. Me quedé un momento mirando la calle, el trozo de cielo que podíamos observar estaba plomizo.

—La vida no tiene sentido —dijo Stefania, que había logrado calmar las lágrimas.

—¿Estás segura?

—Sólo hay que mirar a nuestro alrededor. Los nazis nos han encerrado aquí como animales. Nos explotan y esperan que desaparezcamos. ¿Para qué seguir resistiendo?

Me tomé un sorbo antes de contestar. El calor se sentía agradable en mis manos dentro de esa casa casi congelada. No teníamos dinero para carbón y aunque lo hubiéramos tenido, era imposible encontrar un saco en toda Varsovia y, con toda seguridad, en Polonia entera.

—El problema es que nos creemos con el derecho a existir, pensamos que la vida nos debe algo y nos afanamos por encajar. La libertad da miedo, un terror casi infantil. Por ella todos nosotros adoptamos los roles que nos impone la sociedad. Yo tenía que ser judío, médico, polaco, padre y esposo. No cumplí ninguna de esas expectativas y por ello jamás he encajado, pero he descubierto en esta anomalía que es mi vida algo formidable: el sentido de la existencia no nace de nosotros, es algo externo. Necesitamos conectar con ese «algo» para descubrir el verdadero sentido, de otra forma nos alienamos y caemos en el sinsentido.

—Siempre he sentido que mi vida tenía un propósito, querido amigo, pero esta situación... Muchas veces sueño con Palestina, si te soy sincera únicamente hubo una razón por la que volví.

Stefania tomó mi mano fría y huesuda y yo me eché a temblar.

—Janusz, llevamos toda la vida juntos, no te he pedido nunca nada, me he conformado con estar a tu lado, como el pajarito que construye su nido en las ramas de un frondoso árbol. Estar a tu lado me hace feliz.

Me estremecí al escuchar sus palabras, no porque ignorase el gran afecto que sentía por mí, sino más bien por no considerarme digno de él.

—Nunca pensé que encontrara a alguien para escapar de mi soledad. Tú has sido la luz que ha iluminado todos estos años. Ahora me arrepiento de que volvieras. Te has metido en el mismo infierno para salvarme de mí mismo.

Pasamos un tiempo tomados de las manos, dejando que los minutos pasaran sin prisa, antes de que la casa se llenara del alboroto de los niños, de las carreras por los pasillos y regresáramos a la acuciante realidad.

CAPÍTULO 21

CABARET

MI ABUELO SIEMPRE DECÍA QUE VIVIR UN día honestamente era más difícil que escribir un libro. Yo había escrito muchos libros y podía corroborarlo, pero nunca tuve una sensación de suciedad tan acusada como aquel día en el Cabaret Sztuka. No era el único que había dentro del muro. El Melody Palace era más glamuroso, pero había además cinco teatros profesionales que representaban en yidis y polaco. Los locales más importantes se situaban en la calle Leszno, cerca de nuestra casa.

Esperé a la noche, cuando el mundo siempre se transforma en un lugar inhóspito. Agnieszka se había puesto su mejor vestido, yo llevaba un traje de chaqueta que me quedaba holgado —la vejez nos consume hasta hacernos desaparecer casi por completo—. Salimos del brazo y caminamos por las gélidas y solitarias calles hasta el local. En la puerta había dos matones que controlaban el aforo, aunque el club era tan extremadamente caro que muy pocos miembros del gueto podían acceder a él. Tras recorrer un pasillo algo oscuro nos encontramos una sala muy amplia y diáfana. Las mesas redondas se repartían alrededor del escenario circular, en un lado había un piano y la pequeña orquesta, al otro lado un telón desde el que salían los diferentes actores y cantantes.

Irena levantó un brazo y la contemplamos en medio de la bruma que producía el tabaco. Nos acercamos hasta ellos y vimos al doctor Hirszfeld, Ala y su esposo, además de Adam, el acompañante de Irena.

—Nos alegra que hayan podido venir.

—Un poco de esparcimiento no nos hará mal —contestó Agnieszka.

—Casi toda la gente que veo por aquí son guardias de la Trece, contrabandistas y delincuentes de diferentes raleas —dije mientras me sentaba al lado del doctor.

—Son los únicos que pueden permitirse una botella de champán o comida de verdad. Nosotros únicamente tenemos para un café sucedáneo, no nos llega ni para una cerveza.

El doctor tenía razón, nadie poseía tanto dinero en el gueto como para tomar algo en el club a no ser que trabajara para la mafia.

La música sonó de repente y salieron tres actores. El conductor del espectáculo vestía un elegante traje negro, en el antebrazo destacaba una brazalete blanco con la estrella de David.

—Bienvenidos al paraíso y al infierno, según se mire. El mejor cabaret del gueto de Varsovia, donde podemos olvidarnos de lo que nos rodea y ser optimistas. Ya vendrán tiempos mejores —dijo el hombre con una sonrisa de enormes dientes blancos—. El gueto termina donde comienzan las sonrisas, por eso, al atravesar esa puerta hay que olvidarse de todo y aprender a reír de nuevo. El futuro ya no es nada y nuestra única arma para sobrevivir es el humor. En eso los judíos somos unos expertos. Nuestro humor es una mezcla de dolor y alegría. Aquí de lo único que nos morimos es de risa.

El público comenzó a reírse a carcajadas. Después de un diálogo delirante entre dos actores, uno de ellos vestido de nazi, el conductor de la noche presentó a la bella cantante Wiera Gran. La mujer subió al escenario despacio, se acercó al micrófono y antes de comenzar miró al hombre que se había sentado frente al piano.

—Querido público, hoy quiero interpretar una vieja canción de amor que todos conocen.

Su voz sonó tan melancólica y dulce que me dejé hechizar por ella. Durante aquellos minutos no hubo otra cosa en el mundo que la música y la canción «Lili Marleen».

Frente al cuartel,
delante del portón,
había una farola,
y aún está allí.
Allí volveremos a encontrarnos,
bajo la farola estaremos.
Como antes, Lili Marleen.
Nuestras dos sombras
parecían una sola.
Nos queríamos tanto
que daba esa impresión.
Y toda la gente lo verá,
cuando estemos bajo la farola.
Como antes, Lili Marleen.
Pronto llama el centinela
«Están pasando revista.
Esto te puede costar tres días».

Camarada, ya voy.
Entonces nos decíamos adiós.
Me habría ido encantado contigo.
Contigo, Lili Marleen.
Ella conocía tus pasos
tu elegante andar,
todas las tardes ardía
aunque ya me haya olvidado.
Y si me pasara algo,
¿quién se pondría bajo la farola
contigo?, Lili Marleen.
Desde el espacio silencioso
desde el nivel del suelo
me elevan como en un sueño
tus adorables labios.
Cuando la niebla nocturna se arremoline
yo estaré en la farola.
Como antes, Lili Marleen.

«Como antes». Esa era la frase que todos deseábamos escuchar, que todo volviera a ser como antes.

Escuché una voz a mis espaldas.

—Buenas noches, no esperaba encontrarlo aquí esta noche.

Enseguida reconocí la voz de mi viejo alumno Chaim.

—Me invitaron unos amigos —comenté poniéndome en pie.

—Aquí ya sabe que está la peor calaña del gueto, podría decir, de toda Varsovia.

Me encogí de hombros.

—¿Cómo están los niños? ¿Necesitan alguna cosa?

—Les falta de todo, la situación es peor que el año pasado.

—¡Maldita guerra! Permítame —exclamó mi viejo alumno indignado.

Chaim se subió al escenario cuando la cantante bajó a tomar un poco de agua y comenzó a hablar.

—¡Queridos amigos! Estamos aquí para olvidar la dura realidad del gueto, pero entre nosotros se encuentra el gran doctor Korczak al que todos conocéis bien. Sus pobre huérfanos lo están pasando muy mal y les pido a todos que seáis generosos. Mientras paso mi gorra, por favor que la banda toque algo alegre.

Mi viejo alumno se paseó por todas las mesas sacudiendo su gorra y mostrando su sonrisa picarona. Cuando terminó la particular colecta se acercó de nuevo a mí.

—Aquí tiene, doctor Korczak, espero que os ayude durante algún tiempo.

—Muchas gracias, pero necesitamos algo más que dinero.

Llamé con un gesto a Irena y la mujer se acercó con cierta desconfianza, no se fiaba mucho de un personaje como aquel.

—Será mejor que salgamos.

Chaim nos llevó hasta una de las puertas de emergencia y salimos a un callejón oscuro. Estaba comenzando a llover, pero nos refugiamos debajo de un pequeño techo de zim. Las gotas repiqueteaban sobre nosotros mientras mi viejo alumno se apoyó en la pared y encendió un cigarrillo.

—¿Quiere uno?

—No, gracias —le contesté.

—¿Qué es exactamente lo que necesita? Ya le presenté a mi jefe, puedo comentarle que no es suficiente, pero a él no le enternecen los niños huérfanos.

—Necesitamos otro tipo de ayuda. Los niños están enfermando, el gueto es cada vez más peligroso, dentro de poco no habrá comida para todos y no deja de llegar gente. Si no nos mata el hambre lo harán las enfermedades.

El joven aspiró profundamente y exhaló el humo blanquecino hasta que la lluvia lo disipó por completo.

—Me imagino lo que intentáis. Es una locura, los nazis pueden ser condescendientes si nos pillan metiendo comida o bebida, pero nadie se atreve a sacar a gente. Lo entendéis, es muy peligroso.

—¡Vivir cada día en el gueto es peligroso! ¡Tenemos que darles una oportunidad a esos niños!

—Baje la voz, la Gestapo tiene espías por todas partes. ¿Qué tiene que ver ella? Es una enfermera.

Irena lo miró con desprecio, aquel era el tipo de hombres que odiaba. Esbirros de mafiosos que esclavizaban a los pobres y sembraban el mundo de violencia.

—No soy enfermera, soy trabajadora social.

—¿Y qué importa? No es acaso lo mismo. No la conozco, puede ser una espía.

—Llevo meses luchando contra los nazis, tú eres un ladrón de poca monta, un delincuente juvenil.

—Tranquilos. En los tiempos que corren, ya no importa lo que éramos fuera de estos muros. Ahora somos simples judíos intentando sobrevivir.

Logré que se calmasen los ánimos.

—Irena entra y sale constantemente, como algunas de sus compañeras. Debemos buscar la forma de sacar a los niños, comenzando por los más pequeños. ¿Entendido?

—No le va a gusta a mi jefe, ya le he dicho que el director de la policía judía no tiene demasiado compasión.

—No puede saber nada. ¿Lo entiendes? Si lo descubre nos denunciará a la Gestapo.

Me quedé con la mirada fija en mi viejo alumno, aún podía ver al niño pequeño y asustado que un día la policía trajo a la casa. De alguna manera se dio cuenta de que estaba pensando en aquel primer encuentro y su expresión irónica cambió de repente. Me puso la mano en el hombro y me dijo:

—Haremos lo que podamos, se lo prometo.

Entramos de nuevo en la sala, me senté al lado de Agnieszka, pero ya no pude concentrarme en la música, ni reírme con los chistes. Mi cabeza no dejaba de dar vueltas pensando en cómo sacar a todos mis chicos del gueto y permitir que tuvieran una oportunidad de sobrevivir, aunque sobrevivir un día más ya era un verdadero milagro.

CAPÍTULO 22

UNA VISITA A LA CIUDAD

LA GUERRA HOY EN DÍA NO ES más que un tiroteo ingenuo, no hay ganas de apuntar y disparar, como en la Gran Guerra. Ahora se lucha por ideales, pero se cierra los ojos antes de disparar, porque la gente en el fondo teme a la muerte. Antes se luchaba por un rey, una bandera, un himno e incluso por una fe. Ahora se busca dominar, aunque la mayoría de los alemanes que están en Polonia son tenderos grises, obreros desdentados y campesinos tristes. El ejército prusiano no existe, algunos oficiales juegan a ser verdaderos teutones, pero no lo son. Los ejércitos casi se rindieron sin luchar. Cuando se tengan que enfrentar a los soviéticos, entonces tendrán que demostrar si son verdaderos soldados.

Los rusos quieren mezclar y cruzar a los hombres para crear una sola raza, aunque primero deben exterminar a los burgueses, a los disidentes y a los curas. Los alemanes intentan reunir a todas las ovejas del mismo rebaño, todos con los mismos ojos y color de pelo, con un cráneo ario perfecto.

Irena estaba en su despacho, ya se estaba apagando la luz de la calle y yo quería salir cuanto antes. Me temblaba el cuerpo y me sudaban las manos. Llevábamos varios meses organizándonos, todavía no habíamos sacado a ningún niño, la red debía funcionar a la perfección antes de hacerlo. El padre Godlewski se había unido a nuestro proyecto secreto y había contactado con parroquias y conventos cercanos, pero aún quedaba un eslabón importante por ensamblar.

—Doctor, ya podemos irnos.

Me puse en pie, estuve a punto de perder el equilibro.

—¿Se encuentra bien?

—No soy un buen conspirador —bromeé. Lo cierto es que no sabía mentir, prácticamente era nulo a la hora de interpretar un papel. El teatro siempre me había quedado grande, otra cosa era escribir guiones y dirigirlos.

Caminamos hacia la Iglesia de Todos los Santos del padre Godlewski. La parroquia se situaba en un lugar privilegiado, ya que por una de las puertas se salía a la zona aria. Llegamos después de la misa de las cinco de la tarde. El sacerdote aún llevaba sus ropas de oficiar. Uno de sus colaboradores nos llevó hasta la sacristía y le pidió a Irena que esperase.

—Querido doctor, creo que este le servirá.

El sacerdote se acercó a mí y me entregó una sotana negra.

—¿Quiere que me ponga esto? Por favor, padre. Me parece un sacrilegio o una broma macabra.

—No se crea que los nazis respetan mucho a los sacerdotes, pero sí más que a un médico judío —bromeó mientras se quitaba sus ropas del oficio.

Me puse la sotana encima de mi traje, después el sacerdote me entregó un abrigo negro.

—Padre Korczak.

Me miré en uno de los grandes espejos del cuarto, lo cierto es que sí parecía un párroco católico. Me giré y sonreí.

—Si alguien me pide por la calle que rece, no sé qué haré.

—Sonría y haga esto.

El sacerdote me enseñó el símbolo de la cruz y la bendición sacerdotal.

Cuando salí de la sacristía Irena esbozó una sonrisa.

—Ni una palabra de todo esto. ¿Cree que es necesario que salga? No me da miedo morir, pero hoy me viene fatal.

Los dos nos reímos y el sacerdote se acercó a la puerta trasera, normalmente no estaba vigilada, pero algún guarda podía verlos. Llevábamos papeles en regla y el disfraz perfecto, aunque eso no aseguraba nada, los nazis eran muy imprevisibles.

En cuanto atravesamos la puerta y caminamos a toda prisa hacia la avenida me sentí instantáneamente libre. Las calles fuera del gueto parecían más limpias y menos atestadas de gente. Aquella hora la gente regresaba a sus casas y los medios de transporte se encontraban abarrotados. Nos subimos en uno de los tranvías y milagrosamente logramos sentarnos al fondo. Yo miraba todo por la ventanilla como un niño que va por primera vez a la gran ciudad. Irena me dejó disfrutar un rato y después comenzó a hablar.

—No crea que las cosas por aquí están muy bien. A medida que avanza la guerra las cosas van a peor. Ni siquiera la primavera parece animar a la gente. Los alemanes están ocupando los Balcanes y Grecia. Ahora ya solamente le queda Rusia, no creo que les importe mucho lo que pase con Gran Bretaña.

—También están los norteamericanos.

—No creo que entren en la guerra. No moverán un dedo por nosotros. Europa es el coto privado de Adolf Hitler —le contesté bastante escéptico. Lo único que podía parar a los nazis era su exceso de confianza.

—Estoy preocupada, la población en Polonia se está muriendo de hambre. Varsovia es como una fachada, un escenario, pero la hambruna se extiende por doquier, la gente ha pasado un frío horrible este año, por todas partes han fallecido miles de personas. Si las cosas no cambian, el próximo invierno pueden morir cientos de miles o millones de polacos.

—Eso es una cosa que a muchos les ha costado asimilar. Cuando los nazis llegaron y asesinaron a los intelectuales, los políticos y la élite del país, muy pocos movieron un dedo, después fueron a por nosotros y los gitanos, la mayoría se quedó callada, ahora toda Polonia está perdida. Únicamente un milagro puede salvar al país.

Irena afirmó con la cabeza, su cara sonriente se ensombreció y noté como la angustia se apoderaba de ella.

—Vendrán tiempos mejores. Yo he vivido la Guerra ruso-japonesa, la Gran Guerra, la Independencia de Polonia, la lucha contra los bolcheviques. Somos un pueblo más fuerte de lo que parece, acostumbrado a sobrevivir. Los alemanes nos consideran demasiado campechanos, tal vez porque ellos son soberbios, los rusos débiles, aunque lo único que hacen es esconder su complejo de inferioridad.

—¡Dios lo oiga!

Nos bajamos en la última parada, a los pocos minutos la gente del tranvía se dispersó y caminamos por la calle desierta. Al final llegamos al edificio donde nos esperaba el jefe de Irena, Jan Dobraczynski. Subimos las escaleras medio a oscuras, ya que a esas horas apenas había funcionarios en el edificio gubernamental. Recorrimos un pasillo largo e Irena se detuvo frente a una puerta y llamó. Entramos sin esperar respuesta y vimos a Jan inclinado sobre el escritorio, una pequeña lámpara apenas alumbraba los papeles que tenía sobre la mesa. En cuanto se recostó, su cara desapareció en la penumbra.

—Buenas tardes, Irena, ¿a qué debo el honor?

La mujer parecía visiblemente nerviosa, su jefe hasta el momento se había negado a colaborar, aunque en algunos casos había hecho la vista gorda.

—Quiero presentarle a un amigo, aunque en Polonia casi todo el mundo lo conoce. Este es el doctor Korczak.

Jan frunció el ceño confundido. Sin duda mi sotana no encajaba en la idea que tenía de mí.

—No sabía que era sacerdote —dijo poniéndose de pie y estrechándome la mano.

—No lo soy, pero para salir del gueto hay que hacer este tipo de cosas —le contesté encogiéndome de hombros.

El hombre me observó sorprendido, sin duda no imaginaba que me encontraba dentro del gueto, mucha gente desconocía que era judío.

—Le aseguro que ahora mismo tiene toda mi atención.

—La situación dentro de los muros empeora de día en día. No sé cómo vamos a aguantar este año. Escasean la comida, las medicinas, hay cortes de agua y luz, el hacinamiento es terrible, lo nazis castigan y asesina indiscriminadamente.

—Las trabajadoras sociales me tienen informado de la situación. Doctor Korczak, le aseguro que las cosas fuera del gueto tampoco están bien. Ya no podemos ayudar a más familias, decenas de niños vagan por la ciudad mendigando…

—No he venido a pedirle comida o medicinas. Me hago cargo de la situación. Nosotros más mal que bien, estamos sobreviviendo. Irena y yo queremos que haga algo por nosotros.

El hombre se apoyó en la mesa y por primera vez pude ver su rostro frío e indiferente. Sin duda me encontraba ante un profesional de la ayuda social, un gestor que había endurecido su corazón después de lustros de servicio a la sociedad. Aquel era el tipo de persona que abominaba, pero no era el momento de sacar mi lado más ácrata.

—Entonces, ¿en qué podemos ayudar?

—En unos meses los niños comenzarán a morir por decenas, hay que sacarlos del gueto.

Jan apoyó la cara sobre sus manos.

—¿Me está pidiendo que incurra en una ilegalidad? En caso de ser descubiertos, los alemanes terminarían con toda la red social de Varsovia. Miles de familias se quedarían sin comida ni recursos.

—Son niños, por Dios. Irena y yo haremos casi todo. Lo único que tiene que hacer usted es facilitarnos documentos para falsificar, manipular el registro de niños fallecidos para que podamos dotar de una nueva identidad a los niños que saquemos…

—Lo siento, doctor, pero no puede arriesgar a muchos por unos pocos.

—¿Unos pocos? El día que gente como usted decidió mirar hacia otro lado y la primera persona fue asesinada sin contemplaciones, todos nos condenamos. Una sola vida tiene un valor infinito.

El hombre se puso en pie y, señalándome con el dedo, comenzó a decir:

—¡No le consiento ese tono! Llevo años dando mi tiempo por Polonia, aguanto humillaciones diarias. Podría haberme ido a una granja apartada y no hacer nada, pero estoy aquí, luchando por Varsovia.

—Será mejor que nos tranquilicemos. El doctor simplemente se encuentra preocupado —intermedió Irena.

—Eso no lo autoriza a juzgarme —dijo Jan. Lo cierto es que su rostro parecía consternado, sabía que para él no era fácil negarnos la ayuda.

—Lo lamento. Discúlpeme, la situación en el gueto es desesperada. He vivido muchas crisis y guerras, pero hasta ahora nunca había visto un desprecio por la vida como el que derrochan cada día los nazis. Es cuestión de vida o muerte.

—La Gestapo está dando orden de capturar a todos los niños mendigos de la ciudad. Somos conscientes de que las mafias usan a muchos para introducir comida dentro del gueto. Dentro de poco, no solo no podrá sacar a los niños, los nazis llevarán de nuevo a todos esos niños adentro, si es que no les hacen algo peor. Créame, hacemos lo que podemos.

—Pues no es suficiente —le contesté mientras me ponía en pie.

—Admiro su labor como pedagogo y divulgador, pero deje que nosotros hagamos nuestro trabajo.

Salí del despacho sin despedirme. Irena me siguió y, cuando estaba llegando a las escaleras, me cogió del brazo.

—La reunión no ha transcurrido como pensaba, pero Jan es un buen hombre, seguro que lo pensará. Hay que medir muy bien cada paso. Ya se lo comenté, todavía no estamos preparados para sacar a los niños, tal vez lo estemos en el verano o en el otoño.

Bajamos el resto de las escaleras en silencio. Esperamos un nuevo tranvía, cuando llegó, éramos los únicos pasajeros. A los pocos minutos se puso en marcha, las calles estaban completamente desiertas. Cerca del gueto unos soldados pararon el transporte y subieron dos nazis.

—¡Documentación! —gruñó el cabo.

Le entregamos los papeles e intentamos aguantar la respiración.

—¿Qué hacen a estas horas por las calles de Varsovia?

—Ya sabe, el trabajo de Dios no tiene descanso.

El alemán frunció el ceño, se dio la vuelta y le comentó a su compañero en alemán:

—El cura está con su sobrinita, estos tipo son igual de degenerados en todas partes. Será mejor que lo llevemos a nuestro cuartel y que le den lo que se merece.

Me puse en pie y le contesté en su idioma.

—Esta mujer es una trabajadora social y yo un párroco. Intentamos ayudar a la gente. Únicamente deseamos regresar a casa. ¿Cuál es su nombre?

El cabo me miró atónito.

—Pero ¿quién se cree que es?

—¿No es usted religioso? —le pregunté indignado.

—Bueno, mi familia siempre ha sido católica...

—Pues ya sabe, tenemos que ayudar al prójimo, cabo...

—Herman Fischer. Me llamo Fischer.

Le hice la señal de la cruz y lo bendije. El hombre inclinó la cabeza y acto seguido los dos soldados se bajaron del tranvía y ordenaron al conductor que se pusiera en marcha.

Mientras nos alejábamos de la calle suspiramos aliviados. Era la primera vez que ejercía como sacerdote, pero sin duda al menos habría salvado dos almas aquella noche, la del cabo Herman y la mía.

CAPÍTULO 23

EL TRANVÍA

A MEDIDA QUE UNO SE HACE VIEJO se convierte en una masa de rasgos difusos por el tiempo. Todos los ancianos nos parecemos, la mayoría perdemos el pelo, la piel se cubre de unas manchas oscuras que parecen de café y las arrugas derrumban nuestras facciones poco a poco. Los ojos se hunden en las cuencas, como si la calavera mortuoria intentase hacerse presente en todo momento. Los músculos se debilitan y empequeñecen hasta convertirse en una funda fina sobre nuestros huesos dolorosos. Yo nunca tuve una complexión muy fuerte, pero ahora cuando me miro las canillas, me pregunto por cuánto tiempo me sostendrán.

Aquel día me levanté optimista, aunque no había ninguna razón para estarlo. La situación alimenticia había mejorado un poco gracias a la intervención de Hans Frank que había elegido al oficial alemán Hans Biebow para evitar el desastre de un gueto aniquilado por el hambre. Biebow se había servido de Albert Nirenstajn para racionalizar las partidas de racionamiento y habían puesto a trabajar a unos 34.000 jóvenes y adultos.

El verano ya se percibía en el ambiente, pronto vendría el calor y el olor de los desperdicios que se acumulaban por todas partes apenas nos dejarían respirar, pero aquella mañana el sol era agradable, soplaba el cálido viento del sur y me sentí vivo de nuevo. Cerré los ojos para que el calor se posara sobre mi rostro y después comencé a regar mis plantas. Eran las únicas ventanas de todo el gueto que tenían flores, al menos yo nunca vi otra igual. Después de tomar un café, me terminé de arreglar y salí a pasear. Por nuestro pequeño gueto aún se podía caminar sin chocar con todo el mundo. Me acerqué al paso que dividía en dos nuestra cárcel. A veces me gustaba pararme para contemplar a los ciudadanos polacos que pasaban por allí, mirando indiferentes a sus compatriotas desde los autobuses y el tranvía. La mayoría eran trabajadores y oficinitas, pero en ocasiones también había madres con sus hijos que iban al colegio o jubilados que no tenían nada mejor que hacer que dar vueltas por la ciudad.

Sin poder evitarlo, me fijé en un niño que se encontraba al otro lado, estaba sentado con la cabeza apoyada en una farola. Lo había visto en otras ocasiones allí, pidiendo un pedazo de pan ante la indiferencia de la mayoría. Algunas veces le llevaba algo de comer, sabía que pedía comida para su abuela enferma, la única familiar que aún tenía con vida. Me había contado que antes de la guerra vivían en una gran casa a las afuera de Varsovia, su abuelo había sido un comerciante ruso muy rico, pero que había escapado de su país a causa de la Revolución bolchevique. Su padre era un famoso abogado y él, como hijo único, el heredero de la fortuna familiar. Al parecer los nazis habían capturado a su padre y abuelo para fusilarlos poco tiempo después, les habían expropiado la casa, para que viviera un alto mandatario alemán. Su madre y su abuela eran lo único que tenía cuando llegaron al gueto, pero al poco tiempo cayó enferma su pobre madre y ahora únicamente quedaba con vida la abuela.

Alguien arrojó pan desde una ventana, el niño no reaccionó. Quise pasar al otro lado para ver cómo estaba, todo era inútil. Su cuerpo inerte no tardaría en terminar en uno de los carros donde se llevaban a los cadáveres del día.

Intenté aguantar las lágrimas y miré de nuevo al tranvía. Entonces vi a un viejo colega de cuando trabajaba en el hospital pediátrico de la ciudad. Cruzamos la mirada y dudé si me habría reconocido, habían pasado muchos años. El hombre giró la cabeza y me saludó con la mano, su rostro parecía conmocionado. Entonces me di cuenta que, cuando el horror deja de ser anónimo y tiene ojos y rasgos familiares, es cuando se convierte en real. Para la gente que nos observaba desde los tranvías no éramos más que extraños, pobres diablos por los que ya no se podía hacer nada. Para mi viejo colega era Korczak, el joven doctor con el que tomaba cerveza después de una dura jornada de trabajo.

Estaba a punto de marcharme, mucho más desanimado de lo que había llegado, cuando observé una escena increíble.

En aquella época los tranvías tenían un conductor y un vendedor de billetes que se solía colocar en la parte final del vagón. El vendedor se separaba del resto de los pasajeros con una pequeña garita metálica. Aquel hombre de cara redonda, ojos pequeños tras unas gafas y de pelo corto comenzó a arrojar varios panes redondos y grandes a los transeúntes. Cada veinte metros arrojaba uno y la gente se arremolinaba, todos tiraban del pan hasta que se dividía en una docena de pedazos. Los guardas de la SS advirtieron lo que sucedía y dos de ellos se pusieron enfrente del tranvía y lo pararon. Los pasajeros comenzaron a ponerse nerviosos. Los soldados no habían visto a la persona que había arrojado el pan y comenzaron a preguntar entre los viajeros, pero la mayoría no se había dado cuenta de lo que sucedía.

—Si no nos dicen quién ha sido, os sacaremos a todos del tranvía. ¿Ven cómo están esos malditos judíos? Pues vosotros acabaréis mucho peor —amenazó el alemán.

Uno de los pasajeros, vestido con un traje negro, señaló al vendedor de billetes y este agachó la cabeza. Los soldados lo sacaron arrastras y lo arrojaron al suelo. El conductor miró por el espejo retrovisor a su desdichado compañero y arrancó el tranvía.

—¡Maldito perro! ¿Qué haces echando comida a estos cerdos judíos? —le preguntó el soldado.

En aquel momento se acercó un oficial y le preguntó a sus hombres qué sucedía. Después se acercó al desdichado vendedor de billetes y le hizo ponerse en pie.

—¿Por qué has hecho eso?

El hombre estaba temblando de miedo, había perdido la gorra y tenía la corbata torcida.

—Todos los días paso por aquí decenas de veces y me da pena toda esta gente. Ellos también son hijos de Dios.

—¿Hijos de Dios? Son sucios judíos, eres un bastardo al desperdiciar la comida con estas alimañas.

Todos mirábamos la escena paralizados de miedo. Sabíamos de qué eran capaces lo alemanes.

—Muchos son niños y ancianos. ¿Qué de malo han hecho?

El oficial sacó de la funda su pistola y la colocó sobre la sien del hombre.

—Las ratas son ratas, da igual sin son crías pequeñas o ratas viejas, si se alimenta a estas alimañas acabarán devorándonos a todos.

El oficial cogió del cuello al hombre y le puso la punta de la pistola en la frente.

—¡Que sirva como ejemplo a cualquiera que quiera ayudar a estos cerdos!

Después apretó el gatillo y la cabeza del hombre estalló. La sangre salpicó las botas del oficial y el suelo gris de la calle. Después se hizo un silencio tan incómodo que la mayoría de la gente comenzó a caminar, intentando escapar una vez más del horror. Me dirigí de nuevo a nuestra casa. Mientras caminaba observé como una minúscula flor roja asomaba entre el bordillo y los adoquines. De alguna manera, en medio de aquel horror, la vida intentaba abrirse camino, siempre lo hace, ha sido creada para ello. Al llegar enfrente de nuestro edificio miré hacia mi ventana donde mi minúsculo jardín brillaba ante la grisácea fachada. Sonreí, era lo único que los nazis no podían robarme. El mundo se había convertido en un lugar terrible, pero cada primavera las flores cubrirían los campos de la tierra, prometiendo la cosecha del verano, antes de que el otoño tiñera los campos y el invierno del mundo cayera sobre nosotros como una gruesa capa de hielo y nieve.

CAPÍTULO 24

SACAR A KORCZAK

NUNCA HABÍA VISTO A UN HOMBRE CON traje hecho a base de periódicos. El verano se había abalanzado sobre nosotros, el calor era asfixiante y teníamos cortada el agua. Mientras observaba al pobre diablo vestido de papel de periódico me preguntaba qué más podíamos esperar, qué nos quedaba ver todavía. La respuesta no tardaría en llegar. Un mensajero arribó aquella mañana a la casa, con una carta en mano del presidente del Comité Judío. La abrí y me quedé sorprendido al comprobar que me convocaba de urgencia. Me puse una camisa ligera y una chaqueta y me dirigí de inmediato a sus oficinas. Tenía que cruzar el Gran Gueto, cosa que siempre era desagradable. Llevaba algunas semanas sin pasar por allí y pude comprobar que las cosas habían empeorado enormemente. Me dirigí al despacho de Czerniakóv. El hombre tenía mala cara, me saludó con un gesto desganado y me senté. Siempre había preferido mantenerme apartado de los políticos, intentaba buscar la manutención de mis niños por mis propios medios.

—Querido Korczak, gracias por venir de forma tan presurosa.

—No me gusta atravesar todo el gueto, ¿ha visto cómo están las cosas allí fuera?

—Claro que lo veo, ¿se piensa que estoy ciego? Dos veces hemos logrado superar una hambruna y el tifus, pero no estoy seguro de cuánto tiempo más podremos contener a los nazis. ¿Sabe que han invadido a la Unión Soviética y han comenzado por la parte que tenían ocupada a Polonia? Los judíos en aquella zona habían vivido mejor que nosotros, pero ahora se los está exterminando masivamente. Además, para alimentar a los soldados alemanes y ayudarlos en la invasión de la URSS, van a reducir aún más las raciones de cada judío del gueto.

Me quedé atónito, apenas podíamos sobrevivir con lo poco que comíamos cada día. Aquello suponía la muerte para decenas de miles de personas antes de que terminara aquel fatídico año de 1941.

—La ayuda del Joint es imprescindible para alimentarnos, pero si los Estados Unidos declaran la guerra a Alemania ya no podrá operar en territorio polaco.

Conocía bien al Joint (el Comité Judío-americano de Distribución Conjunta). Se había fundado en 1914 para ayudar a los judíos que vivían en Palestina bajo dominio turco, pero desde entonces había colaborado en el socorro de judíos en Rusia, logrando sacar judíos de Europa hasta Estados Unidos durante casi treinta años.

—¿Por qué me cuenta todo esto? —le pregunté extrañado.

—Estamos ayudando a escapar a algunos judíos prominentes del gueto, no son muchos, apenas un puñado de personas que no queremos que se pierdan. El mundo necesita a gente como usted.

—Yo soy un viejo, apenas me queda salud, será mejor que saquen a los niños, a todos los que puedan —le contesté indignado. ¿Cuál era el valor de un ser humano? ¿Nuestra cultura o posición nos convertía en más valiosos que un niño pobre o una mujer analfabeta?

—Los nazis están exterminando a los judíos que encuentran en su camino hacia Moscú. En lugares como Lviv, Radziłów, Palmiry y Szczuczyn se han producido masacres, algunas perpetradas por nacionalistas polacos.

Me quedé sin hablar, no porque no lo esperase, simplemente sentía que se nos acaba el tiempo y no éramos capaces de sacar a los niños de aquel infierno. Irena y otros colaboradores llevaban meses preparándolo todo, pero dentro de poco tiempo ya no habría nada que salvar.

Mientras regresaba a nuestra casa no podía dejar de dar vueltas a todo lo que había escuchado. El mal parecía caminar sin tapujos, mientras que al bien siempre hay que buscarlo en lugares recónditos. Los malvados se muestran ante todos y exigen que la sociedad responda a sus desvaríos, mientras los justos intentan no llamar la atención. Debíamos sacar a la luz lo que estaba sucediendo en el gueto, lo que nos hacían los nazis, lo que nos hacían los polacos arios y lo que se hacían unos judíos a otros.

CAPÍTULO 25

MATAR A UN ACTOR

UNA DE LAS COSAS QUE APRENDÍ EN el gueto es que la vida humana no tiene ningún valor. En cierto modo ya era consciente de ello. Apenas pasamos un breve tiempo en este mundo, para desaparecer poco después en medio de la polvareda de la historia. Nuestras tumbas sin flores se marchitarán más pronto que la hierba que crece en mayo y en julio muestra su amarillento cadáver. Las praderas repletas de flores dejan paso a los secos campos agosteños, como si quisiera mostrarnos que todo es pasajero y efímero.

Al traspasar la invisible barrera de los sesenta, con el cuerpo fatigado por la desdicha y el desgaste de vivir, ya no me hacía muchas ilusiones con el mundo. El viaje con Stefa a Palestina había sido mi último hálito de felicidad, antes de que mi corazón muriera para siempre. Lo único que me importaba en aquel otoño del 1941 era sacar cuanto antes a mis niños del infierno que los nazis nos habían preparado en Varsovia.

Dicen que siempre las cosas pueden ir a peor, sobre todo en un lugar como este. Estábamos incómodos en el viejo edificio de la Escuela de Comercio, pero en uno de los nuevos reajustes de las

fronteras de nuestra nueva y terrible patria, nos obligaron a trasla-
darnos al antiguo edificio de la Mutua de Trabajadores, mucho más
pequeño y deteriorado. Después de unos días de mudanza estábamos todos tan frustrados e incómodos que decidí que representa-
ríamos una obra de teatro para que los niños se entretuvieran y los
profesores recuperaran algo de la motivación. Era tan difícil mantener el estado de ánimo alto en medio de tantas dificultades. Las
noticias que nos llegaban del frente ruso eran terribles y la situación
en Varsovia empeoraba por momentos. No sabíamos cuántos niños
podían morir el próximo invierno. Los nazis parecían invencibles y
nuestros sueños de que algún día serían derrotados comenzaban a
disiparse ante la triste realidad de la guerra.

Mi querido y pequeño amigo Henryk me ayudó a izar la bandera
verde mientras el resto de los alumnos aplaudía, después se marcharon con sus profesores y educadores para preparar la función
del día siguiente. Teníamos la idea de invitar a algunos de los pocos
donantes que aún quedaban con la esperanza de que renovasen su
compromiso con el orfanato.

—Maestro, muchas gracias por animarnos a todos —me dijo el
niño con su inocente sonrisa.

—Esa es la labor de cualquier educador —le contesté. Me costaba mucho aceptar los halagos, no era por cuestión de orgullo, se
trataba más bien de timidez.

—Muchas veces veo la tristeza detrás de su sonrisa.

Me sorprendió la reflexión de mi pequeño compañero. Me
senté en una silla y él se puso enfrente.

—Es difícil vivir sin padre, alejados de mis abuelos, únicamente tengo a mi madre. Yo también le sonrió aunque lloro por
dentro. Animar a los que amamos creo que es el mejor oficio del
mundo. Por eso me gustan mucho los payasos.

—¿Te gusta nuestro nuevo hogar?

El niño frunció el ceño y con los ojos picarones me confesó:

—Es una mierda. Mucho peor que el que teníamos fuera del gueto e incluso más malo que el de antes. No hay dormitorios, esta sala es muy grande pero fría y húmeda. Además, no estamos solos, aquí es donde dan la sopa.

Debíamos compartir parte del edificio con uno de los comedores de beneficencia, pero era lo mejor que había podido conseguirnos el Comité Judío. Por si esto fuera poco, el número de niños huérfanos no dejaba de aumentar a medida que se reducían las raciones de comida. Una combinación fatal.

Al día siguiente nuestros pupilos estaban preparados para la representación. Algunos amigos y donantes ocupaban las primeras filas, el resto de los asistentes eran los pobres diablos que venían a por su sopa y dos o tres transeúntes que se enteraron del evento. Ya no había en el gueto las ofertas culturales de un año antes. Ni siquiera podíamos intentar evadirnos de aquel infierno con la música o el teatro.

Había elegido la obra de *El profeta* de Khalil Gibran, un escritor libanés. Había leído su libro casi veinte años antes y existía una pequeña adaptación teatral. El libanés era maronita, pero en sus escritos se veía el mestizaje de las culturas hebrea, cristiana y musulmana.

Para el papel del profeta, el principal de la obra se había preparado Igor, un mozalbete con mucho talento. Primero salió a escena el narrador y comenzó a hablar con una dulce y suave voz:

Almustafá, el elegido y bien amado, el que era un amanecer en su propio día, había esperado doce años en la ciudad de Orfalese la vuelta del barco que debía devolverlo a su isla natal.

*A los doce años, en el séptimo día de Yeleol, el mes de las
cosechas, subió a la colina, más allá de los muros de la ciudad,
y contempló el mar. Y vio su barco llegando con la bruma.*

*Se abrieron, entonces, de par en par las puertas de su corazón
y su alegría voló sobre el océano. Cerró los ojos y oró en los
silencios de su alma.*

*Sin embargo, al descender de la colina, cayó sobre él una
profunda tristeza, y pensó así, en su corazón: ¿Cómo podría
partir en paz y sin pena? No, no abandonaré esta ciudad sin
una herida en el alma.*

*Largos fueron los días de dolor que pasé entre sus muros
y largas fueron las noches de soledad y, ¿quién puede
separarse sin pena de su soledad y su dolor?*

*Demasiados fragmentos de mi espíritu he esparcido por estas
calles y son muchos los hijos de mi anhelo que marchan
desnudos entre las colinas. No puedo abandonarlos sin
aflicción y sin pena.*

Enseguida los oyentes se introdujeron en la apasionante narración. Mientras observaba fascinando la actuación, no podía
dejar de reflexionar: ¿Por qué no huía como otros? ¿Qué es lo que
me ataba realmente a aquel pequeño ejército de desesperados? La
gente solía aferrarse a la vida con todas sus fuerzas, pero yo sentía
que mi deber era permanecer como un capitán en medio de un
naufragio. Entonces me di cuenta que lo que me unía para siempre
a aquellos niños era el amor, un tipo que únicamente es capaz de
sentirse cuando se da sin esperar nada a cambio. Recordé las palabras de El Profeta cuando decía que la única forma de existir era
haciendo de la vida un templo y una religión. Yo que había sido
escéptico tanto tiempo, me había dado cuenta que en todo estaba

Dios. Entonces me propuse, el tiempo que me quedara entre ellos, darme con alegría. No era suficiente con el sacrificio, tenía que hacerlo con toda mi alma y todo mi corazón.

Toda la sala comenzó a aplaudir cuando terminó la actuación. En sus rostros podía divisarse la felicidad que produce el olvido momentáneo de las penas y desgracias. Los niños, por su parte, sonreían como antes y todos parecían felices. Las pequeñas y bellas cosas de la vida habían impregnado aquel salón, mientras fueras, la desolación seguía avanzando y destruyendo el mundo que conocíamos y amábamos. En ese preciso instante me olvidé del pasado, de lo que habrían podido ser esas criaturas. Tal vez médicos, bienhechores de las sociedad, maestros y ladrones. La vida jamás se para, continúa su camino hacia el futuro, dejando atrás el ayer.

CAPÍTULO 26

LA CENA DE LOS VIERNES

EL FRÍO COMENZABA A AMENAZARNOS. LOS VENDEDORES de leña se amontonaban en las aceras. Era posible conseguir carbón, pero muchos destruían sus muebles para convertirlos en madera y alimentar las cocinas y las estufas. A veces pensaba que si duraba mucho el confinamiento terminaríamos por deshacer el gueto y lo convertiríamos en un gran llanura vacía. En los puestos te atendía la familia completa. Padres e hijos, con los abuelos y algún tío. Cambiaban su vieja cómoda hecha astillas o su mesita por un minúsculo pedazo de pan. Ya nadie quería dinero. El papel moneda no valía nada y la mayoría ya se había desprendido de sus joyas, oro o cubertería de plata. Lo que había costado reunir varias generaciones en unos pocos meses se había esfumado. A veces parecía que llevábamos años, décadas encerrados, pero no había pasado tanto tiempo. Era la desesperación lo que lo hacía mucho más largo, una lenta agonía.

Era viernes y antes de ir a cenar con una de nuestras familias benefactoras, debía acudir a un par de domicilios. Nos querían entregar varios niños, como si pudiéramos ayudar a más.

Llegué al primer edificio, se encontraba en la zona norte, una de las más pobres y abandonadas de un gueto cada vez más deteriorado y sucio. Las diferencias de clase habían comenzado a desaparecer y pensé en lo orgulloso que se sentiría Marx: ahora éramos todos iguales. Igual de pobres, de miserables y de desesperados. Posiblemente por primera vez en la historia no importaba la procedencia, el dinero o la clase, éramos un pueblo unido por la desgracia que estaba pronto a perecer.

Subí por las escaleras mugrientas, comprobando que mucha gente vivía en condiciones aún peores que las nuestras. Ascendí hasta la cuarta planta con dificultad, sin aliento, con la sensación de que el corazón se me iba a salir por la boca. Cada vez me sentía más débil y agotado. Lo único que me reanimaba por las noches era una copa de licor que me calentaba y relajaba antes de dormir.

Llamé a la puerta, estaba descolorida y en lugar de cerradura había una cuerda atada en un agujero que habían hecho en la pared. Pensé en el frío que debía entrar por aquel hueco. Ni en los barrios más pobres de antes de la guerra había visto algo igual. Una mujer muy delgada, como casi todos en el gueto me abrió. Sus mejillas hundidas y arrugadas no lograban ocultar la belleza perdida, lo único que brillaba en su rostro eran unos ojos de gata de color verde.

Llegamos al salón después de atravesar un pasillo largo y oscuro, a ambos lados había cortinas tapando los vanos de las puertas, en cada habitación había una familia hacinada. Muchos ya no se levantaban, no les quedaban fuerzas. Sus seres queridos los dejaban morir al menos tumbados sobre un colchón y una cama, tapados y soñando con comida.

La familia se alojaba en el salón, nos sentamos y un hombre de barba larga se unió a nosotros.

—Gracias por venir, doctor Korczak, no lo hubiéramos llamado sino hubiéramos estado desesperados. Esta es nuestra antigua casa, antes vendíamos joyas. Cuando digo antes, a veces me parece que hablo de otra vida que sucedió hace cientos de años, pero hasta comienzos de la guerra esta era una gran casa, teníamos servicio. En aquel lado un piano de los mejores de Polonia, la alacena con la vajilla de porcelana. Ya no nos queda nada —explicó el hombre señalando los dos colchones en el suelo, la chimenea y las tres sillas.

El hombre parecía tan triste y hundido que únicamente le hice un gesto de reconocimiento. Él se secó las lágrimas con las manos y llamó a su hija Renia. Era una niña de once años, pero por la mala alimentación y la falta de leche no había desarrollado y su estatura era muy baja. La pobre no levantó la vista, se paró delante de su padre y este le puso una mano en el hombro.

Al ver a la niña, al parecer tan apagada y triste, se me cayó el alma a los pies.

—Eres muy guapa, has sacado los ojos de tu madre.

La niña atisbó una sonrisa que no logró brillar del todo.

—No podemos darle de comer. Llevamos cinco días casi sin probar bocado, ya no tenemos nada que vender. Mi mujer y yo hemos pensado acostarnos en la cama y dejar que el sueño nos venza; esperamos abrir los ojos en la eternidad.

Al pronunciar aquellas palabras, la esposa comenzó a llorar. La niña parecía ajena a lo que sucedía.

—Su hija es pequeña, tienen que hacer un esfuerzo por ella —les comenté algo enfadado. Unos padres no se pueden rendir jamás, se deben siempre a sus hijos.

—He intentado trabajar en algunas de las fábricas, traer un

sueldo, pero me consideran no apto y demasiado mayor. Ya ve, apenas tengo cuarenta años, pero el hambre me hace parecer un anciano de ochenta.

Muchas de las fábricas de armas, de ropa y otros pertrechos de guerra estaban trasladándose a Alemania o Bielorrusia. Las líneas de comunicación del frente ruso eran demasiado largas.

—Lo siento, no sé si podremos hacernos cargo de Renia.

La mujer me tomó de las manos y me dijo:

—Se lo suplico. Es nuestra única esperanza.

—¿No tienen más familia aquí?

—Los de esta casa son la mayoría familiares nuestros. Nos pagaban un alquiler por cada habitación. Durante el primer año en el gueto no nos fue tan mal, pero ahora no tenemos para comer —dijo la madre con la voz seca por los nervios y el hambre.

Miré a un lado y observé el único mueble con puerta que parecían mantener intacto.

—¿Puedo? —les pregunté mientras me dirigía hasta la cómoda. Intenté abrirla pero estaba cerrada con llave.

—¿Qué hace? —comentó el hombre poniéndose en pie.

—Necesito ver que hay dentro.

—No hay nada de valor.

—¿Por qué la tienen cerrada con llave?

—Ya no estamos solos en la casa, la gente roba todo lo que puede, es peligroso dejar las cosas a la vista.

Tiré con fuerza de la puertecita y la madera crujió.

—¡Espere!

El hombre abrió la puerta, dentro había comida, no mucha, pero suficiente para tres o cuatro días si la administraban bien. También unas bolsitas de terciopelo azul. Las abrí y vi que había pequeños diamantes.

—Ese es nuestro seguro de vida, quédese a nuestra hija unas semanas, nos están falsificando unos documentos, dentro de poco podremos salir de este infierno.

Comprendí en ese momento lo que pretendían. La niña era una carga para ellos. No podían llevársela del gueto. Les saldría más caro arreglar los papeles y escapar hacia Finlandia u otro lugar.

Lancé las cosas de nuevo dentro del armario y cerré las puertas.

—No puedo ayudaros, lo siento. Más de doscientas personas dependen de mí. Espero que logréis salir de aquí y recuperéis su hermosa vida.

Me dirigí al pasillo y la mujer me agarró del brazo.

—¡Doctor, no puede hacernos esto! Nos está sentenciando a muerte.

—Todos estamos sentenciados. Desde que nacemos la muerte nos comienza a perseguir hasta que logra atraparnos en un momento u otro.

Salí de la casa y bajé las escaleras lo más deprisa que pude, aún escuchaba los lamentos de la mujer cuando llegué al portal.

Se había hecho tarde, tenía que acudir al domicilio de la familia rica que me había invitado a cenar. Atravesé al gueto y me dirigí a una de las pocas zonas que aún se parecía a la hermosa ciudad que había sido antes. Un pequeño grupo de casitas se apretujaba al fondo de una calle junto a la iglesia. Abrí la puerta del jardín abandonado y subí hasta el porche, llamé a la puerta y me abrió una anciana. Llevaba puesto un traje de sirvienta, aunque tenía el porte de una dama.

—Doctor Korczak, el amo lo está esperado.

Crucé el amplio recibidor, los muebles brillaban y el suelo relucía, como si terminaran de pulirlo. La criada me abrió las puertas corredizas del salón, la mesa estaba preparada para el *sabbat*. El dueño de la casa y su esposa se encontraban en un saloncito cercano, sentados en unas enormes butacas de color azul enfrente de una chimenea.

—Doctor Korczak, me alegro que haya podido venir. En estos tiempos que corren apenas tenemos visitas.

—Gracias a usted por invitarme.

—Vamos a la mesa, nuestra querida Anna ha preparado una comida deliciosa.

El aroma que se escapaba de la cocina atestiguaban los exquisitos manjares que habían preparado. Me sentí un poco mal por mis pupilos, ninguno de ellos podría saborear una cena así ni en sus sueños.

Nos quedamos en pie, detrás de las sillas y el hombre comenzó a cantar el Eshet Jail, después hizo lo mismo con el Shalom Alejem, para pedir a los ángeles de Dios su protección. Tras los cánticos pronunció la bendición sobre el vino.

—Salud —dijo el hombre. Tomamos una de las copas y bebimos.

Me sorprendió el sabor, era vino de verdad, parecía francés. Después nos lavamos las manos, comimos del pan y comenzamos a hablar.

—Este mundo se ha vuelto loco. Cuando me obligaron a entrar a este infierno en la tierra pensé que Dios me castigaba por mis muchos pecados, pero que en unos meses las cosas se normalizarían. Los alemanes siempre han sido gente razonable, no entiendo este fanatismo. Sé que nunca les hemos caído bien los judíos, pero nuestro oro y dinero es tan bueno como el de cualquier otro.

La mujer que hasta aquel momento no había hablado me pasó uno de los platos de ensalada.

—¿Cree que los nazis vencerán a los rusos?

La pregunta mi pilló por sorpresa.

—Al parece cada día avanzan decenas de kilómetros y sin apenas resistencia —contesté mientras saboreaba las verduras frescas. Sentí como mis sentidos se deleitaban con todos aquellos sabores casi olvidados.

—Ahora se está produciendo la batalla de Moscú. Si la capital cae, imagino que el resto de la URSS no tardará demasiado en ceder. Por una parte me alegro, siempre he odiado a los bolcheviques. Si los nazis los eliminan, al menos habrán hecho algún bien a la humanidad.

Asentí con la cabeza, mientras comenzaba a saborear las carnes que había en la mesa, preparadas con distintas salsas.

—Puede que al vencer a los rusos la guerra termine, pero no veo en qué mejorará eso nuestra situación.

El hombre pareció molestarse con mi comentario, quería albergar al menos un poco de esperanza.

—Lo importante es que nuestros hijos están a salvo en Estados Unidos. No creo que Hitler logré invadirlo —dijo la mujer que hasta ese momento había permanecido en completo silencio.

Conocía a la familia desde antes de la guerra. Había enseñado a sus hijos para sacar algo de dinero para el orfanato, el millonario siempre había sido relativamente generoso con nuestra causa.

El hombre se giró hacia su mujer y la miró con desprecio.

—Teníamos que habernos ido con ellos. Nuestra familia en Nueva York nos habría recibido con los brazos abiertos —dijo ella.

—¡Estúpida mujer! Todo lo que poseemos se encuentra en Polonia y Alemania.

—Se lo han quedado los nazis.

—Relativamente, se lo vendí a ciudadanos arios, pero son

testaferros, lo recuperaremos todo cuando las cosas cambien. ¿De dónde piensas que sale todo esto? ¿De la generosidad de los alemanes?

La mujer volvió a agachar la cabeza.

—Lo lamento, doctor, a veces mi esposa me saca de quicio. Lo único que ha hecho bien en la vida ha sido tener a nuestros dos hijos, aunque los ha malcriado. El mayor está estudiando en Harvard y la niña en una escuela de señoritas. Llevamos casi tres años sin verlos, pero recibimos sus cartas. No puedo irme y dejar aquí su herencia. ¿Qué sería de cada uno de nosotros si dejáramos a las primeras de cambio todo lo que tenemos para huir como conejos?

—El hombre es más que su patrimonio, la mayor herencia que podemos transmitir a nuestros hijos es nuestro amor.

El millonario levantó la barbilla. En este instante me arrepentí de lo que había comentado, necesitábamos su ayuda. Los pobres no pueden ser orgullosos si quieren alimentar a sus hijos y yo tenía más de doscientos.

—El amor es un sentimiento y no da de comer a nadie. ¿Verdad, doctor?

—Cierto, es algo intangible, pero produce una gran felicidad.

—¿Cree que sus huérfanos sobrevivirán solo a base de amor?

Me quedé pensativo.

—El amor alimenta el alma, la gente sin amor ya está muerta aunque no lo sepa.

El hombre dejó la servilleta sobre la mesa y se dirigió a un mueble, abrió un cajón y se acercó a la mesa.

—No puedo dar amor a sus niños, pero aquí tiene un vale que podrá llevar al centro de reparto. Tendrán comida para una semana más. No espero su amor ni el de los niños.

Tomé el papel y lo guardé en el bolsillo.

—Entonces, ¿por qué lo hace?

—Simplemente creo en usted y su labor. A mí Dios me dio la capacidad de generar dinero y a usted de amar, al menos quiero pensar que a través suyo puedo amar, aunque mi corazón no sienta nada.

Tras la cena me marché a pie hasta el orfanato. Aquel día me sentí inmensamente rico. Cualquiera podía tener dinero, incluso muchos amasar grandes fortunas, pero yo tenía doscientos hijos que me amaban y a los que amaba. Sin duda era el hombre más rico del gueto de Varsovia.

CAPÍTULO 27

LA «GESTAPO JUDÍA»

✕✕✕✕✕✕✕✕✕✕✕✕✕✕✕✕✕✕✕✕✕✕✕✕✕✕✕✕✕✕✕✕✕

¿QUÉ ES LA LIBERTAD? ERA UNA PREGUNTA que siempre me ha inquietado. Desde niño tenía la incómoda sensación de ser un mero peón en una partida de ajedrez. ¿En el fondo existe la libertad o es una idea inventada por el hombre? ¿Qué es el libre albedrío? ¿Yo lo tengo? ¿Soy un hombre completamente libre o un esclavo de tantos? Me gustaría pensar que hay una patria, un lugar en el que seremos realmente libres. Jesús dijo que al conocer la verdad seríamos completamente libres. Pero ¿qué verdad? La nuestra, la de los nazis, la de los polacos arios. Para ellos somos escoria desechable, seudohumanos, una plaga a la que hay que exterminar. ¿Puedo ser amo de mi destino, de todo mi ser, de mi futuro y enfrentarme a mis verdugos?

Nosotros fuimos esclavos en Egipto, el Faraón nos maltrataba. Éramos sus prisioneros, pero aún así me preguntaba: ¿en algún momento mis hermanos judíos fueron felices? Imagino que hasta el siervo más embrutecido tiene momentos de alegría. En el gueto era igual, a los días terribles en los que veías asesinar en la calle a un rabino anciano en presencia de sus hijos, le sucedía otro en el que disfrutabas haciendo bromas con los niños o jugando al escondite.

Ojalá nuestros amos fueran benévolos, amables y nos permitieran vivir tranquilos. Podrían privarnos de libertad, atemorizarnos y negarnos el derecho que tenemos como hombres y al mismo tiempo actuar con cierto respeto. Algunos ríen siendo esclavos, mientras que muchos hombres libres lloran porque no saben qué hacer con su vida.

Siempre pensé en cómo reaccionaron los israelitas cuando se presentó Moisés ante ellos. A lo mejor les exigió que fueran libres. Un pueblo que ha sido esclavo desde hace demasiado tiempo, ya no sabe vivir en libertad. Al final, nuestro pueblo salió de Egipto, aunque no estoy seguro de que Egipto saliera de ellos. Moisés subió al monte y nos trajo la ley. Los mandamientos nos dieron identidad, pero también limitaron la ambición de la libertad, porque a veces queremos ser libres a costa de los demás. Eso les sucede a los nazis: su libertad implica la destrucción de mi pueblo, ya que ellos ambicionan lo que no es suyo y lo que no les corresponde.

Tras escribir mis reflexiones dejé el cuaderno a un lado. El nuevo edificio era aún más terrible que el anterior. Nos habíamos instalado lo mejor posible, pero nos encontrábamos hacinados e incómodos. Me tomé un poco de sucedáneo de café aguado y me puse una chaqueta, estaba muerto de frío. El invierno estaba a la vuelta de la esquina, aunque el otoño ya había sido tremendamente oscuro y frío.

—Doctor, ¿puedo hablar con usted?

Me giré y vi a la profesora Rundowa. Tenía la cara enflaquecida y profundas ojeras, llevaba puesto su mejor vestido y el abrigo colgado del brazo.

—¿Qué sucede? ¿A dónde va tan temprano?

La mujer se adelantó un paso y agachó la cabeza. Escuché sus sollozos y le puse la mano sobre su hombro.

—¿Qué le pasa? ¿Se encuentra bien? He conseguido unas galletitas danesas, no me pregunte cómo pero le daré una. Las guardo para los niños, pero usted es una de nuestras mejores maestras.

La mujer se sentó en una silla, tomó la galletita y se la quedó mirando, como si no supiera qué hacer con ella.

—No soy una heroína, he hecho lo que he podido, pero ya no lo soporto más. Esta semana ha fallecido una de mis alumnas pequeñas, mi prima también murió de tifus hace unos días y yo no quiero morir. Soy demasiado joven.

—La entiendo, yo soy un viejo decrépito, apenas me quedan fuerzas, pero usted es joven y tiene un futuro por delante, pero ya sabe cómo están las cosas. La guerra se está alargando y cada vez tenemos menos comida. Los ancianos se mueren de frío en sus casas y las mujeres embarazadas pierden a los niños. Es el terrible mundo en el que nos ha tocado vivir.

—Voy a intentar escapar. He estado hablando con un soldado bielorruso, creo que le gusto, me ha prometido que me sacará. Me espera en la entrada de la calle Chlodna.

—¿Está segura? No creo que dejen salir a una judía.

—Me va a esconder en uno de los camiones de reparto. Quería despedirme de usted, no puedo hacerlo de los niños, siento que los abandono y eso me hace sentir horrible.

La mujer me abrazó; no supe que decirle. Tenía derecho a ser feliz e intentar sobrevivir a todo este horror. Fui con ella hasta la entrada; fuera aún era de noche.

—No puedo dejarla ir sola, puede ser peligroso. A medida que las cosas empeoran, los robos y las agresiones son más comunes. Da la sensación de que todo el mundo está perdiendo la poca dignidad que le quedaba.

Me puse el abrigo y caminamos por las calles oscuras. Cada vez había más farolas estropeadas, a los alemanes lo único que les importaba iluminar era el perímetro del muro. No tardamos mucho en llegar a la puerta. Había varios camiones aparcados y los guardias.

—Que Dios la guarde —le dije después de darle un beso en la frente.

La mujer sonrió, se alejó despacio, mientras sus zapatos repiqueteaban sobre los adoquines. No había caminado mucho cuando un soldado se le acercó, tomó su maleta y la puso en la parte trasera del camión. Sonreí esperanzado, al menos ella se salvaría y podría alejarse de todo aquel horror. Estaba a punto de darme la vuelta y regresar al orfanato cuando escuché una voz en alemán que retumbaba en medio del silencio de la noche.

—¡Abra el camión!

El conductor se detuvo frente al control, se bajó de la cabina y abrió el portalón. Uno de los guardas alemanes alumbró el interior con su linterna. Desde donde estaba no podía ver su interior, pero el soldado enseguida gritó de nuevo.

—¡Fuera de inmediato!

El soldado que estaba ayudando a la chica se acercó al guarda y le dijo algo al oído.

—¡No, cerdo eslavo!

El alemán apuntó a la mujer con su fusil.

—Los papeles, enséñeme sus papeles.

Mi amiga bajó del camión, estaba temblando, se puso delante del guarda y le entregó sus documentos.

—¿Dónde crees que vas sucia judía?

El alemán la golpeó con la culata del fusil y la mujer se derrumbó en el suelo. El soldado forcejeó con él y otros dos guardas corrieron en su ayuda.

—Matad a ese traidor.

Los dos soldados arrastraron al hombre, lo colocaron al lado de la pared y abrieron fuego. El estruendo invadió el silencio de la noche y antes de que los fogonazos de las balas dejaran de brillar, el joven soldado se derrumbó muerto.

Mi amiga gritó estirando los brazos hacia él, pero no se movió, seguía de rodillas en el suelo. El alemán dio un paso atrás y la apuntó con el rifle. Ella agachó la cabeza y comenzó a rezar. Un solo disparo atravesó su cabeza y cayó hacia delante. Su cuerpo se ensució con el lodo de la calle. Llevaba varios días lloviendo y los charcos cubrían los socavones, manchando a los viandantes, convirtiendo todo en un lodazal.

Sentí un fuerte dolor en el pecho, me faltaba el aire. Intenté moverme, pero las piernas parecían paralizadas por lo sucedido, como si el miedo hubiera invadido cada uno de mis miembros. Al menos ella había intentado hacer algo. El gueto se descomponía poco a poco y cada vez era más difícil sobrevivir. El guarda levantó la cabeza y me miró, me apuntó con el arma y acarició el gatillo. Cerré los ojos, me sentí liberado por un momento. Después simplemente hizo un gesto como si disparara y se rio.

Salí de allí lo más rápido que pude. Quería ver a Irena, teníamos que comenzar a sacar niños del gueto lo antes posible. Apenas había dado la vuelta a la esquina cuando me topé con dos miembros del Grupo 13, la policía judía.

—¿Qué hace aquí a estas horas? ¿Qué han sido esos disparos?

—Tengo que irme —les contesté sin pararme a hablar con ellos. Uno me agarró del brazo y me tiró con fuerza.

—¡Viejo! ¡Te hemos hecho una pregunta.

—Ya les he dicho que no sé nada, me dirigía a mi casa.

El policía judía levantó la porra y sin mediar palabra me golpeó en la cabeza, comencé a sangrar, el dolor era casi insoportable.

—¿Por qué me pegáis? Vosotros ya no tenéis autoridad, Czerniakóv os quitó el poder, sois unos judíos corruptos que os aprovecháis de vuestro pueblo.

El hombre iba a pegarme de nuevo, pero su compañero lo paró en seco.

—No ves que es el doctor Korczak. Gancwajch nos ha prohibido que lo toquemos.

Me ayudaron a levantarme y el hombre me colocó una venda sobre la cabeza para frenar la hemorragia.

—¿Dónde quiere que lo llevemos?

Desde su expulsión de la policía, el Grupo 13 se encargaba de controlar la usura y el mercado negro, también las ambulancias y los carros que circulaban dentro del gueto, aunque eran el cuerpo más corrupto de las autoridades judías.

—Estoy bien.

Me alejé de los hombres y me dirigí directamente a la oficina de Irena. En cuanto me vio entrar se puso en pie.

—¿Qué le ha sucedido?

—Me he encontrado con dos del Grupo Trece.

—Esos cerdos colaboracionistas, espero que algún día reciban su merecido —dijo enfurecida al ver mi rostro amoratado.

—No tiene importancia.

Irena tomó del botiquín unos algodones y un poco de alcohol, me curó la herida y me la tapó.

—No puede coger una infección, no nos quedan medicinas y cualquier pequeña herida puede ser mortal.

Me senté en la silla y respiré hondo. Al cerrar los ojos vino a mi mente la escena de la muerte de mi amiga.

—Está pálido.

—Hace un años pensaba que no podía ver nada que me afectara

realmente, he estado en dos guerras, pero lo que está sucediendo aquí, esto no tiene nombre. —Intenté respirar profundo, sentía como me invadía un ataque de pánico. Irena apoyó sus manos sobre mis hombros.

—Tranquilo.

—No irá a decirme que las cosas irán a mejor, ¿verdad? Es lo que hago yo todo el día, aunque sé que esto se está comenzando a desmoronar.

Irena se puso frente a mí y se apoyó en la mesa.

—Nuestros informadores nos han contado que en una reunión de la SS, al parecer tienen algún plan con los judíos. Además sabemos que están haciendo algo en Chelmno, llevan a cientos de prisioneros vivos y mueren al poco tiempo.

Me quedé sin habla. ¿Qué era lo que quería decir con aquello?

—Los están eliminando.

—¿A quién? ¿A los enfermos y los viejos? Los alemanes no son capaces de alimentar a todos los judíos de Polonia, están enviando toda la comida al frente ruso.

—No, están matando a personas sanas.

—¡Hay que sacar a los niños cuanto antes! —le supliqué.

—Únicamente podemos llevar a familias polacas que tengan aspecto más ario y hablen perfecto polaco.

Aquello reducía a menos de la mitad la posibilidad de que nuestros huérfanos pudieran huir.

—Mis niños hablan polaco, pero muchos tienen como primera lengua el yidis.

—Tendrá que hacerme una lista con los candidatos.

—¡No puedo elegir entre los que deben vivir o morir!

Irena me miró, sus ojos destilaban compasión.

—Puede que salvemos a todos, pero debemos intentarlo

primero con los que sabemos que se adaptarán antes. Sus niños son huérfanos, pero tenemos que hacer una lista con los niños que tengan padres.

—Creo que no conoce bien a mi pueblo, una madre judía no se desprenderá de sus niños sin más, a los padres no les gustará que se alojen en casas de cristianos polacos o monasterios.

—Por eso lo necesito, doctor. Usted puede convencer a la mayoría.

Dudaba de que aquellas familias me hicieran caso, aunque no dudaría en intentarlo. Me puse en pie y sentí que me mareaba un poco.

—¿Se encuentra bien?

—No, pero eso no es por este golpe, se llama vejez y le aseguro que es un asco.

La mujer sonrió y me ayudó a ponerme el abrigo.

—Está todavía en plena forma, no parece un hombre de más de sesenta años.

—Es usted una aduladora.

Me dirigí a la puerta y la despedí con la mano. Mientras caminaba de nuevo al orfanato el rostro destrozado de mi amiga regresó a mi mente. Me golpeé en al frente para borrarlo, pero no pude. Tendría que vivir con esa terrible imagen el resto de mi vida.

CAPÍTULO 28

EL GITANO

Aquel día tenía que visitar la prisión de Pawiak, en la que estaban encerrados los hombres. A su lado se encontraba el edificio más pequeño llamado Serbia, donde se hacinaban las mujeres. Agnieszka se había ofrecido a acompañarme, pero su pequeño hijo Henryk llevaba unos días con fiebre y le aconsejé que no se separase de su lecho. Sabía que la mejor medicina contra cualquier dolencia era siempre el amor.

Mientras caminaba por la plazoleta de Mylna la gente comenzó a apretarme, una muchedumbre que se movía sin rumbo. Se acercaba la Navidad y aquella multitud me recordó a la de las compras de última hora antes de celebrar las fiestas. Me sentía ahogado entre la gente, nunca me gustaron las muchedumbres, menos aún al ver en sus rostros la desesperación y el espanto de los que andan hacia ninguna parte, porque ya tienen a donde ir.

Seguí caminando más pegado a las fachadas, en el intento de avanzar sin ser atropellado y apenas había avanzado cuando observé a un grupo de niños arremolinados enfrente de un escaparate. Me giré y vi un salón de té. No era lujoso, poco a poco el oropel parecía desaparecer de las calles del gueto, el mal igualador alcanzaba a casi todos. Los clientes tenían ropas menos ajadas y sus mejillas algo más redondeadas, pero ya reflejaban en sus ojos el miedo al hambre y la muerte. Se abrió la puerta y casi me rozó la cara. Un hombre de traje con un ridículo bombín salió del local y al ver la cara famélica de los niños arrojó una moneda al aire. El mayor del grupo la atrapó y salió corriendo, el resto volvió a mirar por los cristales, tal vez esperando un terrón de azúcar o un pedacito de dulce.

Tras suspirar continué mi camino. No podías andar dos pasos sin ver una desgracia o sufrir un golpe emocional. Jamás podría acostumbrarme a ese horror, pensé mientras llegaba cerca de la prisión de la Gestapo, uno de los lugares más temibles de Varsovia, pero antes de llegar noté que la gente comenzaba a empujar. Miré hacia atrás: un camión de la SS se aproximaba y todos sabíamos lo que eso significaba.

—¡Paso! —gritó impaciente el conductor. Los que estaban más cerca se apartaron, pero no había espacio a pesar de que los del otro extremo estaban pegados literalmente a la pared.

—¡Hijos de satanás! —gritó de nuevo el conductor. Entonces sacó una pistola y disparó a la cabeza del que tenía más cerca. La gente se separó desesperada y el camión aceleró. Atropelló a un anciano y lo pasó por encima. Mientras se alejaba todos respiraron aliviados.

Un guardia de la SS esperaba en la puerta.

—¿Qué quiere? —me preguntó con una amabilidad muy poco usual.

—Quiero ver al capitán Neumann.

El soldado me observó con detenimiento y se dirigió a la garita, llamó y regresó poco después.

—El capitán no se encuentra en su oficina. Pruebe mañana.

—Es algo importante, necesito hablar con él.

El guarda se encogió de hombros, después pensándolo un poco señaló con su mano un punto imaginario.

—A veces se pasa por el hotel Bretaña para relajarse un poco.

Había escuchado algo sobre el club en el que se reunían los alemanes para beber. Era una forma de evadirse de su trabajo de verdugos. Di las gracias al soldado y me dirigí al viejo hotel. Dudaba que me dejaran entrar, pero a veces los planes del destino son extraños. En la puerta había un soldado alemán y un guarda que no era judío, al menos no llevaba la estrella de David en el brazo.

—¿A dónde va? —me preguntó el hombre con traje de recepcionista.

—Necesito ver a un oficial alemán.

—No pueden entrar judíos. Es solo para arios.

El alemán nos miraba intrigado mientras fumaba un cigarrillo.

—Es urgente, importante. Por favor, déjeme pasar.

El hombre era alto y moreno, tenía un bigote negro y su pelo tenía algunas canas.

—Ya le he dicho que no pueden entrar judíos.

—¿Usted no es judío?

—No, soy romaní.

Sabía que en el gueto había un buen número de gitanos, pero no me había cruzado con ninguno de ellos hasta ese momento.

—Romaní, he tenido en mi orfanato a varios niños de su etnia.

El hombre frunció el ceño, era muy forzudo y sus músculos se marcaban debajo del ajustado traje.

—¿Un orfanato? Los gitanos nunca abandonamos a nuestros hijos, no somos como los polacos o los alemanes.

—Es cierto, pero estos perdieron a sus padres, su carromato

chocó contra un camión y ambos murieron en el acto. Las autoridades llevaron a sus tres hijos a mi orfanato.

Aquello pareció ablandar un poco al hombre. Me llevó aparte y me preguntó a quién buscaba. Se lo comenté y entró, unos minutos más tarde regresó y me dijo que lo acompañase. Entramos por el callejón, atravesamos los vestuarios de los cantantes y bailarinas, me introdujo en un reservado casi sin luz y antes de ver al capitán escuché su voz.

—¿Qué hace aquí, doctor? No son buenos tiempos para llamar la atención de las autoridades.

—¿Cuándo lo han sido? —bromeé, era una de las pocas formas de soportar la presión y el estrés de cada día.

—Echo de menos nuestras partidas de ajedrez, aunque hay un prisionero norteamericano llamado Nosjztar.

—¿Nosjztar, el director del Joint?

Aquel hombre era el representante del comité de distribución de ayuda americana para judíos.

—Sí, el mismo. Es muy culto e interesante. En mis manos están solamente presos comunes y algunos terroristas.

—¿Por qué han detenido a Nosjztar?

—¿No se ha enterado? Los norteamericanos nos han declarado la guerra, ya no pueden tener organizaciones en Polonia. Ahora son nuestros enemigos.

Aquellas palabras me esperanzaron, si alguien podía oponerse a los nazis eran los norteamericanos, aunque lo mismo habíamos pensado de los rusos y los alemanes estaban a punto de darles el golpe de gracia.

—No se haga ilusiones, los norteamericanos son un gran país, pero su ejército es pequeño. Bueno, ¿a qué debo su visita? No creo que quiera echarme una partida de ajedrez.

—Lo que le voy a pedir es una locura, tal vez me meta de nuevo en la cárcel.

—Ya me gustaría doctor.

Me senté a su lado, fuera sonaba la música, un grupo de bailarinas se contoneaban en el escenario mientras los nazis cantaban sus viejas canciones decadentes.

—Necesito papeles, ya me entiende, permisos de movimiento, identificativos y de racionamiento.

El capitán tomó una copa de champán y se la bebió de un trago.

—Sabe que lo que me pide es alta traición.

—Lo que le suplico es que ayude a niños indefensos. Entiendo que lleve a sospechosos a sus prisiones, intentan consolidar su régimen aquí, pero los niños son inocentes.

El oficial se llenó de nuevo la copa y me miró a los ojos.

—Todos vosotros son sucios judíos, ¿por qué tendría que arriesgarme? Tengo una familia que me espera en Alemania.

—Precisamente por eso. ¿Los podrá mirar a la cara y saber que ayudó a asesinar a cientos de niños inocentes?

Los ojos del alemán se encendieron de ira, pero optó por tomar un nuevo sorbo de su copa.

—Es usted muy audaz, casi suicida, pero imagino que en momentos desesperados es normal que uno arriesgue su reina.

—¡Jaque mate!

—No le prometo nada, no es fácil tomar los documentos sin que nadie se entere. Regrese antes de Navidad por aquí. El gitano estará avisado.

—Gracias —le dije sin poder contener la emoción.

—Puede que esté más sensible al acercarse la Navidad, pero lo haré una sola vez y negaré que lo conozco.

Mientras me ponía en pie el hombre extendió la mano, no había saludado así a ningún nazi.

—Me alegro de haberle conocido. En esta guerra infernal conocer a hombres bondadosos es lo único que le salva a uno de la locura.

Mientras me dirigía a la salida pensé en sus palabras. Yo no me consideraba bondadoso, sabía lo que había en mi alma y mi corazón. Al salir las calles estaban desiertas, se aproximaba el toque de queda y todo el mundo se escondía en sus casas antes de que comenzaran las patrullas. La oscuridad me tranquilizaba un poco, al menos significaba que viviría un día más y podría mantener a mis chicos y chicas a salvo.

CAPÍTULO 29

LOS LADRONES

LLEVÁBAMOS DEMASIADO TIEMPO SOÑANDO CON COMIDA. El hambre hacía mella en todos nosotros. Sin duda aquella serían unas navidades muy peculiares. No eran las primeras que vivíamos en el gueto, aunque la situación había empeorado notablemente en el último año.

Aquella mañana estaba intentando calcular las raciones, para que la escasa comida que aún teníamos en nuestros almacenes se estirase lo más posible. Creíamos que la gente que entraba en el edificio para recibir la ayuda de las autoridades del gueto nos robaba lo poco que teníamos. Desde nuestro traslado al nuevo edificio eran muchos los utensilios que habían desaparecido. La gente revendía cualquier cosa para sobrevivir, pero últimamente la harina, el arroz y las legumbres desaparecían poco a poco. Me encontraba tan absorto en mis cálculos que no advertí la presencia de Agnieszka. En cuanto observé su rostro comprendí que algo malo sucedía.

—¿Qué pasa? ¿Te encuentras bien?

—No, algo le ha pasado a Henryk, no estaba en su cuarto, he

preguntado a los otros niños y me han comentado que se marchó muy de mañana con Józef.

—¿Józef? No sabía que eran amigos. Ese niño es mucho mayor que él.

—Al parecer el tal Józef lleva días escapándose, creemos que sale del gueto para ir a por comida —comentó Agnieszka.

—¿Por qué nadie me ha comentado nada?

La mujer se encogió de hombros. Me sentí tan indignado. Ya había advertido a todos los mafiosos del gueto que dejaran tranquilos a mis niños.

—Es muy peligroso traspasar los muros. La policía y la SS están capturando a los niños que encuentran mendigando por la calle.

La mujer comenzó a llorar, parecía realmente desesperada.

—No sé cómo ha logrado convencerlo.

—Tu hijo es demasiado bueno, habrá visto la situación en la que estamos y ha intentado ayudar. Tenemos que avisarle a Irena. Ella es la única que podrá dar con él y traerlo de vuelta.

Salimos apresuradamente de la casa, nos acercamos a la oficina de Irena y entramos sin esperar la fila que se extendía hasta la calle. En ese momento estaba atendiendo a una familia y se sorprendió al vernos.

—¿Qué sucede?

La trabajadora social pidió a la familia que saliera del despacho. Cuando nos encontramos solos, con la puerta cerrada, comencé a hablar.

—El hijo de Agnieszka está fuera del gueto. creemos que se ha escapado con otro niño de nuestro centro para conseguir comida. Henryk es muy menudo y puede entrar y salir por los huecos del muro con facilidad —le expliqué brevemente.

Irena sacó el abrigo y el bolso de la percha y se los puso.

—La acompañaré —le dije mientras salíamos del despacho.

La mujer dio algunas instrucciones a sus compañeras y salimos a la gélida calle. El cielo estaba blanco y anunciaba nieve. En pocas horas celebraríamos la Navidad, aunque en el fondo todos sabíamos que no había nada que celebrar.

—Será mejor que esperen en el orfanato, no es seguro salir de día.

—Me disfrazaré de sacerdote.

—No, esta vez iré yo sola.

Acompañamos a Irena hasta una de las entradas y la vimos alejarse. Luego regresamos al orfanato y esperamos impacientes. Mirábamos al reloj a cada minuto, parecía como si el tiempo se hubiera detenido de repente. Al final no lo pudimos soportar más y nos acercamos hasta la puerta del gueto desde la que habíamos visto partir a Irena. Al final la vimos regresar sola y Agnieszka comenzó a llorar.

—Lo siento, los he buscado por todas partes, pero todo ha sido en vano.

—Puede que no hayan salido de aquí —le dije para animarla, mientras la abrazaba.

El frío lacerante del atardecer comenzaba a caer sobre la ciudad, cuando la luz se fuera por completo comenzaría a nevar. Mientras nos dirigíamos de nuevo hacia casa, vimos corriendo a Józef.

—¡Alto, maldito diablillo, ven aquí! —le grité y el niño se detuvo de inmediato.

—Doctor Korczak —me contestó medio asustado.

—¿Dónde está Henryk? Llevamos todo el día buscándolo.

El niño nos miró sorprendido, como si no entendiera de qué le hablábamos.

—Sabemos que algunos días sales del gueto para conseguir comida y dinero. Hoy has llevado al pequeño, ¿verdad?

Conocía perfectamente la cara de inocencia que puede poner un niño culpable. Me agaché y lo miré directamente a los ojos.

—Su madre está muy preocupada, ¿te acuerdas de la tuya? No querrás que sufra más, ¿verdad?

—Vengan conmigo.

El niño nos llevó a través de callejones que no habíamos visto jamás; algunos de los raterillos conocían mejor el gueto y sus recovecos que la policía judía. Llegamos a un edificio medio destartalado, que debía haber sido bombardeado durante la guerra. Subimos por unas escaleras derruidas hasta la azotea, desde donde podía verse perfectamente parte de Varsovia.

—Henryk y yo fuimos a la estación de tren, allí se puede sacar mucho dinero y los dueños de los bares suelen tirar las sobras de su comida y la verdura podrida. Entre la basura se encuentran verdaderos tesoros. Algunos te los comes allí mismo, otros se los llevas al Grupo Trece, que te los cambia por vales de comida y otras cosas. Se lo comenté a Henryk, el pequeño estaba preocupado por su madre, la veía cada vez más delgada y estaba empeñado en conseguir chocolate.

Agnieszka se estremecía a mi lado con cada palabra que nos contaba Józef.

—Nos escapamos por un pequeño hueco que hay por esa zona, yo pasé con dificultad, de hecho no estoy seguro hasta cuando podré hacerlo, pero él cruzó sin problema. Nos guardamos las estrellas de David en el bolsillo, caminamos tranquilos por la calle. Lo cierto es que ya no hay tantas diferencias entre estar dentro y fuera del gueto. Hace unos meses si notabas un gran contraste. Los de fuera parecían más limpios y lustrosos.

—Continúa —le pedí impaciente.

—Estando en la estación, un hombre nos dio dos monedas y una mujer un pedazo de pan. Esperamos a que cerraran los restaurantes y hurgamos entre la basura, hoy no había demasiadas cosas buenas. Regresábamos para casa cuando un señor vestido de forma elegante nos ofreció chocolate. Al principio nos emocionamos, pero nos comentó que teníamos que acompañarlo a casa. Le dije a Henryk que no era buena idea, pero el pequeño insistió. Llegamos al portal, era uno elegante y limpio, algo que ya no se ve por la ciudad. Estábamos subiendo por la escalera y vi que el hombre ponía la mano sobre la espalda del pequeño y me asusté. Lo agarré del brazo y corrimos, veníamos hacia aquí, estábamos casi llegando y un policía comenzó a perseguirnos. Me metí en el hueco y al llegar al otro lado lo ayudé, pero el policía tiraba de sus piernas, al final lo perdí.

El niño se derrumbó y comenzó a llorar. Lo abracé y durante unos minutos permanecimos así, hasta que se tranquilizó. Al darme la vuelta vi a mi amiga con el rostro tapado con las manos.

—¿Qué vamos a hacer, Janusz?

—Al menos se trata de la policía polaca. Hubiera sido peor si lo hubiera capturado la SS o la Gestapo. Al encontrarlo mendigando lo enviarán al centro de menores. Allí tengo contactos, le pediré a Irena que les lleve una carta.

Bajamos del edificio y nos dirigimos de nuevo a la oficina de la trabajadora social. Estaba a punto de regresar a casa después de una dura jornada de trabajo. En cuanto nos vio entrar sus ojos se oscurecieron.

—¿Qué ha sucedido?

Tras explicarle brevemente lo que nos había contado el niño, redacté la carta y se la entregué. Después nos fuimos al orfanato para descansar un poco. Las actividades de los niños ya habían cesado, a veces me preguntaba cómo aún tenían ánimo para estudiar en aquella situación y cómo los educadores no intentaban escapar a toda costa.

Stefania nos preparó algo parecido a un café caliente y nos sentamos alrededor de una pequeña mesa con un brasero. El día siguiente sería el 24 de diciembre y no pude sino pensar en la familia de Jesús buscando un lugar donde alojarse en Jerusalén antes de que María diera a luz. Pasamos la noche en vela, apenas hablamos entre los tres. Estábamos casi durmiéndonos al despuntar el alba, cuando escuchamos ruidos en la entrada. Bajamos las escaleras con el corazón en un puño y llegamos hasta la puerta. Al abrir vimos el rostro sucio de Henryk, que se abrazó a su madre.

—Gracias —le dije emocionado a María Falska. A su lado estaba Igor Newerly.

—Camarada, da pena verte —dijo mi amigo mientras me saludaba. Me había ayudado en tantos momentos difíciles, que era casi un milagro verlo de nuevo.

Ambos teníamos muchas cosas en común. Él había estudiado en la Universidad Libre de Polonia, pero siempre había estado vinculado al Partido Comunista.

—¿Cómo habéis entrado?

—Es más fácil entrar que salir —dijo María con su sonrisa irónica.

—¿Podemos hablar a solas? —preguntó Igor mientras me ponía una mano sobre el hombro.

Nos dirigimos a una de las salas vacías y nos sentamos en tres sillas destartaladas.

—La vida es una lucha constante. Primero nos enfrentamos a los rusos, los zaristas nos tenían atrapados en su infernal sistema, después luchando contra todos estos burgueses de Varsovia para que ayudaran a los desfavorecidos y a la clase obrera y ahora la peor de las pesadillas: los nazis.

—Nunca te has rendido, eso es de admirar.

—Rendirse nunca es una opción. ¿Cómo vamos a ponérselo tan fácil a los nazis? ¡Jamás!

Sonreí, me alegraba que mi viejo amigo continuase con su espíritu de lucha.

—Estoy metido en la resistencia, no somos demasiados todavía, la gente hasta que no le aprieta el zapato no está dispuesta a arriesgarlo todo.

—Eso es muy humano.

—Ya lo sé, joder Janusz, pero esta vez casi nos ahogamos todos. Estamos fabricando armas, espero que el cuarenta y dos sea el año de nuestra liberación. Los yanquis han entrado a la guerra y junto a los rusos machacarán a los hitlerianos. Solo es cuestión de tiempo.

—Ojalá, Dios te oiga.

Igor frunció el ceño, era un ateo militante.

—Queremos que vengas con nosotros, te hemos traído papeles nuevos. Los alemanes están planeando algo gordo, tenemos a un topo en Auschwitz que nos manda informes de lo que está sucediendo allí.

—¿Auschwitz? —le pregunté confuso.

—Es un campo de concentración nazi; lo están ampliando. Creemos que quieren liquidar los guetos que hay por todo el país. Las condiciones en los campos son peores aún que aquí. No sobrevivirás.

—Tiene razón —comentó María Falska.

—No me iré sin mis niños. Nada ha cambiado desde la última vez que hablamos.

—No podemos sacar a doscientos pequeños de un golpe, no tenemos tantos contactos —agregó María.

Agaché la cabeza. Por un lado, el deseo de sobrevivir era intenso. No teníamos nada más que el suelo que hay debajo de nuestros zapatos. Por el otro, ¿quién era yo sin los pequeños? Ellos me habían mantenido lejos del suicidio, la locura y la desesperación. Sabía que los necesitaba más que ellos a mí.

Negué con la cabeza.

—No puedo, lo siento. Sé que arriesgáis mucho por mí al venir aquí, al buscar un sitio para esconderme. Lo cierto es que no valgo tanto, soy un médico viejo y decrépito al que le queda muy poco tiempo de vida.

Mis dos amigos se pusieron en pie, esta vez no parecían enfadados, únicamente tristes, se estaban despidiendo para siempre.

—Amigo, espero que sepas lo que haces. Jamás encontré a un hombre con un corazón tan grande. Te admiro y te envidió, ya me gustaría poseer esa capacidad de amar —dijo Igor.

—Sabes que te quiero —añadió María.

—Yo también, perdona todas mis torpezas, tengo muy mal carácter.

Los acompañé a la puerta, salieron a la calle y, después de caminar unos pasos, se dieron la vuelta y me saludaron con la mano. Mientras se alejaban comencé a llorar. No lo hice por mi renuncia, ni mucho menos, si no por los recuerdos de toda una vida juntos. Habíamos peleado en mil batallas, muchas las habíamos perdido, pero siempre habíamos permanecidos unidos a pesar de todo. Noté como una gota caía sobre mi frente, el cielo comenzó a cubrirse de un diluvio de pequeños copos de nieve, las calles muy pronto se cubrieron de un inmenso manto blanco, como si Dios hubiera querido limpiar el mundo de la inmundicia de aquella guerra terrible y de los diabólicos nazis.

CAPÍTULO 30

IR A POR MÁS

AQUEL INVIERNO ME ACORDÉ MUCHO DE JERUSALÉN. Nunca había imaginado que llegaría a amar esa tierra y que por primera vez en mi vida comprendería qué era ser judío. Siempre me había sentido polaco, lo único que parecía unirme al pueblo elegido era una sangre que yo no había elegido ni podía cambiar, pero ahora había descubierto que, por mucho que uno niegue ser algo, en el fondo sabe que siempre lo será. Ahora que soy judío, admirador de Jesús, polaco maldecido, doctor enfermo y educador en el infierno, creo que he descubierto quién soy en realidad.

Después del susto que nos había dado Henryk, su madre no se separó de él en todo el día. Adornamos el edificio para la fiesta de Navidad. Era un poco extraño ver a un grupo de judíos celebrando el nacimiento de Cristo, aunque lo que en realidad celebrábamos era la esperanza. Navidad para nosotros significaba que como familia continuábamos juntos. Todos los profesores y educadores parecían entusiasmados con aquel pequeño proyecto. Nuestro nuevo edificio era mucho peor que el anterior y nada tenía que ver con el orfanato al que había dedicado mi vida, pero estábamos juntos y vivos, que ya era mucho decir. Teníamos un techo que nos cobijaba y alguien que se preocupaba por nosotros. No hubiera preferido un palacio a aquel lugar destartalado, húmedo y frío.

Aquella tarde tenía que hacer unas últimas compras, si es que podía encontrar algo en el mercado negro, que cada vez era más pequeño. Al faltar la ayuda de los comités internacionales, en especial de los Estados Unidos, apenas entraba comida en el gueto.

Caminé hasta la zona norte, donde me habían advertido que en una pequeña casa una mujer vendía pan dulce, algo tan extraño y difícil de conseguir que casi nadie se lo creía. Necesitaba algo especial para la cena de Navidad, no sabía si sería la última de la que participaríamos o si un milagro nos sacaría de allí, si los nazis al final perdían la guerra.

Llamé a la puerta y salió una mujer misteriosamente gruesa, algunas personas estaban hinchadas por las falta de comida, pero esta era obesa de verdad.

—¿Es usted el doctor Korczak?

Me sorprendió que me reconociera, a veces me costaba a mí mismo hacerlo frente al espejo.

—Sí, me han dicho que tiene pan dulce. Necesito algunas piezas, todas las que tenga. Quiero hacer una fiesta de Navidad y…

—Pase, por favor, no se quede en la puerta. Hace mucho frío, el suelo está helado y en cuanto oscurezca será peor.

Entramos en la casa, que había sido una vaquería, y la mujer abrió una puerta que daba a un salón pequeño pero confortable. Nos sentamos. La mujer tenía lana y estaba tejiendo algo.

—Es un verdadero placer conocerlo. Lo he escuchado muchas veces por la radio. Yo soy analfabeta, mis padres no creían que las mujeres tenían que saber leer y escribir. Eran personas a la antigua usanza, pero al menos me dejaron esta lechería. Estábamos aquí antes de que nos encerraran. Los alemanes se llevaron hace tiempo mis pobres vacas, tenían nombre y todo. Las echo de menos, a veces me despierto de madrugada pensando que no les he llevado su alimento.

—¿Está sola aquí?

El rostro de la mujer se apagó de repente y perdió su sonrisa infantil.

—Estaba casada, pero mi marido murió en el frente. Fue en una de las últimas batallas, imagino que fue mala suerte. Estoy sola en el mundo, no podíamos tener hijos y, si le soy sincera, me alegro. El mundo se ha vuelto loco y es muy peligroso para los niños. ¿No está de acuerdo?

—Siempre lo ha sido, los adultos no soportan su inocencia y se empeñan en convertirlos en adultos lo antes posible, como si la niñez fuera una enfermedad.

—Tiene razón. ¿Quiere un poco de leche?

—¿Leche? Creía que había perdido a todas sus vacas.

—Sí, pero tengo una ovejita que me da leche. No mucha, pero suficiente para cada día y para hacer mis dulces.

—No puedo negarme, ni recuerdo como era su sabor.

La mujer se marchó y apareció un minuto después con un vaso lleno.

—Gracias. ¿Cómo consigue la harina para fabricar el pan?

—Aún tengo algunos contactos fuera. Por debajo de la casa hay un pequeño túnel, antiguamente lo usábamos para abastecernos de paja, pero ahora me sirve para que los molinero me traigan algo de harina.

Me quedé sorprendido, nadie tenía ya harina en el gueto.

—Estoy enferma —me comentó de repente.

—Lo siento, corren tiempos difíciles.

—Hace un mes pude ver a un médico, tengo cáncer. Es algo irónico, ¿no cree? Resulta que los nazis nos matan de hambre y sufrimiento, mientras mi cuerpo está siendo minado por el cáncer. Tengo la sensación de que voy desapareciendo poco a poco, como si nunca hubiera existido.

—En el fondo, todos terminamos convirtiéndonos en polvo.

—A veces he podido entrar en el cementerio y ver la tumba de mis padres, la de mi esposo está al otro lado. ¿Quién les llevará flores cuando yo muera? Eso es lo que más me entristece, cuando yo desaparezca ya nadie se acordará de ellos. La vida es tan difícil.

—Lamento mucho lo que le sucede. Muchos piensan que no morimos del todo, que Dios nos guarda en su memoria para volver a recrearnos tras la muerte. Al fin y al cabo, somos sus criaturas.

—No soy religiosa.

—Yo tampoco, pero creo que tenemos una parte espiritual; sin ella no tendría sentido el mundo.

—Puede que no lo tenga, ¿no cree?

—El hecho de que pensemos en estas cosas demuestra que sí tiene que haber algo. Nos sentimos eternos, la muerte parece un simple obstáculo que nos separa de la inmortalidad.

La mujer se levantó con más dificultad y se fue a su obrador. Regresó con dos pesados sacos y los puso a mis pies.

—Tenía pan para todas las fiestas, pero ni siquiera estoy segura de que llegue a año nuevo. Al menos sus niños disfrutarán de una noche mágica.

—No puedo aceptar.

—Claro que puede, esos pobres ya han sufrido suficiente.

—¿Por qué no se viene esta noche? No la pasará sola.

La mujer sonrió, aunque más bien parecía una mueca de dolor.

—Estaría rabiando de dolor, me meteré en la cama en un rato. Espero dormir un poco, a veces me paso la noche en vela.

Me puse en pie y coloqué mi mano sobre su hombro.

—Gracias, no hay ninguna buena acción que no tenga su recompensa.

—No espero ninguna recompensa, el conocerlo ya ha sido la más grande que podía esperar. Si tiene tiempo, venga a verme, con eso me sentiré más que satisfecha.

—Lo haré. No lo dude.

Levanté los dos sacos con dificultad y la mujer me acompañó hasta la puerta. Llegué media hora después al orfanato; estaba agotado y me faltaba el aire. Dos profesoras me ayudaron con los sacos y los subieron al salón.

—Estábamos preocupados, la fiesta empieza en un momento —dijo Stefania.

—He traído el postre —le contesté con una sonrisa.

Uno de los profesores se había disfrazado de San Nicolás y otros de payasos. Hicieron juegos con los niños, después cenamos todos juntos, a la luz de las velas y antes de repartir los regalos me pidieron que compartiera unas palabras.

Me puse en pie y me subí al improvisado escenario.

—Ante la vida siempre tenemos dos formas de reaccionar. Podemos quejarnos, como si el universo nos debiera algo, sin duda estamos en todo nuestro derecho, pero también podemos sentirnos agradecidos. Este edificio es peor que los anteriores, pero tenemos un techo que nos cobija, mientras millones lo han perdido en Alemania, en Rusia, en nuestro país. Estamos rodeados de amigos que nos aman y hoy hemos comido. Algunos de vuestros compañeros han partido para la eternidad. No os preocupéis, simplemente se han adelantado en el viaje que todos nosotros un día emprenderemos.

Algunos de los niños comenzaron a llorar, a los profesores y los educadores se les humedecieron los ojos.

—La vida consiste sobre todo en dar, eso es lo que simbolizan esos regalos. Frente al egoísmo que hoy reina y el desprecio al prójimo, nosotros estamos llamados a amarnos, incluso a amar a nuestros enemigos. Dicen que cuando somos capaces de un amor así, convertimos a nuestros enemigos en nuestros amigos. Os he enseñado a perdonar, hoy es un buen momento para recordarlo, si guardáis odio o desprecio en vuestros corazones, poner en su lugar amor, dejar atrás el rencor y juntos podremos ser felices. Las cosas materiales nos gustan, pero nos alejan de la verdadera esencia, de la materia misteriosa de la que está compuesta la verdadera alegría. Lo único que importa realmente es el amor y esta noche, que celebramos el nacimiento del amor, lo único que importa es darnos los unos a los otros con todo nuestro corazón.

El año estaba a punto de acabar, todos sentíamos que había sido el peor de nuestras vidas, pronto descubriríamos que estábamos equivocados.

Tercera parte

LA ÚLTIMA PATRIA

CAPÍTULO 31

LOS TREINTA HIJOS

RECUERDO CUANDO TODAVÍA CELEBRÁBAMOS LA LLEGADA DEL nuevo año. La gente hacía cenas suntuosas y en una especie de vigilia esperaba impaciente que el reloj diera comienzo a trescientos sesenta y cinco días de felicidad. El siglo xx sería sin duda el del progreso, nos dijeron, que veríamos cosas increíbles incapaces de imaginar. Ahora que había transcurrido casi la mitad, lo único extraordinario que había sucedido eran dos crueles guerras mundiales, una pandemia terrible y la mayor crisis económica de la historia de la humanidad. En los últimos meses me había desprendido de mi fe casi inalterable en el mundo. No es que fuera un idealista, no lo puede ser el que se mueve entre los pobres y menesterosos de este mundo, pero confiaba en la existencia de una conciencia universal, de la mejora del hombre a través de la educación y la cultura. La llegada de los alemanes había destruido Polonia, pero lo más triste es que el mal que eran capaces de producir, en el fondo se encontraba en el corazón de cada ser humano. Si el hombre era bueno por naturaleza, lo cierto es que lo disimulaba muy bien.

Ahora que los norteamericanos habían entrado en la guerra, en el gueto corría un optimismo pueril, como si el presidente Roosevelt con una barita mágica pudiera destruir a las fuerzas nazis. Lo cierto era que nos llegaban noticias de que los estadounidenses estaban perdiendo en Asia, que los japoneses se imponían en todos los frentes y que ahora la guerra era global.

En el frente oriental, la única aparente buena noticia era que los rusos habían logrado frenar a los alemanes en Moscú, aunque Leningrado parecía a punto de sucumbir.

Miré al otro lado de la calle, se veía a lo lejos la zona aria, donde los polacos sufrían su propio infierno, me pareció observar a Irena que regresaba a su casa, seguramente para descansar un poco tras varias horas intentando ayudar a la gente del gueto, que cada vez se encontraba peor. Entonces se detuvo en un callejón y se agachó, por unos instantes la perdí de vista, pero no tardó mucho en ponerse en pie de nuevo, aunque para mi asombro, estaba tirando de los brazos de una niña pequeña que salía de una de las alcantarillas. ¿Cómo la había encontrado? ¿Ese era su plan para liberar a los niños? No tenía la respuesta a esas preguntas, según me había informado la trabajadora social aún quedaban algunos días para que la red de rescate estuviera completamente organizada. La niña rubia era pequeña, parecía sucia y asustada, la mujer le tomó la mano y se alejaron. Yo acababa de despertarme de una siesta incómoda y pesada. Debía haberme sentado mal la comida. A veces teníamos que aprovechar la poca carne, los huevos o cualquier cosa que cayera en nuestras manos, aún a sabiendas de que no estaban en un estado óptimo.

Stefania llamó a la puerta, llevaba en las manos algo parecido a un té.

—¿Cómo te encuentras?

—Algo revuelto, no he vomitado, pero tengo el estómago mal.

—Espero que esto te siente bien.

Dejó la infusión en la mesita y se sentó en la cama, donde había vuelto a tenderme tras ver a Irena. Mi amiga me puso la mano en la frente, me consoló el contacto de su palma fresca.

—No tienes fiebre, lo peor que podría pasar es que hubieras cogido una gripe o algo peor. Tenemos las defensas tan bajas que cualquiera cosa podría llevarnos por delante.

—Es mejor morir en la cama que de un tiro en un callejón, pateado por un guarda o en una avalancha de gente desesperada —le contesté.

—No seas tan dramático, hemos sobrevivido hasta ahora y nada parece indicar que no logremos vivir hasta el final de la guerra.

—Ya veo que el espíritu de optimismo que recorre el gueto ha hecho mella en tu mente. La esperanza siempre es buena —le comenté con cierto sarcasmo, aunque me arrepentí al instante.

—¿Cuántas cosas hemos superado juntos?

—Esto es distinto, querida, te lo aseguro, pero ojalá tengas razón. Este viejo carcamal aún tiene deseos de vivir.

Me incorporé un poco y comencé a tomar a sorbos el té.

—Ya no tenemos que comer, los niños se encuentran muy débiles, hay diez enfermos y otros muchos no tardarán en caer en la misma situación.

No contesté, sabía que mi amiga no esperaba una respuesta, lo único que pretendía era poder verbalizar sus inquietudes.

—Deberías animar a Zalewsky y a su familia a que se marchen. Ellos no son judíos y no tiene sentido que sufran aquí dentro.

Me encogí de hombros, no podía tomar esa decisión por el bueno de Zalewsky, era tozudo como una mula.

—Lo intentaré, no te preocupes.

—¿Que no me preocupe? Todo este caos me tiene agotada, hay días que no quiero ni salir de la cama.

En aquel momento me di cuenta de que había descuidado a mi vieja amiga. Estaba tan centrado en buscar la forma de que todos pudiéramos sobrevivir que me había olvidado de cuidar a una de las personas más importantes de la casa.

—Siento haber estado tan ausente, es importante que busque recursos, pero es también necesario que estemos unidos en este momento de adversidad.

Pasamos un par de horas juntos, charlamos sobre el pasado, sobre los inicios de nuestro orfanato y nos reímos recordando los años de la juventud, cuando aún nos creíamos eternos. Fue una de las tardes más agradables que recuerdo. Por unos instantes no nos importó que todo estuviera hundiéndose a nuestros pies, estábamos de nuevo los dos solos en el mundo.

—A veces pienso en las tardes soleadas en Jerusalén, con aquella luz brillante sobre las piedras blancas de la ciudad. El lugar tan exótico y misterioso donde se originó nuestro pueblo. Imagínate, por esas calles caminaron Jeremías, Isaías o David. Aquel templo magnífico construido por Salomón debió ser grandioso —dijo mi amiga emocionada.

Uno de los profesores vino en busca de Stefania y yo decidí vestirme para intentar encontrarme con Irena. No me demoré mucho en llegar al local, ya era algo tarde y se encontraba sola.

—¡Querido doctor, qué gusto verlo!

—Yo la vi hace unas horas, aunque usted se encontraba fuera del gueto.

La mujer me miró sorprendida.

—Estaba con una niña rubia, la sacó literalmente de una

alcantarilla. ¿Ya ha comenzado a sacar niños del gueto? No sabía nada.

La mujer se sentó en la silla que tenía al lado y me tomó de la mano.

—Ha sido algo milagroso. Tenía que ir un momento a mi casa, escuché ruidos en una alcantarilla, pensé que serían ratas, pero de pronto distinguí unos quejidos y lloros humanos. Me costó mucho levantar la tapa, pero lo conseguí con mucho esfuerzo y vi la cara inocente de una niña. Sus ojos azules brillaban a pesar del miedo, su cara sucia estaba atemorizada. Al principio imaginé que estaría con un adulto, pero se encontraba completamente sola.

—Increíble.

—Sin duda sus padres no podían entrar por aquellas tuberías. Me la llevé de la mano, estaba temblando. Caminar con una niña judía a plena luz del día no era una buena idea, pero no podía hacer otra cosa. Quise que la viera el doctor y después llamé al padre Boduen para que le buscara un sitio.

—Me alegro por la niña. Espero que sea la primera de muchos.

—Eso quería comentarle, tenemos un problema.

—Si se refiere a los papeles, el capitán me ha prometido que me los dará muy pronto.

—No es eso, ya le comenté hace tiempo que la SS y las autoridades locales iban a hacer redadas entre los niños que pedían en la calle. Hasta ahora no se habían empleado a fondo, al parecer tenían intereses más importantes a los que atender.

La miré sorprendido, no habíamos vuelto a hablar del tema y había pensado que aquel era otro de los muchos planes que los nazis habían parado, por las necesidades bélicas del frente ruso, de hecho el número de sus efectivos se había reducido mucho en los últimos meses.

—Mi jefe Jan me ha pedido que se haga cargo de treinta niños judíos, los alemanes los capturaron, afortunadamente nos los revisaron, los chicos están circuncidados. Quería convencer a Jan para que los escondiéramos en alguna parte, pero al ser detectados por los alemanes, se darían cuenta de nuestros planes.

—¿Me está pidiendo que cuide a treinta niños más? El trato era sacar a los huérfanos del gueto, no traer a más adentro. Sus vidas corren peligro aquí, tenemos que salvarlos.

—Lo entiendo, pero si los nazis regresan al edificio de los servicios sociales y descubren que son judíos los matarán. De hecho, el jefe de la policía lo sabe, pero nos ha dado unas horas para deshacernos de todos ellos antes de que informe. Ya conoce que la condena por dejar el gueto es la muerte. A ellos no les preocupa que sean seres inocentes que lo único que intentaban era encontrar un pedazo de pan que llevarse a la boca.

Me quedé paralizado, lo que me pedía era una locura. No podíamos alimentar a más bocas, ¿pero qué otra cosa podía hacer? Me encogí de hombros y ella me abrazó.

—Muchas gracias, lo haremos de inmediato.

Sentía que el peso del mundo caía de nuevo sobre mí. No estaba seguro de cuánto más podría soportar.

—Jan ha pensado introducirlos por la brecha que hay en el muro a la altura del distrito Muranów.

—¿Cuándo han pensado hacer la operación?

—Ahora mismo, no podemos esperar a la noche, los soldados tienen la orden de disparar a matar a cualquiera que vean fuera de sus casas después del toque de queda.

—No tengo camas, mantas, ropa ni un lugar preparado —me quejé.

—Mis colaboradoras le darán lo que puedan. Necesitamos un par de voluntarios para que nos ayuden con los niños.

Una hora más tarde, el pequeño grupo de lunáticos que habíamos decidido ayudar a que los niños entrasen clandestinamente estábamos enfrente de la pequeña grieta. Jan llevó a los niños al otro lado y los hizo pasar uno a uno. Los niños atravesaron el muro contentos, felices de regresar a esta pequeña parte del mundo. El gueto era el infierno, pero sin duda era su infierno.

Los llevamos al orfanato y los alojamos lo mejor que pudimos. Parecían un grupo de niños disfrutando de una noche de fiesta, todos tumbados sobre colchones hablando de su increíble aventura.

Acompañé a Irena hasta la puerta y la mujer se quedó mirándome desde el umbral.

—No olvidaré lo que ha hecho por esos niños. Mañana mismo conseguiré más comida, vacunas y en unos días intentaré empezar a sacar a los primeros niños.

—No se preocupe, mi vida ha sido un continuo cambio, muchas veces a peor. Lograré tenerlos a salvo, lo único que puedo prometerle es que mientras esté vivo, ninguno de ellos morirá, si puedo evitarlo.

Mientras la mujer se alejaba me pregunté si podría cumplir mi palabra. De una forma misteriosa siempre había logrado salir adelante, como si algún tipo de fuerza sobrenatural guiara mis pasos. Esperaba que una vez más me ayudara a mantener a todos mis niños a salvo.

CAPÍTULO 32

EL PADRE MARCELI

LO QUE NO PUDIMOS O SUPIMOS HACER en aquellos días en los que el monstruo del nazismo comenzaba a gobernar el mundo me venía constantemente a la cabeza. ¿Quién terminó con nuestra democracia? ¿Por qué el mundo sucumbió tan pronto al fascismo y al nazismo? Muchos creen que por el miedo al comunismo, que tras la Gran Guerra parecía absolutamente imparable. Que los grandes magnates y empresarios, apoyándose en la pequeña burguesía que estaba perdiendo sus derechos y trabajos, junto a los trabajadores sin ideología, se habían unido con los empresarios para conspirar contra el viejo y caduco mundo parlamentario. Ahora imaginaba a mis amigos, los judíos y los no judíos, la mayoría asesinados en cualquier cuneta o torturados en las cárceles de la Gestapo, cuyo único delito era pensar por sí mismos, no aceptar aquel mundo cuadriculado de los totalitarismos. En aquel momento sentía que ya no quedaba nadie para resistir, pero cuando el mal se manifiesta en toda su fuerza, siempre hay algunos que intentan enfrentarse a él.

Tenía que encontrarme con el capitán Neumann para que me diera los papeles en blanco para falsificar documentos. Mientras me acercaba a la prisión del gueto, no podía dejar de sentirme inquieto. Entonces, escuché una voz a mi espalda.

—¡Doctor Korczak!

La voz me resultaba familiar, aunque al ser bastante conocido, no era nada anormal que me llamaran por la calle. Al girarme vi a Marek Edelman, era líder del Tsukunft, una organización juvenil.

—No puedo decirte que me alegre verte aquí —le comenté, el gueto me parecía en aquel momento el peor lugar de Europa.

—Lo mismo digo, pero es en el mundo que nos ha tocado vivir y, como decía mi padre, lo importante no es lo que nos encontramos a nuestro alrededor si no qué hacemos con ello.

—Tu padre era una gran persona, por lo que me han contado.

—Murió por defender sus ideas frente a los bolcheviques. Ahora me toca a mí hacerlo contra los nazis. ¿No es irónico?

—¿Qué podemos hacer nosotros contra las armas de los alemanes?

El hombre delgado, torció su bigote negro y me llevó a un rincón.

—De eso mismo quería hablarle. Los jóvenes nos negamos a morir como ovejas que caminan hacia el matadero. Estamos consiguiendo armas y en el momento propicio nos rebelaremos.

—Aunque lograrais abatir a unos pocos alemanes, en los alrededores de Varsovia hay varios cuarteles y los sustituiréis otros reclutas.

—Muchos alemanes han partido al frente, al menos los rusos están haciendo algo bueno, son como un rodillo gigante que termina con divisiones alemanas enteras.

—Eso he oído, aunque no estoy tan seguro. Los nazis vencieron a los franceses y los ingleses, engullendo a su paso a toda Europa. ¿Piensas que los rusos son mejores que los soldados franceses?

Permíteme dudarlo, países más avanzados apenas han resistido a los alemanes. Lo único que podría salvar a Rusia sería su extensión y el terrible invierno soviético.

—La guerra en el este es muy distinta, los alemanes exterminaban a poblaciones enteras. Los nazis quieren esas tierras para repoblarlas. El instinto de supervivencia es siempre una de las mayores fuerzas de la naturaleza.

—¿En qué puede ayudarte este viejo? —le pregunté impaciente.

—Debería interceder por nuestra causa. El Judenrat no quiere rebelarse y ellos tienen los contactos que podrían ayudarnos. Necesitamos muchas más armas y dinero para comprarlas.

—Los alemanes poseen tanques, aviones…

—Nosotros tenemos coraje. ¿Olvida que Gedeón, con un pequeño ejército, venció a los madianitas?

—En ese caso, fue Jehová quien luchó por ellos.

Marek sonrió y su delgado rostro se tensó por completo. La sonrisa era algo muy poco habitual en aquellos días.

—El mismo Jehová de los ejércitos peleará con nosotros.

—No creo en la violencia. Si nos resistimos les daremos una excusa para que nos masacren.

—Lo entiendo, doctor. Yo, como usted, he dedicado toda mi vida a luchar por la infancia, educando a los niños en valores, pero al mal únicamente se lo puede enfrentar con la violencia. Al menos, esta clase de mal.

—No podéis ganar.

—Sabemos que no podemos ganar, pero a veces luchar ya es una victoria.

Le puse una mano en su delgado hombro; un alemán delgado tenía el doble de cuerpo que él. Los judíos únicamente podíamos componer un ejército de desesperados y famélicos.

—Hablaré con el Comité, aunque a mí tampoco me escucharán. Parecen hechizados por esos alemanes. Por alguna extraña razón creen que todo terminará y que al acabar la guerra nos mandarán a Madagascar o Palestina, que simplemente desean perdernos de vista.

Marek me dio las gracias y continué mi camino. Me acerqué al club del hotel Bretaña, el gitano de la puerta me reconoció enseguida y me llevó de nuevo por la puerta trasera hasta el reservado del capitán.

—Buenas tardes, doctor Korczak.

—Buenas tardes, aunque no estoy seguro de qué significa esa frase en los tiempos que corren.

El capitán me entregó un pequeño maletín, dentro estaban los papeles que le había pedido.

—Es todo lo que he podido conseguir. Los de administración lo controlan todo y no es fácil quitar documentos en blanco.

—Lo entiendo, gracias por todo.

—No es nada, menos que nada. En unos días me mandan al frente.

—Pero usted es de la policía militar. ¿Para qué lo necesitan en Rusia?

El hombre cogió su copa y se la tomó de un trago. Parecía que cada vez bebía más, necesitaba anestesiar su alma de alguna manera.

—¿Quiere beber algo?

—Sí, hoy creo que necesito una copa —le contesté. Mis nervios estaban destrozados y no sabía cuánto tiempo más aguantaría antes de volverme loco por completo.

Una camarera judía me sirvió un vodka. Aunque dentro del club no les obligaban a llevar la estrella de David, únicamente podía haber personal de nuestro pueblo dentro del gueto. La joven llevaba un traje escotado y una minúscula falda para provocar a los soldados aburridos y borrachos. Me lo tomé despacio, intentando disfrutar de la música. Aquel lugar tenía la capacidad de sacarte de la realidad que había fuera de sus paredes.

—Ha sido un placer conocerlo, ojalá hubiera sido en otras condiciones.

—Yo hubiera preferido no conocerlo, no le voy a mentir. Eso significaría que los alemanes no habrían invadido mi país y este lugar no existiría.

—¿Usted cree? No somos los primeros y me temo que no seremos los últimos en perseguirlos. Imagino que simplemente este es el espíritu del tiempo que nos ha tocado vivir.

—¿Tan sencillo? —le pregunté algo confuso. Aquella frase parecía exonerarnos a todos de la guerra, la muerte, el hambre y lo que sucedía en el gueto.

—¿Qué otra cosa puede ser? ¿Realmente piensa que somos tan perversos?

—Me temo que son simplemente humanos, demasiado humanos en el peor sentido de la palabra. Eran un pueblo asustado y acomplejado que no sabía adónde se dirigía y se levantó un hombre que les indicó el camino. Cuando se dieron cuenta, ya tenía un control absoluto sobre sus vidas. El miedo es el arma más peligrosa del mundo.

—Puede que tenga razón, pero yo estaba allí cuando Hitler subió al poder y me alegré. Mi familia había sido siempre democristiana, pero creíamos que las viejas fórmulas ya no valían. Después, muchos nos dimos cuenta de lo que estaba pasando, unos pocos en nuestros hogares nos horrorizábamos con lo que le sucedía a nuestro prójimo, al vecino comunista, al amigo socialista, al profesor judío, pero nadie se atrevía a decirlo en la calle. Por eso debemos asumir nuestra responsabilidad y alzar nuestra voz, pero somos demasiado cobardes para hacerlo. ¿Qué harán a mi familia en Alemania si me niego a cumplir las órdenes? Ya sabemos cómo se trata a los traidores.

—Pero, si se levantan diez mil como usted, ¿quién podría detenerlos, capitán?

Los ojos del oficial transmitían esa tarde una profunda tristeza. Parecía a punto de tirar la toalla, como si sus últimos intentos de no sucumbir a la barbarie que nos rodeaba ya no sirvieran para nada.

—Tal vez una tumba en Rusia es lo que merezco. Sin duda toda nuestra generación es responsable y morir en tierra extraña será el castigo por nuestros pecados.

—La tumba no es la solución. Al final su jefe Hitler tendrá razón, una vez lo escuché decir que no había mejor suerte que gobernar a hombres que no piensan. Usted piensa, capitán, y esa es su desdicha, pero también la única forma de redimirse. Esto —comenté señalando el maletín— es en parte un acto de rebeldía.

Me puse en pie y el capitán se levantó y se puso firme, como si quisiera rendirme un último honor antes de partir.

—Espero que logre escapar de aquí antes de que sea demasiado tarde.

—No me iré sin mis niños, quizás esto pueda ayudarlos —comenté tocando con los dedos el maletín.

Antes de regresar a casa tenía una última visita que realizar. El padre Marceli me esperaba en su iglesia. No encontré a tantos refugiados como las otras veces, el ambiente en la capilla era mucho más melancólico y triste.

—Padre, ¿cómo se encuentra?

—Agotado, llevamos semanas sacando a gente fuera, pero hay otros cientos que esperan escapar de este infierno. Uno nunca se acostumbra a vivir rodeado por el mal absoluto.

—El día que lo hagamos, estaremos muertos, al menos nuestra alma lo estará.

El sacerdote se puso en pie, le entregue el maletín.

—Comenzaremos a crear los certificados y los papeles para los niños, ya saben que para nosotros son prioritarios.

—Se lo agradezco —le contesté.

—A veces me pregunto: ¿qué hace que unos hombres escojan la oscuridad y otros la luz?

—Imagino que la conciencia, esa voz interior que nos dicta lo que está bien y lo que está mal —le contesté, aunque en el fondo me hacía la misma pregunta.

—La conciencia puede ser manipulada, se lo aseguro. En una época, como ya sabrá usted, fui antisemita, me decía que los judíos no merecían mi compasión. Dios me trajo al gueto para que enmendase mi error y pagase por mis culpas.

—Pues lo está haciendo a la perfección.

—¿Usted cree? De cierta forma contribuí al odio de muchos polacos hacia los judíos. Querido doctor, el mal no está fuera de nosotros, anida en lo más profundo de nuestros corazones. Cuanto antes aprendamos esta verdad, será más fácil ponerle coto. Cada uno de nosotros tiene que transformarse en algo mejor, para que el mundo se convierta en un lugar en el que merezca la pena vivir.

—Goethe lo expresó muy bien al comentar que los pecados escriben la historia, pero el bien es silencioso. Al final el bien triunfará, estoy seguro, padre.

El sacerdote me abrazó y me pareció irónico que un viejo judío y un viejo cristiano estuvieran juntos en esto, luchando contra el mismo diablo que nos había confinado entre aquellas paredes.

En aquel día me había encontrado con tres hombres muy distintos, pero que en el fondo eran iguales. Cada uno de ellos a su manera intentaba hacer el bien. Uno luchando con desesperación, otro aferrándose a los últimos vestigios de su humanidad y el último pagando por sus viejos pecados, la mayor de la condenas, el darse cuenta de que había estado equivocado mientras intentaba hacer lo correcto de manera equivocada. No me sentía mejor que ellos, me veía muy inferior. El joven Marek era valiente, una cualidad que yo carecía por completo; el capitán Neumann sincero, yo intentaba engañarme a mí mismo cada mañana para mantenerme en pie; el padre Marceli aprendía de sus errores, mientras que los míos me torturaban cada mañana. Me sentí orgulloso de que el destino me hubiera rodeado de hombres y mujeres superiores a mí, aquella era la única manera de salvar al mundo. La única forma de salvar a la humanidad es haciendo a un solo hombre a la vez, el resto es simple teología y la teología no salva a nadie.

CAPÍTULO 33

LA PLAZA

LA PRIMAVERA NO TERMINABA DE LLEGAR Y las cosas empeoraban cada día más, al menos había parado de nevar y las calles estaban un poco más transitables. La nieve, después de una semanas, dejaba de ser aquella película blanca y suave, para convertirse en una argamasa dura y negruzca. La gente, mal abrigada, parecía refugiarse entre la multitud para entrar en calor. Aquella mañana me dirigía al Gran Gueto para reunirme con los miembros de Centos, también conocida como la Sociedad Central para la Protección de la Infancia. Caminaba deprisa, intentando esquivar a la gente y alejándome lo más posible de los guardas alemanes que siempre parecían interesados en arruinarte la vida.

En una de las calles principales, Henryk Szpilman, el hermano del famoso pianista, se afanaba en vender algunos libros. Me paré y comencé a ojearlos, era uno de los pocos placeres que aún me concedía en el gueto, a pesar de que cada vez veía menos y me costaba mucho concentrarme.

—¿Qué tal va el negocio? —le pregunté sonriente.

—No muy bien, aunque no me puedo quejar. La gente intenta

gastar sus pocos recursos en ropa y comida, pero los libros siguen siendo la única forma efectiva de escapar del gueto y del hambre.

—Eso es cierto, leer es liberador. Las dos veces que he estado detenido y en mi etapa juvenil, devoraba los libros como si el tiempo se me escapara entre los dedos y detrás de cada página me esperara mi ansiada libertad.

—Eso hago yo, es la única manera de soportar todo esto —comentó señalando a la multitud harapienta que caminaba con la cabeza gacha a nuestro lado.

—Eso que nosotros somos unos privilegiados, el Pequeño Gueto es casi un paraíso comparado con lo que sucede de este lado. Aún aquí las diferencias sociales son tan grandes como afuera.

El joven dejó su libro sobre el tenderete improvisado y se puso en pie.

—¿Sabe lo que ha sucedido al pobre Jehuda Zyskind?

—¿El amigo de tu hermano? No he escuchado nada.

A veces prefería no enterarme de demasiadas cosas; el que ignora el sufrimiento al menos no sufre por él.

—La policía del gueto fue a buscarlo a su casa, se llevaron a toda la familia y los entregaron a los alemanes. Ayer los fusilaron, acusándolos de producir publicaciones clandestinas.

—Es horrible. ¿Han matado a toda la familia? —le pregunté. Zyskind se había dedicado al transporte y al contrabando en el gueto y nos había donado alimentos y ropa muchas veces.

La cara del hombre palideció y me giré.

—¿Por qué no llevas el brazalete?

Me quedé parado y vi a uno de los policías judíos a pocos centímetros de mi cara.

—Porque no me da la gana. ¿Algún problema? —le contesté asqueado.

—¿Te vas a poner chulo conmigo, viejo? Sabes que es obligatoria para todos los judíos. ¿Crees que tú eres especial?

El matón era bastante alto, pero cuando uno llega a mi edad, ya no le da mucho miedo la muerte, en el fondo es una vieja amiga que se acerca cada vez más.

—¿No te da vergüenza? Deberías ayudar a la gente, no convertirte en un sicario de los nazis.

El hombre levantó la porra y comenzó a apalearme, logré parar un par de golpes con los antebrazos, pero al final me alcanzó en la frente y comencé a sangrar.

—¡Pare! —gritó el librero, pero el policía me agarró del abrigo y comenzó a tirar de mí. Perdí el equilibrio y me arrastró por la calle. En aquellos momento no sabía quién era ni qué haría conmigo, como si la mente se me hubiera desconectado de repente.

Recuperé el conocimiento en una celda, estaba oscuro, el olor a suciedad mezclado con humedad era insoportable. Me senté de espalda a una pared, apenas podía recordar lo sucedido. Tenía un fuerte dolor en las rodillas, la cabeza y los hombros, pero no tenía nada roto. La sangre de la frente se me había secado y había perdido las gafas.

Escuché unos pasos, después el cerrojo de la puerta y una luz cegadora me nubló la vista.

—¿Qué hace otra vez con nosotros?

El oír la voz del capitán Neumann me tranquilizó.

—Pensé que estaría en Rusia.

—Yo también y, si le soy sincero, casi lo preferiría. Todo el mundo teme ir al frente del este, pero al menos no tendría que ver cada día como el gueto se convierte en un cementerio o peor aún, en una especie de grotesca sala de tortura.

El hombre me ayudó a incorporarme.

—Un amigo suyo se quejó por su detención. Al parecer, no llevaba puesto el brazalete y respondió con malos modos a un policía. ¿No ha aprendido la lección?

—No voy a ponerme ese símbolo de ignominia. Si quieren, que me fusilen, pero no cederé en eso. Lo único que nos convierte en hombres es nuestra dignidad y ya no nos queda mucho.

Salimos al pasillo y caminé torpemente hasta la primera planta. Me llevó a su despacho y me devolvió las gafas.

—Se le cayeron a la entrada de la celda. Lo soltaré de inmediato.

—Gracias de nuevo. ¿Por qué me dijo que lo han dejado en Varsovia?

—Al parecer, en un mes o dos va a comenzar una operación de reubicación y necesitan a todo el personal. Cosas burocráticas, ya sabe. La guerra se le está atragantando al Alto Mando, aunque siguen pensando que vencerán. Necesitan más mano de obra gratis e imagino que por eso están construyendo campos de trabajo por todas partes.

El oficial me acompañó hasta la puerta.

—¿Cómo va el asunto de los niños?

—Los huérfanos se multiplican, está muriendo mucha gente por el hambre y las enfermedades. Ojalá algunos se libren de este infierno pronto.

Al salir a la calle respiré profundo, a pesar de estar magullado, nunca me había sentido tan bien al pisar de nuevo las calles del gueto. Sabía que mi tiempo en este mundo no había terminado. Todos tenemos un propósito por el cual vinimos a la tierra y no partiremos hasta verlo cumplido.

Llegué al edificio de Centos quince minutos más tarde, subí

con dificultad las tres plantas y me presenté ante el jefe del departamento, un hombre joven y bien parecido, con pinta de galán de cine.

—¡Dios mío! ¿Qué le ha sucedido? —me preguntó al ver las heridas en mi cabeza.

—No se preocupe, estoy bien, un pequeño percance.

—No debería salir solo. Las cosas están cada día peor en las calles. Asaltan a la gente por un abrigo o unos zapatos, ya no se respeta ni a los ancianos.

—Me temo que esto me lo ha hecho un policía.

—Esos son delincuentes con licencia para robar y matar.

Me senté en la silla, el hombre sacó un pesado informe y lo colocó sobre la mesa.

—Queremos pedirle algo muy importante. Sabemos el extremo esfuerzo que lleva realizando en su orfanato, pero hay un centro en la calle Dzielna, que está abandonado. Esos niños han sufrido mucho y necesitan su ayuda.

No podía creer lo que estaba escuchando.

—¿Me está pidiendo que dirija otro orfanato?

—Doctor Korczak, no hay nadie más capacitado que usted para realizar esa tarea. Esos pobres seiscientos niños se están muriendo de hambre.

—¿Seiscientos niños? Es casi tres veces más grande que mi orfanato. ¿De dónde sacaré la comida, la ropa, los profesores y el carbón?

—Nosotros lo ayudaremos en lo que podamos. Muchos de los niños están enfermos, el anterior director murió y lo cierto es que el centro estaba en unas condiciones deplorables.

El hombre puso unas llaves en la mesa.

—Tiene que actuar a la mayor brevedad posible. Sin su apoyo, la mayoría morirá antes de que termine la semana.

Me puse en pie con dificultad, no era a causa de las heridas, sentía el peso de esas seiscientas vidas que de repente dependían de mí. No me lo podía creer. ¿Cómo podía ayudarlos? En otro lugar y otra época aquello me hubiera supuesto un nuevo y emocionante reto, pero ahora se trataba de un plan lunático, casi de una pesadilla de la que necesitaba despertar.

CAPÍTULO 34

MORIR POR NADA

AQUELLA TARDE OSCURA Y NUBLADA VISITAMOS EL orfanato de la calle Dzielna. Irena nos acompañó con tres de sus colaboradoras y yo llevé a Agnieszka y otros tres educadores más. Abrí la puerta y lo primero que nos vino fue un olor nauseabundo. La oscuridad reinaba en la entrada y la escalera, como si estuviéramos accediendo a un cementerio. Entramos y pisamos con cuidado, apenas veíamos nuestros zapatos, no se escuchaba nada. Abrimos las ventanas para ventilar y corrimos las cortinas polvorientas, mientras dos de las personas comenzaban a limpiar las zonas comunes y la cocina repleta de bichos, el resto subimos a la primera planta. Las escaleras crujían, parecían a punto de desmoronarse, como casi todo en aquel edificio. Entramos en una de las grandes habitaciones, la de las niñas que parecía vacía, hasta que en medio de la oscuridad se escucharon los gemidos y las toses de las pobres huérfanas. Intuíamos sus cuerpos esqueléticos sobre las camas, pero hasta que abrimos las ventanas y las cortinas no pudimos ni imaginar las condiciones en las que se encontraban aquellas criaturas.

—¡Dios mío! —exclamé. El resto de colaboradores corrió hacia las camas para atender a las pequeñas. Todas parecían enfermas y demasiado débiles como para ponerse en pie.

Intenté contener las lágrimas, no quería que aquellas niñas vieran el horror en mis ojos. Después nos dirigimos al cuarto de los niños y repetimos la misma operación. En esta al menos había un par de niños en mejor estado.

Subimos a la otra planta, me seguían Irena y Agnieszka. Al abrir la gran habitación de la buhardilla contemplamos casi doscientos niños y niñas, eran los más pequeños. Nos acercamos a sus camas. Los dos primeros estaban tapados casi hasta los ojos, los toqué y se encontraban fríos.

Agnieszka tomó a una pequeña entre sus brazos, sus mejillas hundidas y su esquelético cuerpo se retorció. Mi amiga la abrazó entre lágrimas.

—Tranquila cariño, ya estás a salvo.

Me pregunté si aquel deseo se haría realidad. Antes de acabar el día, un buen número de aquellos pequeños estarían muertos. Ya no podíamos hacer nada por ellos.

Pasamos las siguientes horas limpiando a los niños, cambiando las sábanas, dando de comer a los más débiles. Los pobres no tenían fuerzas ni para llorar, pero nos miraban con sus ojos grandes y atemorizados, algunos sonreían con timidez, como si se hubieran olvidado de cómo se hacía.

Terminamos exhaustos, dos de los hombre bajaron los cadáveres, los colocamos frente a la puerta para que los sepultureros los recogiesen en sus carretas, como si fueran simple basura. Aquellas eran todas las exequias que se hacían a los muertos. En el cementerio, un rabino rezaba por ellos unas letanías, mientras los enterraban en fosas comunes.

Tres de los profesores se quedaron en el orfanato, entre ellos Agnieszka, quien nos fue a despedir a los demás a la puerta.

—¿Estás segura? Tu hijo te echará de menos.

La cara de la mujer apenas podía refrenar las lágrimas.

—Dios mío, no puedo dejarlos así. Esta noche morirán varios, que al menos lo hagan en nuestros regazos.

Nos abrazamos, tenía el alma rota, pero debía recomponerme por todos los que se encontraban vivos, por los que podíamos salvar aún. Recorrimos las calles solitarias e Irena se despidió cariñosamente de nosotros.

—¿Sabe qué es lo que me da más coraje? Paso el día aquí, entre este horror que crece cada vez más, pero después salgo del gueto y tengo la sensación de que nada de todo esto es real, que detrás de estos muros lo que sucede no es más que mi fantasía. La gente fuera sufre, tienen hambre y miedo, pero son dueños de sus vidas. Aquí la gente es esclava y muere a cada instante sin entender por qué los odian tanto, qué han hecho para merecer todo esto.

—Descanse, mañana será otro día —le aconsejé.

—Cada vez que me tumbo en mi cama me pregunto si seré capaz de regresar, me escondo debajo de mis sábanas horrorizada.

Tras separarnos de las trabajadoras sociales nos dirigimos a nuestro orfanato, y al entrar nos pareció que en comparación aquel era un sitio acogedor. Stefania me preguntó por la situación de los niños. Yo que siempre tenía algo ocurrente que responder, no supe qué contestar, me encontraba completamente mudo. Aquel hogar no era un orfanato era la prefuneraria para niños. Hasta aquel punto habíamos llegado: los cadáveres se amontonaban por todas partes y las sombras se extendían sobre nosotros, como una terrible tormenta que está a punto de desatar toda su furia y nada puede ya detenerla.

CAPÍTULO 35

LA PELÍCULA

No había tiempo para las lágrimas, mis polluelos estaban
muriendo, algunos ya habían logrado escapar con la ayuda de
Irena y su red de acogida, pero a aquel ritmo, no sacaríamos ni a
una decena antes de que fuera demasiado tarde. Las cosas habían
empeorado aún más en las últimas semanas, los policías judíos ca-
zaban a personas por la calle y se las llevaban para reubicarlas, al
menos esa era la versión oficial. El trabajo de los dos orfanatos me
tenía tan entretenido que los días pasaban veloces, mientras afuera
comenzaba a desatarse el caos.

Aquel día Irena me había pedido que le llevara una de las niñas
pequeñas, tenía los rasgos y las características necesarias para
pasar desapercibida en una familia aria. Mientras llevaba a Anna
de la mano pensaba en qué sería de ella. Quizás, dentro de unos
años, no recordaría nada, no sabría que sus rescatadores no eran
sus padres, que su destino era otro, tal vez criarse en una familia de
abogados ricos o de campesinos. En el fondo, ¿qué nos convierte
en quienes somos? ¿Nuestra familia? ¿Las circunstancias o la herencia genética?

—¿A dónde vamos? —me preguntó la niña. Llevaba puesto su mejor vestido y Stefania le había hecho dos hermosas trenzas rubias por lo que parecía una pequeña princesa.

—Vamos a ver a Irena y esperamos ir lejos de aquí. ¿Te parece bien?

—¿No volveré a ver a mis amigas?

—Nunca se sabe, la vida da muchas vueltas. Será lo que Dios quiera.

La niña frunció el ceño, no le parecían convencer mis comentarios.

—¿Por qué tengo que irme? ¿Qué les pasará a los demás?

Me sorprendieron aquellas preguntas, pero la realidad era que el gueto obligaba a los niños a madurar demasiado rápido.

—No lo sé, a veces no tenemos las respuestas. Espero que todos un día seáis felices, que os encontréis en los caminos de la vida y, aún estos terribles momentos os recordéis como emocionantes.

Llegamos al local, estaba vacío, era mejor que no hubiera testigos.

—Hola Anna, me alegra que estés aquí —le dijo la trabajadora social en cuanto abrimos la puerta.

—Hola señorita Irena.

—Hemos encontrado una familia para ti, pasarás la noche en el orfanato del padre Boduen, pero después una chica muy guapa llamada Wladka te llevará a tu nuevo hogar. ¿Estás contenta?

—¿Debería estarlo? —contestó la niña muy seria.

—Imagino que sí, la mayoría de los niños no consiguen unos padres. Tú eres muy afortunada.

—Tranquila, ya se acostumbrará —intervine. Sabía que los cambios nunca eran sencillos, los niños echaban de menos a sus amigos y su antigua vida.

—Estos son tus papeles y tu nuevo nombre.

—¿Por qué me ha cambiado el mío? ¿Acaso no le gusta?

—Anna es precioso, pero ahora comienzas una nueva vida y tienes que ponerte un nuevo nombre. En el fondo es como un juego, nadie puede saber que eres Anna. ¿Lo entiendes? Si los nazis lo descubren podrían hacer daño a tu nueva familia, a tus antiguos amigos, a todo el mundo.

—No se preocupe, soy una tumba. Sé guardar un secreto.

—¿Cómo la vais a sacar?

—Afortunadamente es pequeña, hemos preparado un compartimento en la ambulancia municipal, pero Anna tiene que estar muy callada. ¿Lo harás? —le preguntó mientras se inclinaba hacia ella.

—Seré la más silenciosa de las niñas del mundo —contestó con su dulce sonrisa.

En la parte trasera del local ya esperaba la ambulancia con su conductor, el hombre llevaba una bata larga y blanca que no disimulaba su inmensa barriga.

—Doctor Korczak, es un placer saludarlo. Dios lo bendiga por lo que está haciendo con estos niños. Me llamo Aniol.

—No es nada, son como mis hijos. Gracias a usted por arriesgar su vida por ellos.

—Tenemos que hacer algo —dijo mientras se quitaba la gorra y se rascaba su pelo rubio y rizado.

Irena acomodó a la niña en el pequeño espacio y antes de cerrarlo le dio un beso en la frente.

—Tranquila, enseguida estaremos fuera. Puedes respirar, hay aire suficiente.

Anna le devolvió la sonrisa y cerró sus ojitos. Irena cerró la puerta de la ambulancia y el conductor se puso al volante.

—No se preocupe, todo saldrá bien. Ya lo hemos hecho otras veces.

Me sentía nervioso, casi histérico, pero me limité a apretar el sombrero con la mano y sonreír.

—Esperéis un momento.

Abría la puerta, después el compartimento en el que estaba encerrada y la besé en las mejillas, que estaban muy calientes.

—Te quiero, Anna, nunca te olvidaré.

—Yo tampoco, doctor, gracias por ser tan bueno.

Cerramos la puerta de nuevo y la ambulancia arrancó. La seguí hasta la entrada del gueto y esperé a que superaran el control. Respiré hondo y cuando lograron salir hice un gesto de euforia. Al menos los nazis no podrían terminar con la vida de la pequeña Anna, me dije mientras regresaba al orfanato. Apenas había andado unos pasos cuando vi a unos alemanes grabando. En alguna ocasión ya había observado a un soldado haciendo fotos o grabando, pero aquel era un equipo profesional.

No me apetecía regresar a la casa, llevaba días sin estirar las piernas ni sentir el aire en mi rustro, por lo que me dirigí al despacho de Adam Czerniakóv, el presidente de la Judenrat. El secretario me dejó pasar, a aquella hora no solía estar muy ocupado y lo vi sentando en su silla. Parecía algo más animado que de costumbre. Si yo me sentía abrumado por gobernar a dos orfanatos, no quería ni pensar en cómo podía sentirse él, que tenía a cargo algo más de trescientas mil personas.

—Doctor Korczak, ¿a qué debemos su visita? Usted nunca hace puntada sin hilo. ¿Acaso no le están llegando los suministros prometidos?

—Nunca llega lo suficiente, pero eso ya lo sabe, además la

situación en el otro orfanato que dirijo ha mejorado, pero no demasiado.

—Ya sabe que hago todo lo que puedo.

—Me consta, pero me ha picado la curiosidad al ver los equipos alemanes grabando por las calles.

El hombre levantó las manos y con un gesto de fastidio comentó:

—Ya sabe lo teatrales que son los alemanes. Ahora se les ha ocurrido grabar un documental de la vida en el gueto. Su ministerio de propaganda sigue muy activo a pesar de la guerra.

—Pero ¿cuál es su intención?

—Imagino que dar una mala imagen de los judíos y al mismo tiempo defender que nos tratan humanitariamente, aunque en cuanto graben unos minutos, todo el mundo verá lo que están haciendo en realidad con todos nosotros. Nos están matando de hambre y frío.

Aquella me parecía la más macabra de las ideas de los nazis, nos trataban como verdaderos animales a los que exhibir en un zoológico.

—Espero que no intenten ir a mi orfanato, le aseguro que no les permitiré grabar ni una toma.

—No creo, ya han pedido los permisos, quieren grabar una reunión en mi despacho, en unos baños rituales, además de las calles, los cabarets y otros establecimientos. Ese tipo de cosas.

—Mejor sería no entrar en su juego.

—A veces no nos queda más remedio, la vida de muchos está en peligro.

—Le aseguro que no sé cómo puede tratar con esas bestias, en el fondo lo admiro presidente.

—A veces tenemos que tratar con el mismo diablo con tal de

salvar a unos pocos. Me han llegado algunos informes comentando que los bombardeos de la RAF sobre Alemania se están incrementando. Han destruido muchas fábricas, trenes y redes de abastecimiento, los nazis están probando su propia medicina. En Yugoslavia los comunistas se han rebelado a los alemanes y han tenido que enviar a varios cuerpos de ejércitos para atraparlos. Aunque lo más gordo es el asesinato de Heydrich en Praga, era la mano derecha de Himmler, el artífice de todo esto. Por no hablar de que los rusos están haciendo retroceder a los alemanes en todos los frentes.

—Son buenas noticias, ojalá acabe pronto la guerra, aunque la verdad es que pienso que Hitler y sus secuaces se saldrán con la suya.

—¿Cómo puede decir eso, doctor Korczak?

—El mundo se ha vuelto loco, ya nadie respeta la vida humana. ¿Cree que los aliados no saben lo que están haciéndonos los alemanes? Hasta el Pio XII lo sabe perfectamente. A nadie le importan los judíos, los países aliados cerraron la puerta a miles de refugiados antes de la guerra, el antisemitismo está enquistado en todo el mundo —le comenté indignado.

—Los nazis son unos bárbaros, pero pertenecen a una cultura muy rica, al final comprenderán que les somos más útiles vivos que muertos. Sus hombres están en el frente y nosotros podemos seguir haciendo miles de artículos que necesitan para ganar esta guerra.

Aquel optimismo me enfermaba, pero entendía que el bueno de Adam Czerniakóv necesitaba aferrarse a algo para no caer en la desesperación.

—Los jóvenes están organizando la resistencia armada, me pidieron que se lo comunicara.

—¡Eso es una locura! ¡Harán que nos maten a todos! —contestó el presidente indignado, su rostro se transformó de repente.

—Dicen que es mejor morir de pie que vivir de rodillas, puede que tengan razón. El colaborar con los nazis no ha servido de mucho.

—Estamos vivos, ¿verdad? Sus niños comen y respiran, para eso ha servido negociar con los alemanes. Si les damos una sola excusa destruirán el gueto con todos nosotros dentro.

—Bueno, simplemente tenía que comunicárselo. Si les ayudaran, podrían conseguir más armas y resistir.

—Mientras yo dirija esto no usaré la violencia. Me parece increíble que usted, un pacifista declarado me pida algo así.

—Hasta el pacifismo tiene un límite. Cuando se trata de salvar a ancianos, mujeres y niños inocentes, debemos poder defendernos.

Me puse en pie, parecía que siempre acababa discutiendo con el pobre presidente del Judenrat. Dios sabía que aquella no era mi intención, no quería añadir más dolor y una carga más pesada a su dura existencia.

—No defiendo la violencia, pero los jóvenes tienen derecho a morir con dignidad, es lo último que les queda.

—Yo renuncié hace tiempo a ella, para al menos salvar a la mayor parte de mi pueblo.

—Admiro su empeño, espero que algún día se lo reconozcan —le dije mientras me despedía.

Regresé a las calles y me quedé observando a los cámaras, que en ese momento grababan a una mujer que gritaba desesperada con su bebé en brazos. Me pareció tan inhumano y cruel que le robaran hasta aquel acto tan íntimo de dolor, que estuve tentado a lanzarme contra ellos. Aunque lo que realmente me horrorizó fue la indiferencia de la gente que la rodeaba. Tenía la sensación de que los nazis habían ganado ya la guerra al lograr que nos deshumanizásemos de aquella forma. Si algún día nos liberaban del infierno, nuestras almas se quedarían de todas formas presas en él para siempre.

CAPÍTULO 36

AMOR EN EL GUETO

DESDE HACE DEMASIADO TIEMPO FUI CONSCIENTE DE que no estaba defendiendo mi vida, ni siquiera mi obra, lo que realmente defendía era la vida de todos los niños a mi cargo. Ellos lo habían perdido todo: primero a sus familias, a sus padres y hermanos, ahora la esperanza de un futuro. Desconocen su trágico destino, porque la inocencia de la infancia les impide que vean la realidad cara a cara. A lo mejor lo que ellos percibían era la verdad y nosotros, envanecidos y envejecidos por la edad, no veíamos que hay cosas más importantes que la vida o la muerte, la salud o la enfermedad. Algunos de los pobres pequeños han sufrido tales traumas, que estoy seguro de que nosotros no lograríamos superar. He visto a madres quitarse la vida delante de sus hijos, a padres tiroteados mientras caminaban de la mano de su hija pequeña. En algunos casos hemos sacado a niños de los escombros, aferrados a sus padres muertos que estaban en estado de descomposición. A pesar de que esta haya sido mi cuarta guerra y segunda revolución, jamás había visto tanto dolor desatado sobre un pueblo, nuestro pueblo.

Cada día me pasaba por el orfanato de la calle Dzielna, donde la situación había mejorado mucho gracias a la ayuda de Irena, pero sobre todo por el tesón de Agnieszka y algunos educadores que se habían entregado a los niños en cuerpo y alma. Los pobres huérfanos necesitaban mucho más que comida y ropa, sus almas se encontraban tan marchitas, tan muertas, que una simple sonrisa, un cuento leído a media voz, les iluminaba el rostro y hacía que mejorase su salud.

—Gracias por venir con lo ocupado que está —me dijo Agnieszka tras saludarme.

—No hay mejor ocupación en el mundo que estar unos minutos con un niño.

Nos acercamos a la sala de los más pequeños, algunos habían recuperado el rostro regordete y otros, aunque enfermos, al menos se sentían limpios y amados. Al ver a aquellos niños pensé en los cientos que había salvado a lo largo de mi vida. Muchos de ellos estaban muriendo debido a la duras condiciones del gueto, pero aún así el trabajo había merecido la pena. ¿Qué es la existencia? Apenas un minuto en la infinitud, somos como sombras a las que Dios les ha otorgado una llama que nunca se apagará.

Comencé a saludar a cada uno de los niños, tocándoles la cabeza rapada, besándoles las heridas, realizando un truco de magia torpe o simplemente sonriéndoles.

—El doctor Korczak os va a contar un cuento.

Los niños que caminaban se sentaron en el suelo haciendo un semicírculo, el resto se quedó en sus asientos o en los brazos de los cuidadores.

—Dejadme que os narre brevemente la historia de un gato, pero uno muy peculiar. Todos lo llamaban el gato con botas y os explicaré por qué.

Sus ojos se abrieron como si intentaran devorar mis palabras, se reían, aplaudían, parecían tan vivos que me dio aún más pena el saber que sus esperanzas se desvanecían cada día un poco. Siempre que me pasaban esas cosas pensaba: «un día más». No debía agobiarme, cada día tenía su propio afán. Hoy era único y no se repetiría jamás.

—No necesitamos mucho para que las cosas nos salgan bien. Un simple gato con botas utilizó su astucia para que su joven amo pasara de ser el hijo arruinado de un molinero a un marqués rico, que se llegó a casar con la hija de un rey. Si la gente fuera del gueto nos viese, pensaría que somos los más desdichados del mundo. Puede que tengan razón, pero lo que importa es cómo nos vemos nosotros mismos. Cómo nos vemos nosotros será la forma en la que al final nos terminará viendo el resto del mundo.

Los niños comenzaron a aplaudir.

—Por favor, no os rindáis jamás.

Me puse en pie y Agnieszka se me acercó.

—¡Gracias! Cada vez que vienes les infundes ánimo. Mira sus rostros.

—Puede que esté mal darles esperanza. No lograremos superar otro invierno y estamos a finales de mayo.

—Tal vez termine la guerra antes.

—No, el frente ruso se ha estabilizado, a los norteamericanos les están dando una paliza en el Pacífico los japoneses y en Polonia la resistencia es muy pequeña. ¿Quién va a venir a socorrernos? La única solución es sacar a todos los niños posibles, pero lo estamos haciendo con cuentagotas.

Aquella situación me desesperaba de verdad.

—Esperemos que antes del invierno hayamos sacado a la mayor parte.

Le acaricié el rostro a mi amiga.

—Me gustaría que escaparais vosotros primero. Henryk y tú ya os habéis arriesgado demasiado.

La mujer negó con la cabeza.

—¿Qué sucederá con estos niños? No puedo dejarlos solos.

—No estarán solos, yo me encargaré de ellos. Tendrán el cuidado que necesitan, al menos mientras yo esté vivo.

Nos abrazamos y sentí sus lágrimas en el cuello.

—Janusz, eres un gran hombre.

—No, soy un viejo que está intentando morir con cierta dignidad.

Me acompañó a la salida y antes de marcharme me preguntó si asistiría a la boda de unos amigos, Pawel y Bela.

—No sé si estoy para bodas.

—Venga, al menos dejaremos de pensar en este horror por un momento.

Stefania me terminó por animar a asistir a la boda. Unos pocos cuidadores se quedaron con los niños y el resto nos vestimos con nuestras mejores galas. La celebración era en la Gran Sinagoga, un edificio suntuoso de columnas griegas y pórtico clásico con una cúpula que se asemejaba a una corona real. Una de las pocas joyas que quedaban del pasado glorioso de los judíos de Varsovia. Tal vez ese había sido el problema, habíamos prosperado mucho, levantando la envidia de todos nuestros vecinos. Ascendimos por la escalinata, creíamos que sería algo bastante íntimo, los novios eran dos educadores de otro orfanato con los que teníamos mucha amistad.

Entramos al templo y nos sorprendió la multitud que había

acudido a la celebración. Pensé que de alguna manera aquellas fiestas nos hacían olvidar a todos en qué situación nos encontrábamos.

Nos sentamos en unas de las primeras filas, junto a la familia, desde allí podíamos ver la ceremonia con toda tranquilidad. Stefania se encontraba a mi derecha y Agnieszka a mi izquierda. Ambas se habían puesto elegantes, aunque mi vieja amiga era mucho más austera que la joven viuda.

El rabino ya se encontraba bajo el jupá, llamó al novio y tras él a toda la familia cercana, y por último invitó a la novia que fue del brazo de su tío (su padre había muerto unos meses antes).

El rabino comenzó pronunciando las siete bendiciones o Sheva Bejarot. Después les pasó la copa con el vino ceremonial a los novios, ambos bebieron y antes de seguir, un niño entregó los anillos a los contrayentes.

—Tú eres consagrada por este anillo conforme a la ley de Moisés e Israel —dijo el novio mientras colocaba la alianza. La novia repitió las palabras ceremoniales. Ambos iban con trajes oscuros sencillos, no había dinero para lujos en el gueto, pero sus rostros transmitían una profunda felicidad.

No pude dejar de hacerme la pregunta de cómo era posible que dos personas quisieran casarse en una situación así, pero en el fondo en eso consiste la vida. Tenemos que seguir creyendo, luchando y celebrando, porque el día que dejemos de hacerlo estaremos todos muertos. El amor era el mejor antídoto contra la desesperación.

El rabino leyó la ketubá, en la que se habla de las obligaciones del matrimonio. Después firmaron el documento y los testigos lo refrendaron. Luego cubrieron a los novios con un gran velo mientras se realizaban las oraciones y las bendiciones rituales. Entonces el novio arrojó al suelo la copa de vino y la pisó, simbolizando la destrucción del Templo de Jerusalén. Hasta en aquella ceremonia tan feliz, existía el recordatorio de que en la vida vendrán muchos momentos difíciles.

Stefania me cogió la mano y la apretó levemente. Sabía lo que quería decirme. Muchas veces había pensado en pedirle matrimonio, pero nuestras vidas ya eran suficientemente difíciles, por otro lado no quería atarla a un hombre que no deseaba tener hijos y que temía volverse loco como su padre. Le besé la mano y le dije al oído.

9 Cautivaste mi corazón,
hermana y novia mía,
con una mirada de tus ojos;
con una vuelta de tu collar
cautivaste mi corazón.
10 ¡Cuán delicioso es tu amor,
hermana y novia mía!
¡Más agradable que el vino es tu amor,
y más que toda especia
la fragancia de tu perfume!
11 Tus labios, novia mía, destilan miel;
leche y miel escondes bajo la lengua.
Cual fragancia del Líbano
es la fragancia de tus vestidos*.

Stefania me sonrió, sabía que aquellos versos del libro de Cantar de los Cantares salía de lo más profundo de mi corazón. No

---

* Cantar de los Cantares, capítulo 4: 9–11. Nueva Versión Internacional.

estábamos casados, pero habíamos compartido nuestra vida juntos. Unidos en las alegrías y en las tristezas, en la salud y en la enfermedad, sabiendo que nos necesitábamos para soportar la inmensa soledad que siempre nos produce el mundo cambiante que nos rodea. Cuando la gente comenzó a aplaudir y gritar, en medio de la algarabía sentí la fuerza del amor, sin duda la más poderosa del mundo, y el mal se disipó por unos instantes, dejando que acariciáramos por última vez algo parecido a la felicidad.

CAPÍTULO 37

ENSAYO PARA LA MUERTE

DURANTE TANTO TIEMPO HABÍA BUSCADO LA MUERTE y ahora era ella la que salía a mi encuentro. Me sentía tan débil, las piernas me temblaban, hasta vestirme cada mañana se había convertido en un terrible suplicio. Los dedos se resistían a ayudarme y no podía ponerme los botones, el diente roto me hacía yagas en la lengua, me costaba respirar y me escocían los ojos. A pesar de todo, cada mañana me levantaba e intentaba que nuestro barco no zozobrara, al menos todavía.

El mes de junio había comenzado con muy malos presagios, cada vez se detenía a más gente, muchos no los volvíamos a ver. El gueto se vaciaba poco a poco, las autoridades calculaban que casi cien mil personas ya habían perdido la vida desde el principio de nuestro suplicio. La mayoría debido al hambre y las enfermedades, pero en el próximo invierno estábamos seguros que fallecerían la mayor parte de los que aún quedábamos vivos, porque la gente se encontraba demasiado débil para soportar el frío de nuevo. Las calles del gueto iban reduciéndose para acomodar a la población

272

no judía y, como ratones encerrados en una trampa, los nazis nos aplastaban de todas las formas inimaginables.

Me levanté con muchas dificultades y me fui al orfanato de la calle Dzielna. Cuando pasaba al lado de la cárcel de mujeres a la que llamaban Serbia pude ver asomado a la ventana, apoyado entre los barrotes, al norteamericano Nosjztar, el antiguo director de Joint.

—¿Cómo se encuentra hoy? —grité y el hombre dejó su ensimismamiento.

—Muy mal, cada día peor. Me han prometido muchas veces soltarme, pero ahora soy prisionero de un país enemigo. Me advirtieron de que la guerra era inminente para que abandonase el país, pero ¿cómo podía dejar a mis hermanos en esta situación? La gente en mi país no imagina lo que sucede en el gueto ni en toda Polonia y Alemania. Hay decenas de lugares como este por todas partes. Los nazis están destruyendo a los judíos de Europa.

Sus comentarios me estremecieron hasta el punto que no le creí. ¿Cómo iba a estar sucediendo eso sin que el mundo hiciera nada? Una cosa eran las leyes antisemitas, los abusos y los desmanes que habían comenzado desde 1933 en Alemania, pero otra muy distinta era un plan organizado a nivel continental.

—Están asesinando a miles de judíos en el frente del este. Lograrán exterminarnos a todos —repitió, como si entendiese que en el fondo no le creía.

A su lado la actriz Klara Segalowitz lo miraba con cierta indiferencia, compartían celdas contiguas, pero no podían ser más diferentes.

—Lo lamento, pero no creo ni una palabra. He visto lo que los nazis hacen con nosotros, pero es imposible que tengan un plan organizado. Estos salvajes deberían cuidar de nosotros, en el fondo les somos muy útiles. Cuando termine la guerra nos enviarán a alguna parte —dijo la actriz.

—Señora Klara, me temo que su optimismo roza lo absurdo. Usted es de Ucrania y le han negado el derecho a salir de aquí. Una actriz de su renombre, todo un símbolo del teatro y el cine. Imagine que harán con el judío de a pie que nadie conoce en lugares como Kiev o Minsk.

—¡Los estoy viendo! —gritó alguien en alemán.

Sabíamos que aquella advertencia era en serio, ya que en los últimos tiempos los guardias se dedicaban a disparar a los transeúntes sin previo aviso, como si fuera un mero entretenimiento.

Retomé el camino. Teníamos que llevar a los niños sanos al otro orfanato, aquel día habíamos decidido celebrar un acto solemne en el que participarían todos los alumnos.

Una hora más tarde habíamos reunido a todos los niños en el auditorio. Me gustó verlos allí a todos de nuevo. No había actos especiales desde la fiesta de Navidad. Los niños estaban sentados y en silencio, ya no alborotaban como antes, no tenían fuerzas para hacerlo.

—¡Queridos niños y niñas! Amados educadores que están dando su vida por nuestro presente y futuro, porque los pequeños no son solo futuro. Al fin y al cabo, ¿qué es el futuro? No existe, es una mañana incierta que nunca sabemos si llegará a cumplirse. Hoy estamos aquí, nuestras piernas nos sostienen y nuestra cabeza permanece en alto. A nuestra querida casa se han unido los niños del nuevo orfanato. Todos pertenecemos a la república de los niños. Hoy estamos aquí para declarar nuestra independencia y proclamar los valores de nuestra república.

Deje paso a uno de los niños y este comenzó a recitar las leyes de nuestra nueva república.

—Nosotros los niños nos comprometemos a crear un mundo mejor, más justo, en el que todos tengamos los mismos derechos y nadie sea despreciado por el color de la piel, su nacionalidad o religión.

—Nosotros los niños nos comprometemos a crear una sociedad justa, en la que el obrero reciba un salario justo que le permita vivir y mantener a su familia con dignidad.

—Nosotros los niños nos comprometemos a fomentar el amor entre todos los hombres, para que el odio no gobierne el corazón de los seres humanos.

—Nosotros los niños deseamos la paz, un mundo sin guerra ni violencia.

—Nosotros los niños amamos a nuestros enemigos, porque la única forma de convertir a un enemigo en amigo es por medio del amor.

—Nosotros los niños, con la ayuda de Dios, buscamos la felicidad, conscientes de que la única forma de alcanzarla es procurando también la felicidad de nuestros semejantes.

Me uní al grupo que esperaba firme y puse la bandera verde en medio.

—Esta es nuestra bandera, su color es verde como la esperanza, porque todos deseamos y queremos un futuro mejor —dijeron todos los niños a coro.

Di un paso al frente, me sentía muy débil, pero saqué fuerzas de algún lugar y comenté:

—Nuestra labor como educadores es cultivar el amor por los seres humanos, por la justicia, la verdad y el trabajo. El amor es la base de todo lo que somos. Nacemos por el amor, somos criados con el amor de una madre y un padre, aprendemos a amar y eso nos convierte realmente en seres humanos. La justicia es lo único que nos permite convivir. Frente a las acciones malas de los hombres, la justicia es nuestra defensora. La verdad es como una antorcha que nos guía en la noche más oscura, pero un día vencerá a las sombras de nuevo. Trabajamos unidos por el pan, pero sobre todo por la unidad, no podrán doblegar jamás nuestra alma. Que Dios nos asista.

Todos aplaudieron de nuevo, tomamos la bandera y salimos a la calle donde dimos un breve desfile alrededor del edificio. La gente nos miraba asombrada. No entendían lo que sucedía. Éramos el pequeño ejército de la república del amor y no teníamos miedo a nada.

Después de la ceremonia los niños regresaron a sus cuartos. Se encontraban exhaustos, las raciones eran cada vez más pequeñas y los niños se movían como ancianos, sin fuerzas y con poco ánimo. Yo tampoco me encontraba muy bien, pero acompañé al grupo que llevaba al otro grupo a su orfanato. A la vuelta se me acercó Agnieszka y se agarró de mi brazo.

—Un gran discurso, al león aún le quedan colmillos.

—Los de un gatito. Tengo fuertes dolores, lo único que pienso es en estar tumbado en mi cama y tomar un trago del mejunje que tengo debajo del colchón.

—Es un buen hombre —me dijo mientras me acariciaba el rostro.

—Ya sabes que soy inmune a los halagos.

—Eso es cierto, pero no a los que haga a sus niños. Ha creado una nación de hombres libres y eso, en los tiempos que corren lo han convertido en un verdadero héroe. Todos somos esclavos de nuestros convencionalismos, nos hemos convertido en seres egoístas y asustadizos, esos niños son verdaderamente libres.

Caminamos bajo el cálido sol de junio que estaba a punto de

desaparecer. El verano siempre nos traía la esperanza de una vida plena. Pensé en los campamentos de verano, en las salidas al campo, en el agua fresca del río. Añoré los árboles, las ardillas correteando por sus troncos blancos y los pájaros entonando el eterno y celestial concierto que llevaban miles de años interpretando. Frente a aquella perfección se encontraba nuestro mundo, el pequeño infierno que había creado el ser humano y que llamaban civilización. Deseé con todas mis fuerzas regresar al Edén, ser libres de nuevo, por fin libres.

CAPÍTULO 38

ABRAHAM

Habíamos preparado un cuarto para orar. Algunos profesores se extrañaron, ya que sabían que siempre me había declarado como agnóstico, incluso en algunas etapas de mi vida había rozado el ateísmo. Nuestro orfanato era secular, jamás habíamos enseñado la Torá o la Biblia, aunque siempre habíamos respetado escrupulosamente las creencias de los pequeños y sus padres, pero yo llevaba un tiempo orando. No había aprendido yidis hasta muy mayor, desconocía buena parte de la Biblia y no hubiera sabido cómo definirme, imagino que una buena forma de explicarlo hubiera sido «en búsqueda».

La oración, según me comentó un sabio rabino, no es el cielo inclinándose sobre ti, ante todo uno mismo ascendiendo en las alas de la oración.

Aquella mañana estábamos un pequeño grupo de niños y adultos orando en el cuartito cuando levanté la vista y les pregunté:

—¿Qué es lo que les hace rezar?

El primer niño levantó la vista, llevaba una quipa y pertenecía a una familia ortodoxa.

—¿Por qué no iba a rezar? Soy judío.

Un segundo niño, siempre algo revoltoso comentó:

—Yo me despierto temprano y no tengo nada que hacer antes de desayunar. En esta sala estamos calentitos y disfruto viendo la luz penetrar por las ventanas.

—Quiero conseguir la tarjeta de las doscientas oraciones colectivas y apenas me quedan cuarenta —dijo un tercer chico.

—Un compañero me ha dicho que si no oro, un fantasma vendrá a por mí en medio de la noche.

Todos se echaron a reír.

—A mí me lo pidió mi mamá —dijo una niña pequeña.

El mayor del grupo se incorporó un poco y con los ojos vidriosos nos contó:

—Mi padre siempre quería que lo acompañase a la sinagoga, pero me sentía muy cansado y prefería dormir. Una mañana apareció muerto y me sentí muy mal. Poco después me apareció en sueños y me dijo: «Mientras estuve vivo te cuidé, te alimenté y nunca te faltó nada. Cada mañana me levantaba, fuera invierno o verano, tuviera frío o calor. Me levanté en plena noche y aún enfermo para cuidarte, y a ti te da pereza despertarte por mí y rezar el kadish». Desde entonces rezo cada día.

Una niña dijo muy seria:

—Mis abuelos me enseñaron que nuestro pueblo sufrió mucho, que los mataban y les quemaban las sinagogas, por eso sería una vergüenza que por pereza yo no lo hiciera.

Otra de las niñas comentó:

—A muchos no les gusta que las chicas recemos, pero somos iguales que los chicos y Dios nos escucha igual que a ellos.

Aunque lo que más me conmovió fue lo que dijo Abraham.

—Yo no comprendo qué es la oración, pero soy huérfano, no

tengo ni padre ni madre. Me reconforta saber que Dios es mi padre, que se preocupa por mí. Él es el padre de todos, por tanto también el mío. La oración se siente en el corazón.

—Me han gustado mucho vuestras respuestas, sois pequeños sabios. Rezar es más que hablar con Dios, sobre todo es involucrarlo en nuestros asuntos. Muchos acusan a Dios de permitir que los nazis nos hagan daño, puede que tengan razón, pero en el fondo Él sufre a nuestro lado y nos consuela. No permitamos que el miedo, la tristeza o la debilidad nos impida rezar. Es lo único que tenemos, la esperanza que aún anida en nuestros corazones.

CAPÍTULO 39

LA FUNCIÓN

Hoy he pensado mucho en mi hermana Anka. Le he escrito la última carta, no estoy seguro de que la reciba. Ya no funciona nada en el gueto. El caos se apodera de nosotros y muy pronto me temo que algo peor. Apenas salgo y las visitas que realizo para conseguir donativos son poco más que mendigar dinero. Me tengo que humillar constantemente, incluso disimular mis dolores y mi rabia, todo por el bien de los niños. Ya no me concentro con la lectura y me cuesta mucho escribir este diario, no sé si lo continuaré, además me parece un esfuerzo completamente inútil.

Hacía mucho calor aquel 15 de julio, demasiado para Varsovia, inusual para Polonia, pero es que ya las cosas no tienen nada que ver a cómo eran en el pasado, que aún lograba recordar. El mundo había cambiado demasiado. Unos días antes me habían contado que los alemanes habían tomado Sebastopol, los nazis parecían imparables, casi inhumanos. Los norteamericanos no habían hecho mucho por Europa, aunque ya tenían bastante con intentar defender sus posesiones en el Pacífico y que no cayera Australia.

Stefania entró en mi cuarto, estaba todavía en pijama y sin afeitar.

—¡Por favor! Esto no es propio de ti, siempre te has cuidado. ¿Te acuerdas cuando me decías que el hombre que se afeita cada mañana nunca caerá en una depresión?

—Me tiembla el pulso, no puedo mantenerme casi en pie. Creo que estoy acabado.

—Escusas. ¿Desde cuando eso te ha impedido luchar?

Se acercó al lebrillo, hizo espuma y me la extendió por el mentón.

—Te tengo miedo, me recuerdas a Judit decapitando a Holofernes.

—Esa historia siempre te ha gustado mucho, ¿verdad? En el fondo eres un pequeño misógino.

—No, es simple similitud. Me dices que bebo demasiado, como le pasaba al general de los asirios.

—Pero tú no quieres destruir al pueblo judío.

—Eso es cierto.

Stefania siguió afeitándome, parecía que mi broma bíblica le había hecho gracia.

—¿Crees que vendrá mucha gente a la función? —me preguntó.

Lo cierto es que no lo sabía, tres días antes había hecho llegar la invitación a todas las autoridades del gueto, también a mis amigos y donantes. Desde la llegada del verano apenas había espectáculos entre los muros, la gente necesitaba más que nunca entretenerse, ya que salir a la calle era muy peligroso y el hambre se extendía por doquier.

—Lo cierto es que no me importa quién venga, ya sabes por qué estamos ensayando la obra.

El rostro de mi amiga se ensombreció de repente. Claro que era consciente.

—*El cartero del rey* de Rabindranath Tagore, una historia muy triste.

—Sí, mi autor preferido. Siempre soñé en ser como él. Un poeta, un reformador y un músico. ¿Qué más se puede pedir? Su historia trata sobre aprender a morir, lo cierto es que nadie nos muestra el camino que todos nosotros deberemos transitar alguna vez.

Stefania asintió con la cabeza y después cambió de tema, como si ella tampoco quisiera hablar de la muerte.

—Además, fue el primer no europeo en conseguir el Premio Nobel de Literatura.

—Sí, era un genio, pero los genios también mueren.

Mi amiga terminó de afeitarme y me limpió la cara con la toalla.

—Quedan dos horas para la función. Te quiero elegante y resplandeciente, como si fuera tu última actuación.

—Tienes razón, querida, la vida es una comedia en la que a todos nos toca representar un papel. Recuerdo cuando me enfadé con Dios tras la muerte de mi madre, siempre le decía lo mismo, que sabía que esto era el ensayo general, que nada tenía verdadera importancia.

—¿Por qué elegiste *El cartero del rey*? Tagore escribió muchas más obras.

—¿No ves lo que está sucediendo? Todo esto se acabó.

La mujer frunció el ceño mientras me ayudaba a ponerme la camisa.

—Lo dices porque en un mes cumplirás los sesenta y cuatro. Nunca has llevado muy bien el envejecer.

Me molestó el comentario, porque no me importaba envejecer, de hecho estaba sorprendido, nunca pensé que llegaría a vivir tanto tiempo. Lo que no aceptaba era la debilidad. Dentro de mi cuerpo seguía sintiéndome como el niño curioso que fui o el joven intrépido.

—Los nazis están preparando algo, me lo han comentado varios miembros del Judenrat.

—¿Qué más pueden hacernos? —preguntó ingenua.

—Está claro, querida: matarnos. Ya no van a perder más el tiempo, están tan seguros de ganar la guerra que lo van a hacer a las claras, lo que llevaban haciendo desde 1940. Matarnos a todos.

La mirada de Stefania se llenó de miedo y confusión.

—No lo creo, es otra de tus ideas locas. Últimamente estás perdiendo la cabeza.

—No, querida. Tenemos que preparar a los niños para su…

—¿Su muerte? Eso es horrible, hasta para una mente como la tuya.

—Es la realidad.

—No le harán algo así a los niños.

—¿Por qué piensas eso? Llevan matando a niños inocentes desde hace años, a veces directamente. Me consta que han exterminado a miles en el este, otros los asesinan haciéndoles pasar hambre y frío. ¿Qué más da el método?

Stefania comenzó a llorar, se tapó el rostro con las manos, como si no quisiera ver lo que le estaba explicando.

—Por eso escogí la obra, la historia de un huérfano que tiene una enfermedad incurable, como todos nosotros.

—¿Y cuál es esa enfermedad?

—Esa enfermedad es el haber sido arrancados del tronco de la humanidad por los nazis, que nos consideran y tratan como a bestias.

Ahora era Stefania la que parecía vencida por la cruda realidad. La abracé y dejé que llorara.

—Tenemos que hacer algo.

—Eso es lo que estamos haciendo, querida, los estamos preparando. Esta representación es su ensayo general para la muerte.

Llegamos al auditorio, donde ya estaba todo preparado: las sillas colocadas, el telón echado, los niños nerviosos entre bambalinas, disfrazados y listos para la función.

Henryk se me acercó y me abrazó. El hijo de Agnieszka era uno de mis preferidos, los quería a todos por igual, pero aquel niño era especial.

—¿Cómo estás? ¿Nervioso?

—Sí, es mi primera obra. Nunca antes había representado un papel —dijo con los ojos iluminados por la emoción.

—Me encanta tu expresión. Yo soy viejo y muchas de las cosas que hago sé que será la última vez que pueda realizarlas, en cambio tú estás comenzando en la vida.

Al pronunciar esas palabras sentí un nudo en la garganta. En el fondo no sabía si el pequeño tendría un futuro o apenas le quedaban unos días.

Uno de los profesores vino emocionado.

—¡La sala está repleta! ¡Ha venido todo el mundo!

Me asomé por una rendija entre el telón: la flor y grana del gueto estaban sentados en las sillas. Prácticamente no faltaba nadie.

Antes de comenzar la función, salí de entre las cortinas y me paré enfrente del público.

—¡Muchas gracias a todos por venir en esta calurosa tarde! Los niños se han esforzado mucho para la representación. Hacer una obra como esta, en las condiciones actuales, es casi épico, pero los pequeños han puesto toda su alma y empeño. Como ya sabrán, los alumnos interpretarán la inmortal obra de Tagore: *El cartero del rey*. Espero que les guste mucho.

Me bajé del escenario y me senté entre el público. Las luces se apagaron y el escenario se iluminó.

Madav: — ...¡Yo no sé qué es esto!
Antes de venir él, todo me era lo mismo, ¡y me sentía tan libre! Pero ahora que ha venido, Dios sabe de dónde, su cariño me llena el corazón. Y estoy seguro de que mi casa no será ya casa si él se va... (Al médico). ¿Tú crees?...
El médico: — Si su destino es que viva, vivirá años y años; pero, por lo que los libros dicen, me parece...
Madav: — ¡Ay, cielo santo, qué...!
El médico: — Bien claro lo dicen: «Humor bilioso o parálisis agitante, resfriado o gota, todo empieza lo mismo...»
Madav: — ¡Déjame en paz con los libros, hombre! Con tanta y tanta cosa, no consigues sino preocuparme más. Lo que quiero que me digas es lo que se puede hacer...
El médico (tomando rapé): — Pues sí, el enfermo necesita el más escrupuloso cuidado...
Madav: — Eso ya lo sé yo... Pero dime qué hago...
El médico: — Ya te lo tengo dicho: que de ninguna manera se lo deje salir de casa.
Madav: — ¡Pobre criatura! Tenerlo encerrado todo el día... Eso es demasiado...

Mientras escuchaba la interpretación pensaba en la triste historia del niño. Su enfermedad angustiaba a su padre adoptivo, sobre todo al saber que el niño ya nunca podría salir de su habitación oscura. Ninguna otra obra podía simbolizar mejor la historia de mis pobres niños, encerrados entre las paredes del gueto, agonizando poco a poco, perdiendo las fuerzas hasta sucumbir por completo.

El pequeño Henryk hacía de protagonista, con su turbante y sus ropas orientales. Al escucharlo no pude dejar de emocionarme.

(Dichos y Sada)
Sada (entrando): — ¡Amal!
El Médico Real: — Está dormido.
Sada: — Es que le traía unas flores... ¿Me dejas que se las ponga
en sus manos?
El Médico Real: — Sí, pónselas.
Sada: — ¿Cuándo se despertará?
El Médico Real: — Cuando el rey venga y lo llame.
Sada: — ¿Quieres decirle bajito una cosa de mi parte?
El Médico Real: — ¿Qué quieres que le diga?
Sada: — Dile que Sada no lo ha olvidado...
Fin de la obra[*].

El público se puso en pie y comenzó a aplaudir, el pequeño yacía sobre una cama y sentí que en el fondo estaba representando la muerte de todos nosotros. Me acordé de mis padres, de mi hermana, de los años felices cuando todo era posible y la vida era aún una expectativa.

Todos los invitados vinieron a saludarme de forma efusiva, la última siendo Irena, que parecía una de las pocas que había comprendido el mensaje de la obra. Los demás estaban demasiado ciegos para intuir su propio final.

—Lo siento mucho, no he podido hacer más —me comentó entre lágrimas.

---

[*] Texto de la obra de Tagore: *El cartero del rey*.

—Has hecho más de lo que había imaginado —le dije mientras la abrazaba.

El poeta Wladyslaw Szlengel se acercó y de forma expresiva comenzó a hablar.

—¡Este ha sido el primer espectáculo verdaderamente artístico desde 1939! ¡Esos niños han creado una atmósfera! ¡Algo más que una emoción: una vivencia! ¡Felicidades, doctor!

Mientras la sala se vaciaba el pequeño Henryk se me acercó, no pude disimular mi emoción.

—¿Por qué llora, Maestro?

—La vida es tan corta y apenas estabais empezando a conocerla de veras.

—Siempre queda tiempo.

—Eso es una de las cosas que también nos han robado los nazis.

Aquella noche no pude dormir, las escenas de la obra venían una y otra vez a mi pensamiento. Aquel pobre niño esperanzado con recibir cartas del rey, yo también esperaba una que nos liberara a todos de aquel terrible horror. De aquella pesadilla interminable. Me acordé del cementerio en el que descansaban mis padres, ellos también tenían flores sobre sus pechos para cuando despertaran. Un día el rey vendría a verlos, nos levantaría a todos nosotros de nuestros lechos y celebraríamos juntos la mejor fiesta del mundo. Lo anhelaba con todo mi corazón, ya no cabía tener más esperanzas que esa.

CAPÍTULO 40

TREBLINKA

AHORA DE MAYOR HE COMPRENDIDO QUE SOY mi abuelo, mi padre y todos mis antepasados juntos. Formo parte de una cadena que se romperá para siempre. Mi miedo a la locura y ahora, la locura misma en la que se ha convertido el mundo, ha terminado con mi estirpe. Nada cambiará. Cuando desaparezca el sol seguirá saliendo, las estaciones se sucederán en su lenta carencia, los pájaros construirán sus nidos de nuevo y apenas en la mente de una decena de personas dejaré algo de huella. Aunque ya no aspiraba ni a eso, la mayoría de los amigos que me amaban estaban dentro del gueto y, para los que teníamos dos dedos de frente, está claro cuál era nuestro destino final. La vida seguiría y, aunque nos pareciera que no tenía mucho sentido, nadie se acordaría de nosotros.

Vanidad de vanidades decía el predicador, todo es vanidad. ¡Qué gran verdad! Afanados y ansiados por nada.

Todo empezó cuando nos enteramos de que la familia del empresario de Kon & Geller se había traslado a un suburbio de la ciudad. Hasta el periódico *Warschauer Zeitung* publicó un artículo informando de que los judíos serían transportados a un nuevo gueto con empresas y fábricas, pero todo era falso.

A pesar de mi agotamiento me vestí y fui a ver a Adam Czerniakóv.

—Doctor Korczak, no puede pasar, el presidente se encuentra reunido —me comentó el secretario.

Por la puerta de cristal opacado podía verse a dos hombres de pie hablando acaloradamente. También se escuchaba sus palabras.

—Señor Auerswald, no podéis vaciar el gueto, hay decenas de miles de personas, muchas de ellas enfermas.

—No se preocupe, lo haremos con cautela. La idea es reubicar a la población, aquí están hacinados, no se cumplen las condiciones sanitarias mínimas. Llevamos meses construyendo unas instalaciones adecuadas y fábricas. Querido presidente, la situación de su pueblo mejorará notablemente. Se lo prometo.

—No es que desconfié de usted, pero nos han llegado noticias terribles de lo que está sucediendo en otros guetos. Al parecer han construido campos de concentración por toda Polonia y la mayoría de la gente que llega muere al poco tiempo. No permitiré que algo similar le suceda a mi pueblo.

—Eso es absurdo, absurdo. Los necesitamos, son nuestra mano de obra. ¿Por qué íbamos a prescindir de vosotros? ¿No ve que no tiene sentido?

El presidente bufó desesperado.

—¡Muchas de las cosas que hacéis vosotros no tienen sentido! ¿Por qué nos persiguen y nos matan? ¿Qué les hemos hecho nosotros a los alemanes?

—No es nada personal. Ya sabe que lo apreció, pero los alemanes tenemos la responsabilidad ante el mundo de depurar las razas y la suya siempre ha sido dañina. Habéis creado el comunismo y el capitalismo más salvaje. Vuestras artistas degenerados han contaminado el arte, la literatura y el cine. Os multiplicáis como las ratas y no os adaptáis a la sociedad. Jamás dejáis de ser judíos. ¿Qué otra cosa podíamos hacer que controlar vuestra propagación? Pero asesinarlos, eso es absurdo.

—No sé qué pensar.

—Ya tiene las órdenes, no necesita pensar. En las próximas semanas deportaremos a todos los judíos que no estén trabajando en una empresa, a los enfermos, a los niños y a sus madres. Los únicos que por ahora permanecerán en el gueto son la policía, los judíos que ocupen cargos imprescindibles y vosotros, vuestros líderes.

—Sí, me ha dicho que el reasentamiento es para trabajar. Entonces, ¿cómo es posible que se lleven primero a los más débiles?

—Queremos cuidarlos, protegerlos, después irá el resto. No se preocupe.

—¿Que no me preocupe? Todas esas personas están bajo mi responsabilidad.

—Mañana llegarán los primeros trenes y esperamos que la policía lleve a la plaza a seis mil personas diarias. Ni una más ni una menos. Se lo digo por su bien.

El alemán salió del despacho y nos miró altivo, después se marchó hacia las escaleras donde lo esperaban sus escoltas.

—¿Quién es ese tipo? —le pregunté al secretario.

—Se trata de Heinz Auerswald, el encargado de controlar las empresas del gueto.

Entré al despacho del presidente Czerniakóv, se había quitado las gafas y se masajeaba las sienes.

—¿Se encuentra bien?

—No, no me encuentro bien. Esos cerdos alemanes quieren liquidar el gueto. Todos estos años hemos estado luchando para nada.

—Puede que el nazi diga la verdad.

El hombre se puso las gafas redondas y dejó una carpeta de cartón a mi lado.

—¿Ha oído hablar de Treblinka?

—Me suena el nombre, ¿no es una zona boscosa al noroeste de Varsovia?

—Está a poco más de cien kilómetros de aquí. Desde 1941 hay un campo de trabajo, según nuestras informaciones. En Treblinka hay prisioneros políticos de muchas nacionalidades, hacen trabajos forzados y rara vez liberan a nadie. Las condiciones son terribles y la mayoría no logran sobrevivir mucho tiempo. Toda esta información nos la han transmitido miembros de la Resistencia.

—Ya había escuchado de campos de este tipo en Alemania. Pero ¿cómo van a llevarnos a todos hasta allí? Somos cientos de miles y tendrían que construir una ciudad para alojarnos? —le pregunté confuso, aunque en el fondo me imaginaba la respuesta.

—Los nazis han ampliado el campo en las últimas semanas. Algunos judíos que han trabajado allí nos han informado que han construido algunos pabellones de madera y ladrillo, pero apenas entrarían unos pocos miles de nuestros compatriotas. ¿Qué piensa que harán al resto?

—No lo sé —le contesté empezando a asustarme. Sentía el corazón acelerado y como si me faltase el aire.

—Hay otros dos lugares parecidos en Belzec y Sobibor, llevan miles de prisioneros cada día para allá, pero no salen con vida.

Noté como se me aflojaban las piernas.

—Pero ¿qué le sucederá a mis niños? —le pregunté con la voz quebrada.

El hombre no respondió, su rostro lo decía todo: sus ojos enrojecidos, las ojeras profundas y la expresión de una tristeza indescriptible.

—Se ha acabado, querido amigo. Final de la partida.

—No pensé que termináramos así. Creía que moriríamos de una forma épica, como en una tragedia griega, dormidos de hambre y frío en nuestros lechos. Sería mejor rebelarse, vender cara nuestra vida.

—Doctor Korczak, no serviría de nada. Serían matanzas terribles y mucho dolor innecesario.

—Pero la otra opción es dejarnos llevar como el ganado hasta el matadero. No podemos hacer eso. El mundo necesita saber lo que pasa en Varsovia.

—Al mundo hace mucho tiempo que no le importamos. Está preocupado en su guerra, creíamos que era la nuestra, pero estábamos equivocados, era la suya. Los británicos luchan por su supervivencia y los estadounidenses por la hegemonía en el Pacífico, los soviéticos ahora se enfrentan a sus viejos aliados. Siempre hemos estado solos. Tenía la esperanza de que no nos harían nada mientras les fuéramos útiles, pero ni eso les importa ya.

Salí del despacho profundamente desanimado. ¿Con qué cara podía presentarme en la casa y hablar a los niños? ¿Qué le diría a mis colaboradores? Apenas habíamos logrado salvar a unos pocos huérfanos, pero la mayoría tendría que morir de esa forma absurda, sin sentido, y sobre todo cruel y despiadada.

Me acerqué a la oficina de Irena, la gente se agolpaba desesperada en la puerta, pero uno de los guardias me dejó pasar. La mujer se encontraba en el almacén.

—Irena, ¿se ha enterado de las noticias?

La mujer asintió con la cabeza.

—¿Qué vamos a hacer?

—Toda esa gente de allí fuera está pidiendo permisos de trabajo, quieren retrasar su reasentamiento, pero es prolongar su agonía. En el fondo los entiendo; todos queremos vivir aunque sea un día más.

—¿Usted sabía lo de Treblinka?

—Sí, la Resistencia lo vigila desde hace tiempo, pero no es el único, se están extendiendo por todas partes.

—¡Es terrible!

—Lamento mucho no haber podido rescatar a más niños de su orfanato. Afuera me espera una mujer llamada Henia que me va a dar a su bebé para que lo saque de aquí. Cada día sacamos a varios, pero no tenemos suficientes familias de acogida y si no tenemos cuidado, la Gestapo descubrirá nuestra red, lo que supondría la muerte de miles de personas.

—Necesito que ayude a unas pocas personas. Stefania tiene que salir de aquí, también Agnieszka y su pequeño, le traigo una lista. Ha sido muy duro para mí decidir quién tiene que vivir y quién debe morir.

Irena me puso una mano en el hombro.

—Yo tengo que tomar esas decisiones cada día y no sé qué haré cuando todo esto pase. Me pregunto si es justo que unos mueran y otros sobrevivan por tener los ojos claros o el pelo rubio.

—Ha hecho un gran trabajo.

La mujer comenzó a llorar debido a la presión y la situación terrible a la que nos enfrentábamos. Nadie estaba preparado para vivir lo que a nosotros nos había tocado.

—Iré a casa y haré que los últimos días de mis niños sean los mejores que pueda darles. Por favor, intente sacar a las personas de la lista.

—Lo intentaré, se lo aseguro.

Dejé el almacén y vi la interminable fila. La mayoría no lograría salir del gueto y los pocos que consiguieran quedarse los primeros días, únicamente estaban intentando retrasar lo inevitable. Es duro nacer y aprender a morir. No estamos nunca preparados para abandonar este mundo. En aquel momento, mi única ambición era morir lúcido y consciente. Mientras el resto intentaba engañarse, viviendo con la ilusión de escapar en el último momento, yo prefería ver lo que me rodeaba con los ojos de un sentenciado a muerte y disfrutar de cada instante hasta que se apagaran las luces y alguien cerrara el telón por última vez.

Al llegar a la casa vi a los niños sentados leyendo, los profesores los cuidaban con tanto cariño y esmero que no pude evitar emocionarme.

—¿Estás bien? —me preguntó Stefania. No quise contarle nada en aquel momento, necesitaba digerir todo lo sucedido, suavizarlo y hacerla entrar en razón.

—Estupendamente, hace un día magnífico.

—Dentro de poco es tu cumpleaños.

—Los viejos no cumplimos años —refunfuñé.

—Sí los cumplimos y debemos dar gracias por hacerlo.

—Tienes razón, tomemos un vodka y hablemos de los viejos tiempos, ¿te parece?

Nos dirigimos a mi cuarto y abrí la última botella, serví dos vasos y los bebimos de un trago. El sol iluminaba los cristales, el mundo seguía girando indiferente a nuestra suerte, el otoño llegaría pronto y las hojas taparían suavemente nuestras tumbas, como si quisieran cobijarnos del frío invierno del mundo.

CAPÍTULO 41

RESISTENCIA

Todos nos despertamos sobresaltados, los alemanes habían entrado al gueto y los camiones se detuvieron muy cerca de nuestra casa. Me levanté y me asomé por la ventana, esperaba que nuestros niños se hubieran despertado. Estaban tan débiles que la mayoría tardaba mucho tiempo en reaccionar y pasaban mucho tiempo dormidos. La fila de camiones con sus faros encendidos se detuvo y comenzaron a salir soldados. Se escuchaban sus botas sobre los adoquines al lanzarse de los remolques y colocarse en una larga fila. Después entraron en varios portales, afortunadamente en el nuestro no. Las luces de las casas comenzaron a encenderse, se escuchaban en el silencio de la noche las patadas a las puertas, los puñetazos llamando y los gritos de sus víctimas. De repente se hizo el silencio por unos segundos y enseguida las familias fueron sacadas de las casas y arrojadas por las escaleras hasta la calle. Obligaron a los más pequeños a subir a un camión, a los hombres y las mujeres mayores de doce años los pusieron en fila y comenzaron a disparar. Un hombre que yo conocía, un famoso anticuario, intentó correr y dos soldados lo abatieron. Después los alemanes se subieron a los camiones llevándose a los niños y desaparecieron. La acera estaba sembrada de cadáveres y el suelo teñido de sangre, que con la oscuridad parecía negra.

—¿Qué ha pasado? —me preguntó asustada Stefania.

—Han matado a algunos vecinos.

—¿Por qué? —dijo horrorizada.

—Imagino que se han enterado de que el señor Braun estaba imprimiendo un boletín alertando a la población sobre las deportaciones y han decidido exterminar a los dos bloques completos. Además están asesinando a los miembros destacados del gueto para que no podamos organizarnos y resistir.

Stefania llevaba un chal sobre su camisón, sus ojos parecían más hundidos que otras veces.

—Al menos nos llevarán a otro lugar, esto es terrible.

—No, querida, lo que pretenden es vaciar el gueto, matarnos a todos. Ayer no quise decírtelo, pero el presidente del Judenrat me lo confesó. He hablado con Irena para que nos dé papeles falsos y te saque del gueto.

—¿Te has vuelto loco? No me iré sin ti y los niños.

Sabía que aquella sería su reacción, pero tenía que convencerla lo antes posible. Las deportaciones comenzaban a primera hora y no había tiempo que perder.

—Serás más útil viva que muerta. Yo estoy enfermo, no me queda demasiado tiempo, además alguien tiene que quedarse con ellos. Ya perdieron a sus padres, sus hermanos y amigos, que al menos vean un rostro amigo antes de desaparecer.

Stefania comenzó a llorar, me abrazó, parecía desconsolada.

—Siempre pensé que tendría una vida corta, Dios me ha dado muy buenos momentos, he sido feliz, me has hecho feliz. Ahora toca hacer el último viaje hacia la eternidad.

—Te necesito —dijo mi amiga.

—En el fondo lo único que necesitamos es tiempo, te acostumbrarás.

—No, no lo haré. Soñábamos con vivir en Palestina y allí dedicarnos a la infancia, me quedaré contigo y la decisión es irrevocable.

Me sentí extrañamente gratificado, que alguien te amara de esa manera era el mejor regalo que podía darte el destino.

—Te marcharás.

—No lo haré, me quedaré contigo y juntos iremos con los niños hasta el final.

Salí de la casa un par de horas más tarde, aunque todos me aconsejaban que me quedara. Al parecer estaban vaciando el Pequeño Gueto y si me veían por la calle podían añadirme al grupo de desgraciados que se llevaban a los primeros trenes. Llegué hasta la oficina de Irena. Ya no había gente esperando en la calle, todo el mundo se escondía atemorizado por los policías judíos y lo nazis.

—Irena, soy el doctor Korczak.

La mujer parecía tan abatida, tenía su bata blanca colgada y sus ojos enrojecidos delataban que había estado llorando.

—¿Qué ha sucedido?

—Se terminan de llevar a una de las chicas que me ayudaba, Sara. Estaba embarazada de su novio y por más que he dicho a los policías que la necesitábamos, se la han llevado por estar embarazada.

En aquel momento entró un joven, el novio de la chica.

—¿Dónde se han llevado a Sara?

—La llevan a la Umschlagplatz, allí están reuniendo a todos —le contestó Irena.

El joven salió corriendo hacia allí.

—No puedes hacer nada —le dijo mientras la perseguía.

Los dos fuimos tras el chico, vimos cómo alcanzaba la columna y se cogía de la mano de su novia.

—La ha alcanzado —comenté jadeante por el esfuerzo.

Entonces los vimos intentar dejar la fila y torcer por una calle, pero uno de los guardas estonios los siguió y les gritó que se detuvieran. Después apuntó a la barriga de la chica y su novio se interpuso. El guarda le voló la mano y el joven se agarró la herida. El estonio disparó entonces a la barriga de la joven que literalmente explotó dejando a la vista el feto. El chico miró a su hijo destrozado y, antes de que pudiera reaccionar, el guarda le disparó en la cabeza. La columna de judíos continuó caminando, mientras los cuerpos de los dos amantes yacían destrozados en la calle.

—¡Dios mío! —gritó horrorizada Irena y me abrazó.

—Tenemos que resistir, por los niños, no te rindas —dije intentando animarla.

—No puedo más, han matado a Sara y a su bebé.

Entonces la mujer se volvió como loca y se dirigió a la plaza. Temía por su vida y por eso la seguí.

La Umschlagplatz estaba llena de gente y aún llegaban muchos más por todas las calles aledañas. Todavía olía a coliflor y coles, porque por los trenes traían algunas de las provisiones del gueto. Al fondo podía verse el tren de mercancías soltando el humo blanco. Parecía que en la plaza todo era confusión, pero los alemanes sabían lo que hacían. La gente estaba en el centro y desde las aceras los soldados les apuntaban con sus armas para que no intentaran escapar.

Los ucranianos vigilaban la plaza, algunos de los desgraciados prisioneros llevaban horas en pie, los niños se sentaban en el suelo y el calor insoportable hacía que los ancianos se desplomasen inconscientes.

—¡Deténgase! —dijo un soldado alemán a Irena al verla acercarse a la plaza.

En ese momento la alcancé y tiré de su brazo.

—Perdone, nos marcharemos.

El alemán me miró con desconfianza, pero al vernos a los dos sin brazalete nos dejó partir. No habíamos caminado ni un metro cuando escuchamos un disparo. Varios soldados alemanes disparaban a cualquiera que se asomara a la plaza por las ventanas para ver si veían a sus seres queridos. Un hombro cayó muerto y se estrelló en el suelo, para horror de la multitud, que se apretaba en el centro como si aquello pudiera protegerlos de alguna manera.

—Salgamos de aquí —le pedí e Irena al final cedió.

—Es lo peor que he visto en mi vida. No les creía capaz de esto.

Nos alejamos de la multitud. Fuera de la plaza apenas se veía gente por la calle, como si todo el gueto hubiera desaparecido de repente. Los edificios me parecieron como un gran escenario, grotesco y cruel, como si los dioses nos observaran desde el Olimpo, disfrutando de nuestro sufrimiento o, peor aún, totalmente indiferentes a él.

CAPÍTULO 42

SUICIDIO

No me hacía ilusión celebrar mi cumpleaños, jamás me había gustado, además, la situación en el gueto era tan terrible que no había nada que celebrar. Los niños parecían barruntar algo, a pesar de que los teníamos entretenidos todo el día y que caían profundamente dormidos en cuanto llegaban a sus camas por la noche. Mientras escribía estas líneas pensaba que seguramente serían de los últimos días que escribiría este estúpido diario, que en el fondo me servía para mantener la cabeza fría en medio del caos que se apoderaba del gueto. Aquella mañana decidí visitar al presidente de Judenrat. Los niños no estaban preparados para ir a los trenes, quería ganar al menos unos días más.

Llegué tan temprano al despacho que Adam Czerniaków estaba solo. Tenía delante un café y un pan con mantequilla, aunque no había tocado nada. La mesa estaba ocupada por las órdenes y el montón de pases para los que aún se salvarían de la reubicación.

—Ah, es usted, doctor. No lo había escuchado entrar.

Me paré enfrente de aquel hombre que parecía mucho más

viejo que el día anterior, como si llevara sobre sus hombros el peso de todo el mundo.

—Vengo a por…

—Ya me imagino, pero no puedo hacer nada. Me han pedido que decida quién va primero en los transportes, lo de estos días ha sido un caos.

—Eso es justo lo que quería decirle, retrase nuestra evacuación, se lo ruego.

—Los nazis me lo han dejado muy claro: los niños huérfanos saldrán todos hoy. Serán de los primeros en subir a los trenes.

Me quedé sin palabras, yo que siempre tenía algo que decir, una solución que aportar.

—Lo lamento, doctor Korczak, he peleado por los niños, se lo aseguro, pero todo ha sido inútil.

El hombre se echó a llorar, jamás lo había visto en ese estado. Aquel prohombre, uno de los más inteligentes de Polonia, ya no podía más.

Lo intenté animar, pero él negó con la cabeza.

—Se ha terminado, tal vez sea mejor así. Todos hemos vivido una pesadilla. Desconozco qué hay al otro lado de la muerte, aunque no puede ser peor que esto. Esos nazis no tienen corazón, qué digo, ni un alma como la nuestra. Sabía que tenía razón. Nunca un régimen había perseguido con tanta crueldad a un pueblo, ni siquiera los pogromos más terribles de los rusos habían sido tan crueles.

—Gracias por el servicio que ha prestado a su pueblo.

Escuché botas por el pasillo. El presidente se puso muy nervioso.

—¡Salga de aquí, rápido y métase en ese armario!

Escapé y justo cuando cerraba la puerta del armario del

pasillo, un grupo de soldados en cabeza de un oficial entraron violentamente.

—Herr Czerniakóv, ya no tiene más tiempo. ¿Ha firmado los documentos? En una hora estaremos entrando en todos los orfanatos del gueto.

Escuché el ruido de una silla y después la voz del presidente.

—No dejaré que se lleven a mi pueblo, no colaboraré en el asesinato de niños inocentes.

—¿Sabe que eso es como firmar su sentencia de muerte y la de su familia? —escuché la voz ronca del oficial.

—¡Que Dios me perdone! No colaboraré en esta matanza.

Se escuchó un fuerte golpe, después botas y gritos. Estaban apaleando al pobre hombre. Tras unos minutos, todo se quedó en silencio.

Me atreví a salir y vi al presidente tendido en el suelo sangrando. Lo ayudé a incorporarse, tenía las cejas rotas, los pómulos amoratados y un ojo hinchado.

—Lo siento.

—Márchese, van a por sus niños —me apremió.

Salí del despacho, pero me giré un instante.

—¿Qué va a hacer?

—Tomar mi último desayuno —dijo después de sentarse y dejar la capsula de cianuro al lado.

Mientras bajaba las escaleras no pude contener las lágrimas. Mi larga vida pasó antes mis ojos como en una película. Mis abuelos, la casa en la que me crie, mis padres, la facultad de medicina y todas las etapas que había disfrutado en la vida. Estaba a punto de llegar a la meta, tenía que hacer un último esfuerzo, lograr que los niños no sufrieran, eso es lo único que me importaba en ese momento.

CAPÍTULO 43

EL DESFILE

INCLUSO LAS ORACIONES PUEDEN VOLVERSE DAÑINAS Y terribles si alguien las levanta para herir o destruir a su prójimo. Es tan fácil deslizarse, dejar que el odio anide en nuestro corazón. Llegué a nuestra casa cuando las tropas comenzaban a rodear el perímetro. El oficial alemán a cargo estaba llamando a la puerta. Me interpuse y me miró sorprendido.

—¿Quién es usted?

—Soy el directo del orfanato, por favor dejen que prepare a los niños.

—Tenemos prisa, hoy tenemos que hacer muchas intervenciones.

—Serán unos minutos, son niños pequeños.

Los ojos grises del oficial me observaron unos instantes, pude ver en ellos un atisbo de compasión, pero enseguida desapareció por completo.

—Tiene quince minutos, si después de eso no salen, los sacaremos a rastras. No intenten ningún tipo de truco. Disparamos a matar.

Entré y cerré de golpe, los profesores estaban arremolinados en la puerta, parecían nerviosos.

—Bueno, ha llegado el momento. Si alguien intenta escapar lo entenderé. Tienen que salvar sus vidas, yo iré con los niños, no se preocupen.

Varios de los educadores se fueron corriendo y salieron por las ventanas que daban al callejón trasero.

—Preparen a los niños. Stefania y Agnieszka, acompáñenme a mi cuarto.

Subimos las escaleras mientras el resto preparaba a los niños, les daban sus maletas y les colocaban sus chaquetas.

Cerré la puerta y le dije a las dos mujeres.

—Pensé que las dos saldríais del gueto, pero Stefania ha decidido quedarse.

—Yo también me quedo —dijo Agnieszka, que parecía totalmente fuera de sí.

—No, tienes un niño pequeño que cuidar y una vida por delante. Quiero que hagas algo por mí.

La mujer estaba llorando, pero intentó aguantar las lágrimas.

—En cinco minutos, tras escribir las últimas líneas te entregaré el diario, prométeme que lo cuidarás y lo completarás. La gente tiene que saber lo que ha sucedido aquí.

—Lo haré.

—Lo dejaré escondido detrás de ese cuadro, he hecho un hueco en la pared, saldremos y tú lo cogerás más tarde.

Agnieszka me abrazó y después salió del cuarto.

—Gracias por ser tan fiel a los niños y a tus principios —le comenté a Stefania.

—No sé ser de otra forma.

Me senté en el escritorio y escribí unos momentos. Eran mis

últimas palabras, son mis últimas palabras. ¿Qué más puedo aña-dir? Los niños esperan, tal vez las palabras de Jesús, que hay que hacerse como niños, siempre ese fue el secreto de un mundo que está en llamas.

Añadido de la señora Agnieszka Ignaciuk:

Tengo aquel día grabado en la memoria a fuego. Después de despedirme de Janusz, un pequeño grupo de cuidadores y de niños nos escondimos en la carbonera. Escuchamos a los alumnos que se preparaban delante de la puerta y que salían a la calle en orden. Los alemanes los esperaban impacientes, salí por una ventana y observé desde lejos.

—Doctor Korczak, los niños tienen que ir solos.

Él miró al oficial y sin el más mínimo temor le dijo:

—No irán solos, los acompañaré. No dejaré a un niño solo en la oscuridad y no se abandona a los niños en tiempos como estos.

El oficial se apartó y los niños comenzaron a desfilar por la calle escoltados por los nazis. Korczak pidió a Marcus que tocara su vio-lín, otro de los huérfanos más mayores llevaba la bandera verde en alto. El grupo comenzó a desfilar mientras el doctor cargaba en su regazo a uno de los niños más débiles y pequeños.

El calor era insoportable, el sol se encontraba en lo más alto y algunos niños estaban fatigados. La marcha se movía con len-titud y se detenía a cada paso, los alemanes comenzaron a impa-cientarse, pero no dijeron nada. A ambos lados de la calle unos pocos caminantes miraban con horror y admiración el desfile de los niños. El doctor caminaba derecho y con actitud firme, con la barbilla en alto, mientras que los pocos transeúntes apenas se atre-vían a mirar de refilón, temerosos de llamar la atención.

En ese momento me hundí. «¿Qué habían hecho esos pobre niños?», pensé, después un escalofrío me recorrió la espalda: uno de ellos podía haber sido mi propio hijo. Me quedé mirando a las niñas, la mayoría llevaban sus muñecas apretadas contra el corazón, las que les había hecho el viejo profesor Witwicki. Eran mis pequeñas, las había criado durante todos estos años, pasando las noches en vela cuando enfermaban y animándolas a seguir adelante a pesar de todo.

El doctor Korczak comenzó a cantar y todos los niños lo siguieron, parecían un coro de ángeles en medio del mismo infierno.

Al llegar a la plaza se desató el caos, estaba repleta de niños, casi diez mil, todos los huérfanos del gueto en pleno. El profesor se esmeró por mantener a todos unidos y lograron ocupar un hueco cerca del tren. Contemplé a la multitud de pequeñas vidas, sus ojos inocentes no comprendían lo que sucedía. Yo tampoco, hasta los alemanes y los ucranianos miraban incrédulos el espectáculo, aunque eso no les impedía ser despiadados y crueles con los prisioneros.

Un amigo me llamó y me metí en un callejón. Era Chaim, el alumno del doctor que tanto nos había ayudado.

—¿Qué haces aquí? ¿Te has vuelto loca? Los guardas atrapan a todo el que ven cerca de la plaza.

—El doctor Korczak y los niños están en la plaza, es horrible —le contesté llorando sobre su hombro.

—Lo dices en serio, tenemos que avisar a alguien, hay que sacarlo de la plaza cuanto antes. No nos queda mucho tiempo.

Aquellas palabras me animaron de repente. Salimos en dirección a otra calle y mientras corríamos recuperé de nuevo la esperanza de salvar a nuestros pequeños y al viejo doctor.

CAPÍTULO 44

LA ÚLTIMA INVITACIÓN

CHAIM ME LLEVÓ HASTA UN LOCAL EN el que se reunía la Resistencia, donde se encontraba Marek Edelman y otros compañeros.

—Marek, se han llevado a Korczak a la plaza.

—Mierda, tenemos que sacarlo de inmediato.

El líder del grupo se vino con nosotros. En un lado de la plaza había un pequeño ambulatorio, daba con una puerta disimulada por la que se podía salir.

—Voy a ir a por él, lo sacaré —aseguró Marek.

—Eres demasiado valioso para que te perdamos —se quejó Chaim.

—No hay otra solución, algunos de los guardas me conocen y no me harán nada.

El hombre entró en el edificio, media docena de enfermeras y algunos médicos atendían a uno pocos pacientes. Marek se colocó una bata blanca y salió tan rápido que apenas nos dimos cuenta. Subimos dos plantas y nos asomamos por la ventana.

Marek entró en la plaza sin dificultad y se aproximó al doctor. No escuchamos sus palabras, pero vimos que negaba con la cabeza varias veces. La plaza era un hervidero de llantos y gritos, la mayoría de la multitud estaba compuesta por niños aterrorizados. Los únicos que parecían mantener la calma y cantar eran los de Janusz.

Malek hizo un gesto de desesperación, pero se separó un poco al ver que llegaba un oficial alemán. Se mantuvo a cierta distancia y después regresó al ambulatorio.

Subió hasta nuestra planta y se quitó la bata arrojándola a un lado.

—No quiere abandonar a los niños, me ha dicho que es su deber y que está demasiado viejo para seguir luchando. Estamos perdiendo a una de las mentes más brillantes de Polonia. Dios mío, qué locura.

Comencé a llorar, no podía creer lo que estaba sucediendo. Todos aquellos niños desaparecerían para siempre en unas pocas horas y nadie podía impedirlo.

—No es únicamente una de las mejores mentes del país, es el hombre con el corazón más grande de toda Varsovia. El mundo se ha vuelto completamente loco.

—¿Por qué se acercó el oficial alemán? —preguntó Chaim.

—Yo me alejé un poco al verlo, pero después lo escuché. Era un capitán alemán, le dijo que lo sacaría de allí y Korczak le contestó que no, pero cuando insistió le gritó: ¡Déjeme en paz, iré con mis niños! No los voy a dejar solos.

Observamos que los soldados abrían los vagones y los niños comenzaban a entrar por orden, la mayoría eran tan pequeños que había que ayudarlos a subir. Korczak atendió a los más débiles y más tarde, uno de los mayores le tendió la mano para que subiera. Dentro del vagón se giró y alzó la vista. Después ayudó a Stefania y los dos abrazados se quedaron quietos un momento. Antes de que los soldados cerraran las puertas, me miró fijamente, apenas fue un segundo, sonrió y se despidió con la mano, como si solo se tratara de un largo viaje. Los niños comenzaron a cantar de nuevo y su voz opacó los gritos y los llantos de la multitud, como si un coro de ángeles hubiera bajado del cielo para honrar al viejo maestro.

Mientras el tren se ponía en marcha sentí que se me rompía el corazón. Recordé nuestro primer encuentro, cuando me ayudó con mi hijo y me dio una oportunidad. Janusz Korczak había iluminado a un país en tinieblas. Me juré que toda Polonia tenía que conocer su historia y admirar su ejemplo. En ese momento me sentí orgullosa de ser polaca y me juré que un día desaparecería el yugo nazi para siempre. La plaza se fue vaciando con las horas, mientras miles de niños acudían a su trágico destino ante la indiferencia del mundo. Vidas que desaparecerían para siempre, como si nunca hubieran existido, sombras de una cultura que se extinguía. El silencio lo invadía todo. Mientras los últimos violines sonaban en mi mente, cerré los ojos y vi el rostro del viejo maestro y me juramenté para guardar su memoria, el tesoro de su sabiduría, para que todos conocieran como el bien siempre vence al mal.

CAPÍTULO 45

FUGA

Esperamos la llegada de Michal Wroblewski y tres alumnos que habían salido a trabajar aquella mañana, después nos dirigimos hasta la oficina de Irena y nos entregó los papeles falsos.

—Debéis ir a ver a Igor Newerly, él os dividirá en dos grupos y os dirá qué hacer. Tened mucho cuidado.

Henryk estaba a mi lado e Irena le tocó el pelo.

—Cuida de tu madre.

—Lo haré, señorita.

—Sed precavidos, la Gestapo, la SS y la policía vigilan la ciudad, no quieren que nadie escape. Estamos muy preocupados. He logrado sacar a varios niños, pero el tiempo se agota —comentó Irena visiblemente afectada. Su rostro reflejaba noches en vela y una preocupación que aumentaba por momentos.

—Cuídate tú también, lo que estás haciendo con el grupo de trabajadoras sociales es muy peligroso.

La mujer intentó esbozar una sonrisa, después nos abrazamos. No sabíamos si nos volveríamos a ver alguna vez. El futuro era tan incierto que lo único a lo que aspirábamos era a vivir un día más.

Salimos en dos camiones de reparto, en un fondo disimulado en la parte de atrás. Irena lo había preparado todo lo más rápido posible, ya que los alemanes habían planeado vaciar el gueto en un mes y las redadas eran constantes.

El primer camión se detuvo en la puerta y todos contuvimos la respiración.

—¿A dónde se dirige? —se escuchó la voz del guarda que controlaba la entrada.

—Vengo de vacío, traía mercancía para el centro social —comentó el conductor con una tranquilidad que me dejó pasmada. Esa gente estaba arriesgando sus vidas y su seguridad por nosotros.

—¡Abra la puerta de atrás!

Escuchamos pasos, la cerradura y unas manos que removían cosas.

—Está bien, puede marcharse, pero le aconsejo que no vuelva por aquí, las cosas se van a complicar muy pronto.

—Espero que se lleven a todos esos judíos —dijo el conductor, para no levantar sospechas.

—No se preocupe, dentro de poco se convertirán todos en humo —contestó el guarda y comenzó a reírse ruidosamente.

El camión atravesó el control y se alejó del gueto. Mientras escuchábamos el motor y el sonido de los neumáticos sobre los adoquines, no podía dejar de pensar en esos años de encierro. Habíamos sobrevivido, pero a un precio demasiado alto. Mi amigo Korczak, Stefania y muchos otros habían desaparecido para siempre. Junto a ellos decenas de miles, si no cientos de miles lo harían muy pronto. Su único delito había sido ser judíos, su crimen portar una sangre que los nazis veían como maldita. No sabía qué país me iba a encontrar, si el miedo y la indiferencia habría hecho jirones para siempre a mi amada Polonia, pero esperaba que sobre los escombros de la guerra, por encima del dolor y el sufrimiento, nuestro país volviera a resurgir. Cuando el camión se detuvo y entró en un garaje, contuvimos la respiración. El conductor nos liberó de nuestro cautiverio y nos indicó donde se encontraba la casa de Igor Newerly.

Salimos a la calle temblando de miedo. Era la primera vez que nos encontrábamos fuera del gueto. Sentíamos que la gente nos miraba, pero no era cierto. Todo el mundo parecía temeroso y angustiado, llevaban la ropa tan desgastada como dentro del gueto y sus mejillas hundidas manifestaban el hambre en el que se había sumido toda Polonia, para mayor gloria del Tercer Reich. Llegamos a la casa de Igor, quien nos recibió con amabilidad, aunque su rostro reflejaba la preocupación.

—Pasen, no se queden en la puerta.

La casa era muy sencilla, apenas tenía muebles, y el calor era insoportable.

—Han logrado salir de ese infierno, son muy afortunados. Se los llevan por miles en trenes hacia Treblinka. ¡Es horroroso!

Nos sentamos a la mesa de la cocina, saqué el manuscrito, lo dejé encima de la mesa y el hombre comenzó a ojearlo.

—Es increíble. El viejo doctor lo cuenta todo hasta poco antes de su deportación. El mundo tiene que leer esto. Conozco al editor adecuado, pero por el momento tenemos que ocultarlo. He preparado un escondite, está aquí, no sé cuánto tiempo me queda libre, los nazis están deteniendo a todo el mundo. Tenga la llave de la casa. ¿Me promete que volverá a por él si la Gestapo me detiene?

—Claro, le hice una promesa al doctor Korczak —le contesté muy seria. Estaba dispuesta a todo para cumplir mi palabra.

Nos invitó a un café y un pedazo de pan con mantequilla que

nos supo a gloria. Llevábamos casi cuarenta y ocho horas sin probar bocado. Descansamos un par de horas y un coche nos sacó de Varsovia. Mientras nos alejábamos de la capital éramos conscientes de que el peligro persistía, pero al ver los bosques y lagos, nos sentimos por primera vez libres.

—Mamá, ¿qué es eso?—me preguntó Henryk al ver una granja. El pequeño había pasado varios años encerrados en gueto y apenas recordaba cómo era la vida fuera de aquellas calles de edificios grises.

—Es una granja, dentro cuidan animales.

Mi pequeño me sonrió. Toda la tristeza acumulada durante aquellos años comenzó a disiparse, teníamos que vivir y ser felices, era nuestra verdadera venganza contra los nazis y su sistema diabólico. Janusz siempre lo decía: vivir un día más es el acto de rebeldía más potente contra el mal.

EPÍLOGO

Después de leer el manuscrito entero sentí tal desazón, que me recosté en la silla de mi escritorio y comencé a llorar. Pensaba que la guerra y la desesperación me habían endurecido el corazón hasta tal punto de que ya no me importada nada ni nadie, pero de nuevo la literatura me había salvado. Las palabras del viejo doctor, del mejor maestro de Polonia, me dejaron sin aliento, aunque a la vez me sanaron las heridas más profundas y abiertas de mi alma. Tras unos minutos logré dejar a un lado las hojas, llenas de manchas de café, borrones y correcciones. Aquel legado tenía que salir a la luz, me dije mientras me ponía en pie y me asomaba a la ventana. Contemplé las ruinas de mi ciudad, apenas quedaban los esqueletos moribundos de lo que antes había sido una bellísima urbe. Después pensé en la vida de las personas que habían habitado aquellas fachadas huecas y experimenté todo aquel dolor. La rebelión del gueto en 1943, la sublevación de la ciudad y ahora la proclamación de la República Popular de Polonia ha puesto al límite nuestras fuerzas. ¿Puede sufrir más un pueblo? Lo único que me anima es pensar que un día, sobre las cenizas de esta terrible guerra, construiremos entre todos un país mejor, en el que la memoria de Janusz Korczak nos inspire a luchar hasta el fin por la causa de la libertad. Pero, mientras tanto, el diario del gueto tendrá que aguardar en un cajón, hasta que el mundo vuelva a ser libre y seamos de nuevo dueños de nuestro destino.

AGRADECIMIENTOS

UN LIBRO SIEMPRE ES EL ESFUERZO DE muchas personas que creyeron en él y apostaron para que viera la luz, por ello quiero agradecer la publicación de *El maestro*:

A Edward Benítez, mi editor en HarperCollins Español, por amar mis historias con todo su corazón.

A mi agente Alicia González Sterling, por aguantar mis manías, creer en mis libros y entregarse a la causa de la literatura con tanta pasión.

A mis queridos amigos de Thomas Nelson, por su apoyo y pasión por mis novelas, en especial a Jocelyn Bailey y Gretchen Albernathy, editora y traductora. Gretchen siempre mejora mis libros y Jocelyn los embellece con una cuidada edición.

A mis editores polacos Lukasz Kierus, Agnieszka Stankiewicz-Kierus y todo su equipo, por hacer que me enamorara de Polonia y su gente.

Por último, a mis queridos lectores en español, inglés, portugués, polaco y muchos más idiomas, por amar la verdad y soñar con un mundo mejor.

ALGUNAS ACLARACIONES
HISTÓRICAS

JANUSZ KORCZAK ES UN PERSONAJE REAL (su verdadero nombre era Henryk Goldszmidt) al igual que todos los datos descritos en esta novela. Únicamente se han dramatizado algunas conversaciones. Su trabajo pedagógico ha sido reconocido durante décadas e inspiró la Declaración de Derechos del Niño del 20 de noviembre de 1959, aprobada de manera unánime por los setenta y ocho estados miembros de la Asamblea General de las Naciones Unidas mediante su resolución 1386 (XIV).

Los datos sobre el orfanato Dom Seriot (El Casa de los Huérfanos) son reales, al igual que su método pedagógico y organizativo.

Stefania Wilczyńska es un personaje también real, colaboradora estrecha de Korczak, lo acompañó hasta el último momento y se sacrificó con él, por los niños del gueto.

Agnieszka Ignaciuk no es un personaje real, tampoco su hijo Henryk, aunque los hechos que ella protagoniza en las historias sí lo son.

María Falska e Igor Newerly fueron amigos íntimos de Korczak e intentaron sacarlo del gueto en varias ocasiones, la última poco antes de ser deportado.

El presidente del Judenrat, Adam Czerniakóv, dirigió el gueto hasta su suicidio en julio de 1942, cuando se negó a entregar a los niños a las autoridades nazis para su exterminio.

Irena Sendler, la heroica trabajadora social que se calcula liberó a casi dos mil niños de una muerte segura, también es un personaje real, como los colaboradores y ayudantes que se mencionan, incluyendo la doctora Helena Radlinska, Ala Golab-Grynberg o Jan Dobraczynski.

El sacerdote católico Marceli Godlewski y otros párrocos ayudaron a cientos de personas a escapar por medio de una red de monasterios y orfanatos. Muchos de ellos pagaron con la vida.

El capitán Neumann es inventado, pero sabemos que un oficial se acercó en el último momento para salvar a Korczak del transporte a Treblinka, pero este se negó a obedecerlo.

La mayoría de las escenas descritas en el gueto son reales y se basan en los testimonios de numerosos testigos y de diferentes diarios que sobrevivieron.

La deportación de los orfanatos se produjo el 4 y 5 de agosto de 1942, aunque en la novela por razones dramáticas lo haya descrito el 23 de julio, el mismo día en el que se quitó la vida el presidente del Judenrat.

Un pequeño grupo de tres alumnos y un profesor lograron escapar con vida del gueto, el resto falleció con los niños el día 4 o 5 de agosto o murió poco después.

El diario de Korczak fue rescatado por el profesor Michal Wroblewski y entregado por un niño pelirrojo a Igor Newerly que lo escondió. Poco después Igor fue detenido y enviado a un campo de concentración. Sin embargo, logró sobrevivir, rescatar el diario y entregarlo a un editor, pero no pudo ser imprimido dada la ocupación soviética y la dictadura impuesta en todo el país.

La narración del diario es breve y abarca únicamente algunos meses de 1942 y, aunque me he inspirado en algunos fragmentos, la novela *El maestro* es ficción y el diario ha sido construido a base de testimonios directos o indirectos del mismo Korczak y personas que lo conocieron.

CRONOLOGÍA DEL GUETO
DE VARSOVIA

1 DE SEPTIEMBRE DE 1939: Comienza la Segunda Guerra Mundial.

16 DE OCTUBRE DE 1940: Se establece el gueto de Varsovia y se ordena la salida de 140.000 polacos de sus hogares. Los judíos son obligados a ingresar al gueto y la comida y los suministros médicos se racionan a una cantidad con la que los judíos apenas sobreviven. Algunos mueren de hambre y enfermedades.

15 DE NOVIEMBRE DE 1940: Se construyen los muros alrededor del gueto y oficialmente se cierra. Los muros eran de diez a doce pies de alto y once millas de largo alrededor del gueto. A medida que la población crece, más personas comienzan a morir de hambre y enfermedades.

11 DE DICIEMBRE DE 1941: Los Estados Unidos declara oficialmente la guerra a Alemania.

15 DE ENERO DE 1942: Un hombre llamado Ya'akov Grojanowski escapa del campo de exterminio de Chelmno y les cuenta a los líderes del gueto lo que está sucediendo. La gente del gueto de Varsovia no le cree al principio, pero los líderes de la Resistencia comienzan a hacer propaganda para que la gente resista.

22 DE JULIO DE 1942: Los nazis comienzan a deportar a los judíos del gueto de Varsovia al campo de exterminio de Treblinka. Los judíos fueron obligados por el Comité Judío a dirigirse a la zona de deportación del gueto.

28 DE JULIO DE 1942: Se forma la ZOB (Organización Judía de Lucha). Los asesinatos en masa en Treblinka regresan al gueto de Varsovia y se forma una resistencia que incluye a quinientas personas.

6 DE SEPTIEMBRE DE 1942: Se producen las deportaciones finales del gueto de Varsovia. Cerca de 35.000 judíos se quedan a trabajar en el gueto y unos 25.000 judíos permanecen ocultos ilegalmente.

18 DE ENERO DE 1943: El jefe de la SS, Heinrich Himmler, ordena las últimas deportaciones de los judíos del gueto de Varsovia, la mayoría jóvenes que han seguido trabajando en las fábricas. Los judíos resisten y se producen cuatro días de combate. La noticia de la resistencia se extiende y muchos se unen a este último acto de rebeldía.

19 DE ABRIL DE 1943: Los nazis entran en el gueto y luchan contra la Resistencia, pero al final los nazis tienen que retirarse. Los

ocupantes determinan incendiar el gueto y sacar a los rebeldes quemando cada edificio.

16 DE MAYO DE 1943: Los nazis hacen explotar la sinagoga Tlomacki, donde resisten los últimos judíos, lo que conduce al fin de la Resistencia.

HISTORIA INSPIRADA EN HECHOS REALES

Janusz Korczak, cuyo nombre real era Henryk Goldszmidt, nació el 22 de julio de 1878 o 1879 en Varsovia y murió el 7 de agosto de 1942, asesinado en el campo de exterminio nazi ce Treblinka.

Janusz nació en el seno de una familia judía relevante de Varsovia, su tío era un conocido periodista y su abuelo había sido un hombre prominente. Era hijo del abogado Józef Goldszmidt (1844–1896) y de Cecylia Gębicka (1853/4–1920). Su padre se volvió loco cuando él era un niño y fue criado por su madre y su abuela.

Janusz fue un pedagogo innovador, autor de varias publicaciones y escritor de diferentes libros sobre la teoría y la práctica de la educación. También fue uno de los precursores en la lucha a favor de los derechos y la igualdad de los niños. Como director del Orfanato Judío de Varsovia creó para sus alumnos un sistema de autogobierno para que aprendieran a regir sus propias vidas y les proporcionó la oportunidad de publicar su propio periódico, llamado *Maly przeglad* (La pequeña revista), que estuvo en funcionamiento desde 1920 hasta el comienzo de la guerra en 1939. Se trataba de una publicación innovadora, redactada a partir de material enviado por los mismos niños y dedicada principalmente a ellos. Korczak también fue uno de los primeros pediatras en promover la investigación en el campo del desarrollo y el diagnóstico educativo del niño.

El psicólogo suizo Jean Piaget dijo acerca de Korczak: «Un hombre maravilloso que era capaz de confiar en los niños y jóvenes de los que cuidaba, hasta el punto de dejar en sus manos las cuestiones de disciplina y encomendar a algunos de ellos las tareas más difíciles con gran carga de responsabilidad».

Korczak pasó la mayor parte de su vida ignorando su procedencia judía, aunque en la vejez aprendió yidis y se interesó por la fe de sus antepasados. Junto a Stefania visitaron Palestina y se enamoró de la tierra de sus antepasados.

La familia Goldszmidt provenía de la región de Lublin (Lubelskie), mientras que los Gębicki eran de la región de Poznań; el bisabuelo Maurycy Gębicki y el abuelo Hersz Goldszmidt eran médicos.

La situación económica de la familia Goldszmidt se deterioró por la enfermedad de su padre, que murió completamente loco el 26 de abril de 1896. Tras su muerte, Korczak, que era apenas un adolescente, tuvo que impartir clases particulares para ayudar a mantener a su familia. Su madre, Cecylia Goldszmidt, se vio obligada a alquilar las habitaciones de su casa en Varsovia.

Janusz Korczak fue un ávido lector. Para él los libros siempre fueron muy importantes, de hecho escribió muchos, desde ensayos, pasando por cuentos y novelas cortas.

En 1898 empezó los estudios en la Facultad de Medicina de la Universidad Imperial de Varsovia. En verano de 1899 por primera vez viajó al extranjero: a Suiza, donde conoció la actividad y la obra pedagógica de Johann Heinrich Pestalozzi. Aquel mismo año fue detenido por su actividad antirusa, ya que en aquel momento la mayor parte de Polonia pertenecía al Imperio ruso.

Se conoce que perteneció a la Logia Masónica «Gwiazda Morza» («La estrella del mar»), una federación internacional cuyo cometido era «conseguir la reconciliación de toda la humanidad por encima de las barreras religiosas y buscar la verdad manteniendo siempre el respeto entre los hombres».

El veintitrés de marzo de 1905 se licenció en Medicina, pero en junio de ese mismo año, tuvo que alistarse como médico militar en el ejército imperial. Durante la Guerra ruso-japonesa, participó en las maniobras de Harbín. En esta zona china de Manchuria aprendió chino de unos niños huérfanos a los que cuidaba.

Entre los años 1905 y 1912 trabajó como pediatra en el Hospital Infantil «Bersonów i Baumanów». En su ejercicio como médico se destacó por su ayuda en los barrios proletarios.

Entre los años 1907 al 1911 vivió en el extranjero ampliando sus estudios. Pasó casi un año en Berlín, más tarde estuvo cuatro meses en París y luego un mes en Londres. Fue en esta última ciudad donde se quedó admirado por el sistema asistencial de algunos grupos y decidió dedicar su vida a la infancia.

Al regresar a Polonia ingresó en la Asociación de Higienistas de Varsovia y la Asociación de los Campamentos de Verano (TKL).

En 1906 publicó *Dziecko salonu* (El niño de salón), libro muy bien recibido por los lectores y la crítica. A partir de entonces, gracias a la fama que le trajeron las publicaciones, se convirtió en un pediatra conocido y muy solicitado en Varsovia.

En 1909 ingresó en la asociación judía Pomoc dla Sierot (Ayuda para los huérfanos), pero unos años más tarde fundó su propio orfanato llamado Dom Seriot (La Casa de los Huérfanos).

Durante la Primera Guerra Mundial tuvo que alistarse de nuevo en el ejército imperial. En 1917 fue designado para ejercer de médico en los asilos para niños en los alrededores de Kiev. Dos años antes, durante unas cortas vacaciones que pasaba en la ciudad Kiev, conoció a María Falska, una famosa activista social y luchadora por la independencia polaca, que en aquel momento dirigía un internado para chicos polacos.

Luchó en el ejército polaco durante la guerra polaco-bolchevique (1919–1921), donde sirvió como médico en los hospitales militares de Łódź y Varsovia. Estando de servicio en el frente enfermó de tifus.

Durante la ocupación alemana, tuvo la osadía de vestir el uniforme polaco, negándose a llevar la estrella de David a pesar de la obligación impuesta por los nazis, pues consideraba esa imposición como una clara denigración de su persona.

Pasó sus últimos años en el fatídico gueto de Varsovia. Igor Newerly, su posterior biógrafo, intentó sacar al doctor del gueto pero este se negó varias veces.

En la mañana del día 5 o 6 de agosto en la zona del «Pequeño Gueto» fue rodeado por los soldados de la SS y sus colaboradores ucranianos. Durante el transcurso de la llamada «Gran acción» se intentó liberar de nuevo a Korczak, pero este volvió a negarse. El día de la deportación final, Korczak marchó con sus huérfanos por las calles del gueto hasta la Umschlagplatz de donde partían los transportes hacia los campos de exterminio. En la marcha participaron más de doscientos niños y unas decenas de profesores, entre ellos la misma Stefania Wilczyńska.

Janusz Korczak fue asesinado junto a sus huérfanos en el campo de exterminio de Treblinka.